韓國漢詩大觀
6

韓脩·鄭夢周·金九容·鄭摠

李鍾燦 譯註

以會文化社

번역의 말

예로부터 우리는 문화민족이라 불려왔다. 우리 스스로가 이르는 말이 아니라, 이웃나라들에서 불러준 이름이다. 이렇게 된 까닭에는 여러 요인들이 있겠지만, 그 중에서도 두드러진 것이 文語文字인 漢字와 口語文字인 正音(한글)을 가지고 있다는 장점 때문일 것이다. 한자로 쓰여진 漢文은 당시로서는 동양 공유의 문자이었으니, 여기에서 너와 나의 구별이 없는 세계문학(당시로서는)을 공유해 온 것이고, 한편으로는 우리의 언어기록인 정음문학이 서민대중의 공통문학을 유지하여 왔던 것이다. 세계의 어느 민족도 생각할 수 없는 二元的 문학을 갖게 된 것이다.

그러나 이 이원성이 현대에 이르러서는 구어와 문어의 통일로 문학도 구어화되면서 漢文은 한낱 말 그대로 古文의 자리로 물러나게 되어, 활용되지 못하는 유산으로만 남게 될 처지가 되었다. 여기에 이 문어도 구어화해야 할 당위성이 있다. 현대적 언어문학으로 바꿔야 할 때가 된 것이다. 하루 빨리 漢文의 國語譯이 이루어져야 한다.

　그래서 시작된 작업이 이 '韓國漢詩大觀'의 역주이다. 한시로 한정한 것은 옛분들이 문학이라 하면 시를 주종으로 이해했을 뿐만 아니라, 오늘의 문학에서도 이 고전과의 접맥이 다른 부분보다 더 절실하기 때문이며, 글을 쓴 先人들은 누구나 시를 남긴다는 의식이 다른 글보다 앞서 있었기 때문이기도 하다.

　이 많은 시를 다 번역한다는 것은 어려운 작업이어서 선별초역하기로 하였다. 가능한 한 역대의 모든 시를 다 섭렵하겠다는 욕심에서 상대시가에서 녹취하기 시작하여 통시적으로 선별하기로 하였다. 이 총서가 어느 시기에 마무리될지도 모르는 일이어서 우선 한 권 한 권씩 선뵈기로 하였다. 시간이 허락될 때까지 이어질 작업이다.

　여기에 원전으로 삼은 것은 민족문화추진회에서 간행한 『韓國文集叢刊』이다. 현대의 우리에게 옛시를 읽힌다는 의도에서 번역시를 앞에 싣고 원시의 한시를 이어 싣기로 하였다.

역주자　이종찬

目次

韓脩

〈해 제〉

柳巷詩集

鄭夢周

〈해 제〉

圃隱先生 文集

金九容

〈해 제〉

惕若齋學吟集

동정 상공을 뵈웠더니, 마침 법천사의 스님이 조각배에 술을 싣고
　　　왔다. 밤 깊도록 실컷 마시고 동정이 시를 짓되, "작은 돛대

鄭摠

〈해 제〉

復齋集

韓脩

柳巷詩集

〈해 제〉

본 시는 『柳巷先生詩集』에서 가려 뽑은 것이다.

1. 저자

韓脩 : 1333(충숙왕 복위 2)-1384(우왕 10). 자는 孟雲, 호는 柳巷. 1347년 15세로 문과에 급제하니 낙제한 이들도 모두 그 재능에 감복화여 한군은 요행이 아니라 하였다. 충정왕이 손위하고 강화도로 추방될 때 시종했다. 공민왕이 다시 불러 기용하였다. 辛旽이 총애를 받자 왕에게 조용히 이르되 신돈은 바른 사람이 아니라 난을 일으킬까 두렵다 하였으나, 용납되지 않고 이로 인해서 한직을 받게 되었다.

1371년 신돈이 실각하자, 왕은 한수는 선견지명이 있는 사람이다 하여 곧 불러 榮祿大夫로 理部尙書 修文館學士를 제수하고, 며칠 후에 왕은 인재의 전형을 걱정하면서 "전형 선발이란 중대한 일이라 총민하고 정밀한 사람이 아니면 그 임무를 관장할 수가 없으니 내 생각으로는 韓脩는 바로 그런 사람이다" 하고는 正議大夫 密直司右承宣 寶文閣學士 知製教 知民部事 知銓選으로 임명하였다.

1375년에 知貢擧로 鄭摠 등 33인을 선발하니 사람들이 바로 선비를 얻었다고 칭찬하였다. 그 뒤 上黨君에 봉해지고 輸忠贊化功臣의 호를 받았다. 다시 淸城君으로 개봉되었다. 1384년 사제에서 작고하자, 왕은 친히 "이 사람아 나이 겨우 52세에 그리 급히 가다니 하늘의 이치가 왜 이 지경인가" 하면서 술과 애도문을 내렸다. 글씨 또한 명필이어서, 왕의 애도문에 "학통은 程朱學을 전했고 글씨는 鍾繇와 王羲之를 계승했다(學傳濂洛 筆繼鍾王)"하였다.

이상은 5세의 연상인 李穡이 쓴「韓文敬公墓誌銘」을 참고하여 쓴 것이다.

2. 원전

『柳巷先生詩集』은 權近의 비점을 받아 1400년에 간행한 목판을 저본으로 한 것이다. 170여 수의 시만이 수록된 단권 1책이다. 서문을 쓴 권근이 "평생의 서술을 스스로 만족히 여기지를 아니하여 수습하지 않았다(平生著述 自以不滿 而不收)"하였으니, 많은 저작을 거의 수집하지 않았고, 지기들의 酬唱이나 간직하였던 것으로 보인다. 주고 받은 시가 대부분이고 기행의 서경이 더러 있다. 이색이 묘지명에서 "내 나이 16, 7에 시 짓는 스님을 따르기 좋아하여 절에 놀면 유생과 승려가 섞여 앉아 차를 마시며 詩句를 짓는데 문견공이 나이 겨우 12, 3세에 매양 적절한 대구를 이루어 모인 이들이 다 경탄하여 비록 시문에 늙은이라 하여도 양보하여 감히 등수를 따지지 못하더라(予年十六七 喜從詩僧 遊至蓮寺 儒釋雜坐 啜茶聯句 文敬公年纔十二三 每有的對 衆皆驚歎 雖老於文墨者 推讓不敢齒)"라 하여 유년에 이미 시에 능했음을 인정하고 있다.

牧隱의 이런 인정으로 상종이 더 많았는지 시집에 목은과 연관된 시가 많다.

봄 바람이 살랑살랑 온화함을 불리니
남쪽 누대에 술잔 펴서 꽃다운 자연 감상하다
어지러운 소반 위에 백옥의 좋은 음식은 없고
수수한 모자 위에는 실로 장식한 꽃이 적다

영광은 이 높은 수레 지남으로 이루어지고
이야기들은 저 북두칠성을 기울여 온다
다시 저 얼음 바퀴 십분 가득 참이 기쁘나
횃불을 밝혀 저 숲 까마귀 흩어지게는 말라.

東風習習扇微和　　設酌南樓賞歲華
雜錯盤中無玉食　　婆娑帽上欠絲花
光榮賴是高軒過　　談笑從他北斗斜
更喜氷輪十分滿　　免敎列炬散林鴉

「爲門生設酌 邀牧隱先生」

구름은 긴 허공에 걷히고 이슬은 가을을 씻어
소리 없는 은하수가 인간세상 가까이 흐른다
막걸리 술은 역시 맑은 경치 감상에 풍족하고
누런 국화는 차라리 흰 머리로 올려 놓자
땅은 황금 물결 솟구쳐 나그네 자리 맑히고
하늘은 백옥 거울 닦아 우리 누대에 걸었다
청컨대, 임께선 이어지는 밤을 싫어마시요
전현들이 촛불 잡고 노닐음 보지 않았나요.

雲卷長空露洗秋　　無聲河漢近人流
濁醪亦足償淸景　　黃菊寧須上白頭
地湧金波澄客位　　天修玉鏡掛吾樓
請公莫厭留連夜　　不見前賢秉燭遊
「九月十五夜 邀牧隱先生登樓翫月 次先生韻」

　위의 시는 자신의 제자들을 위하여 술자리를 펴 놓고 牧隱선생을 청
하는 시이고, 뒤의 시는 9월 보름날 달을 구경하면서 또 선생을 초청하
여 선생의 시운에 차운하여 시를 짓고 있다. 위 시도 시의 내용으로 보
아 보름달을 보면서 초청한 것이다. 얼음 바퀴의 달이 밝은 것은 좋으
나 너무 밝아 숲에서 자고 있는 까막 까치를 놀라게는 말라는 것이다.

함께 한 걸음도 열흘이 지나
정의가 저절로 가까워졌으니
이별 당해 눈물 없을 수 없고
산 고을에는 친구도 없다
노모는 병으로 일어나지 못하고
세 아들은 각기 천리의 밖일세
평생에 꿈에도 없던 일인데
무슨 잘못이 여기에 이르렀나
하느님은 이 작은 마음 아시니
밝은 달로 두 곳을 비추소서
그대 보내며 말을 할 수 없어
눈물은 쏟아지는 물과 같구료.

同行踪一旬	情意自相親
臨別得無淚	山城無故人
老母病未起	三男各千里
平生所不夢	何失以至此
皇天知寸心	明月照兩地
送子不能言	有淚如瀉水

「謫至陜州 送押送官趙光甫還京」

　왕을 시해한 韓安의 친척이라 하여 유배된 일이 있으니, 아마 이 때의 작이 아닌가 여겨진다. 압송관으로 동행했던 이를 되돌려 보내며 지은 것이다. 벼슬길에서 부침하는 한 인싱의 여여한 참 모습으로 보게 된다.

맑은 물 가에 앉아 쉬다가
녹음 어둑한 곳 뚫어 걷다
꽃 계절 비록 지나갔어도
마음 구경은 끝난 적 없다.

坐歇淸漣際　　行穿綠暗中
花時雖已過　　心賞未曾窮
　　　　　　　　「初夏」

　초여름에 짓는 시이다. 담박한 소품이다. 자연의 애호가 마음 속 깊이 들어 뿌리치지 못하는 순수한 한 자연인을 만나게 된다.
　이렇듯 柳巷의 시에는 陽村이 말한 대로 "간결하고 담담함이 고상하게도 의표를 벗어나 마치 백옥의 울림이 해맑게 길어지는 것 같다(簡潔 冲澹 高出意表 如聞玉聲 淸越以長)" 함 그대로이다.

柳巷詩集

익재상공의 우리 고사인 네 계절의 시에 화답함
奉和益齋相國 東國故事 四時

김시중이 노새를 타고 강서의 혜소상인을 방문하다
金侍中[1] 騎騾訪江西慧素[2]上人

강 가의 푸른 산은 백 층으로 중첩되고
노새 하나 맑은 그림자 물 위에 거꾸러지다
굳이 즐거움이 무엇이냐 알고자 한다면
애써 중을 찾는다 말하나 중에게 있지 않다.

江上靑山疊百層　　　　一騾淸影倒波澄
須知所樂將何事　　　　强道尋僧不在僧

---

1) 金侍中: 金富軾을 말함.
2) 惠素: 고려의 승려. 大覺國師의 제자로 시와 글씨에도 뛰어나, 金富軾이 벼슬
　　에서 물러난 뒤에 자주 찾아가 시문을 수창했다 함.

정중승이 동래로 귀양가 달을 대해 거문고 타다
鄭中丞[3]謫居東萊 對月撫琴

반 바퀴 강 달이 구슬 거문고에 올라
한 곡조 새로운 소리에 옛 뜻 깊구나
어찌 오늘에 鍾子期 있다 말하랴만
그래도 다만 백아의 마음 다 타내야지.

半輪江月上瑤琴	一曲新聲古意深
豈謂如今有鍾子	只應彈盡伯牙[4]心

곽한림이 비 속에 삼지의 연꽃을 감상함
郭翰林[5]冒雨賞三池蓮花

시인이 즐기는 것은 사람들과 달라서
흥이 일면 흐리고 개임에 어찌 구애하랴
세 연못 두루 감상하려 자주 오고 간 것은
요는 푸른 잎에 밝은 구슬 쏟아짐 보려 함이지.

詩人嗜好與人殊	興發陰晴豈有拘
賞遍三池煩往復	要看綠葉瀉明珠

---

3) 鄭中丞: 鄭敍를 말함.
4) 伯牙: 伯牙가 거문고를 타면 鍾子期가 듣고서는 그 곡에 대하여, 산이 높고높
  고(峨峨) 바다가 洋洋하다 하였다. 이렇듯 백아의 음악적 심기를 알아주는 종
  자기가 죽으매, 백아는 거문고 줄을 끊었다 한다.
5) 郭翰林: 郭預를 말함.

김(결자)가 눈 속에 소를 타고 추암에 노닐다
金(缺字)[6]雪中騎牛遊皺巖

실 같은 길이 구불구불 바위 사이로 드니
파리한 소 눈을 밟아 더디 더디 오른다
어찌 조심스런 발걸음 엎어지는 일 없으랴
시의 안목도 일만의 백옥 산에 다하려 한다.

線路縈紆入石間	羸牛踏雪倦蹟攀
豈唯穩跨無傾覆	詩眼將窮萬玉山

정려계의 집에서 간재의 시에 차운하여
鄭旅溪家 次簡齋韻

무민이 세상 버린지가 오래지만
웅장한 글편은 가을 달을 대하네
지금 와서 재상의 집 방문하여
나를 취하여 올올하게 마시네
후원에는 소나무 이미 늙었고
동쪽 울에는 국화 막 피려하네
그대 사랑해 옛 일 이야기하려니
하나 하나 머리털까지 분석하네
시를 쓰니 자연이 부끄럽지만
이소 풍아는 우리의 궁궐이니.

---

6) 金: 鄭樞의 圓齋集에는 雙明齋 崔讜으로 되어 있다.

無悶[7]去世久	雄篇對秋月
今來訪宅相	飮我醉兀兀
後園松已老	東籬菊初發
愛君說往事	一一析毫髮
題詩慚雲烟	騷雅盖吾闕

이랑중이 연경으로 감을 보내며
送李郎中入燕京

선생은 평생 연경을 알지도 못했는데
지금 표문을 받들어 서장관이 되었네
난색을 표함 부모 문안 궐하게 돼서이지
장부 마음 어찌 편안한 생각 품어서이겠나
담요에 가죽 옷 두터움을 따르지 않더라도
바람 서리에 나그네 길 추운 것은 막아야죠
다만 두려움은, 붉은 수염의 온자함 없는 이가
사신을 문득 북쪽 사람으로 여겨 볼까 두렵소.

先生生不識燕山	奉表今爲書狀官
難色應緣闕定省[8]	壯心豈肯在懷安
不因毛毦衣裘厚	遮莫風霜道路寒
但恐紫髯無蘊藉	督郵却作北人看

---

7) 無悶: 蔡洪哲(1262-1340)의 字. 호는 中庵. 1314(충숙왕 1)년에 五道巡訪計定
   使가 되어 많은 民田을 편취하여 거부가 되었다.
8) 定省: 아침 저녁을 부모에게 문안 드림. 昏定晨省.

정려계의 집에서 지난 여름 비에 대해 주고 받았던
시운에 따라 짓다.　두 수
鄭旅溪家　見去夏對雨唱和之什　依韻作　二首

푸른 산에 해가 기울려고 할 때에
말 타고 까닭 없이 생각나는 곳 방문하다
그대 대해 글을 논하자니 응당 감당키 어렵고
나를 위해 책상 내려옴도 올지 않아 염려되다
늦은 구름의 자하동엔 새로운 시가 온당하고
교목 숲 속 암자에서 옛 그림 펼쳐 보다
청정한 자리 아련하니 세속 생각 끊기니
온갖 경치 일시에 따라 옴 함께 감상하다.

青山白日欲斜時	騎馬無端訪所思
對子論文應不敢	爲予下榻9)恐非宜
晚雲紫洞新詩穩	喬木中菴古畵披
清坐杳然塵想絕	共看萬景一時隨

내가 맑은 시 화답하기 비록 시기 뒤졌지만
빗 속의 다정한 맛은 오히려 상상할 수 있네
모든 징후는 이미 하나의 축을 이뤄 갖췄거늘
만물은 무슨 인연으로 각기 적의함을 획득할까
벼 밭은 바로 진흙에 묻히는 것이 근심스럽고

---

9) 下榻: 後漢의 陳蕃이 책상(榻)을 쓰지 않고 매달아 놓았다가, 周璆나 徐穉가
　　오면 내려 놓고 대접하였다는 故事로 손님을 정성스러이 대함을 이르는 말.

정원의 꽃은 다시 눈 가루 날린 것이 안타깝구나
머리 돌리니 이미 지난 해의 일이었으니
책을 펼치자 아득히 온갖 감회가 뒤따른다.

我和淸詩縱後時　　　雨中情味尙能思
庶徵10)旣致一極備　　　萬物何緣各得宜
畦稻正愁泥汩沒　　　園花更惜雪紛披
回頭已是年前事　　　開卷茫然百感隨

천수사 뜰의 소나무
天壽寺庭松

타고난 자태 높고 높아 오르기 용납하지 않고
싸늘한 기개는 멀리 백리의 산으로 이었구나
서리에 젖는 성근 두건으로 밤새 대하고 있으니
달이 밝아 난새 봉새가 구름 사이로 내려오네.

天姿落落不容攀　　　寒氣遙連百里山
露濕疎巾對終夜　　　月明鸞鳳下雲間

---

10) 庶徵: 온갖 徵候. 〈書經, 洪範〉에 "庶徵 曰雨 曰暘 曰燠 曰寒 曰風"이라 하고
　　주석에 "비는 만물을 적시고 볕은 만물을 건조시키고 더위는 만물을 성장시키
　　고 추위는 만물을 성숙시키고 바람은 만물을 움직이게 한다(雨以潤物 暘以乾物
　　燠以長物 寒以成物 風以動物)"이라 하였다.

천수사 서쪽 언덕
天壽寺西岡

솔 사이 느린 걸음 돌아오기 더디어
죽장망혜 싸늘히 해 지는 저녁 때
한 조각 엷은 구름 비 가지고 지나가
밝은 달 기다리려 연꽃 못에 오르다.

松間緩步得歸遲　　　杖屨凄凉落日時
一片薄雲將雨過　　　待看明月上荷池

석방 가는 길에
石房途中

오뚝한 바위 길을 더딘 걸음으로 오르니
어느 절 성근 종소리 먼 산에서 울린다
해가 푸른 뫼에 이미 돋은 것이 두려워
지난 밤 구름은 아직 푸른 솔 사이에 있네.

巉巖石路倦躋攀　　　何寺疎鍾遠出山
畏日已升青嶂表　　　宿雲猶在翠松間

상주목사 정량생을 보내며. 두 수
送尚州牧使 鄭良生 二首

조정 말단에서 조서 받든 엄숙한 벼슬아치
영남으로 분부 받아 흩은 백성 기르려 가다
바로 잡는 일쯤 웃음거리임은 내 미리 알지만
어찌 몸을 성실히 하여 어버이 기쁨 없겠는가.

奉簡朝端肅搢紳　　　分符嶺表牧遺民
平反[11]一笑吾先料　　　豈有誠身不悅親

외로운 신하 옛날에도 시기 따라 순찰했으니
상주의 산천이 면목이 새로워짐 이제 알겠네
오늘도 조정에서 부탁하는 말씀이 멀어졌으니
그대를 남으로 보내며 배나 정신이 상한다오.

孤臣昔歲扈時巡　　　始識尙山面目眞
今日鼎湖弓劍[12]遠　　　送君南望倍傷神

---

11) 平反: 억울하거나 잘못 판결된 사건을 바로 잡는 일. “平反寃獄 乃居官者職令
　　所當爲之事(억울한 옥사를 바로잡는 것은 관직에 있는 이가 당연히 해야할 일
　　이다)”

12) 鼎湖弓劍: 鼎湖는 원래는 지명. 고대에 黃帝가 首山에서 銅을 채취하여 荊山에
　　서 솥〔鼎〕을 주조했는데, 솥이 완성되니 용이 내려와 黃帝를 영접해 갔다하
　　여 그 곳을 ‘鼎湖’라 한다. 이후로 ‘정호’를 제왕을 지칭하기도 하고, 임금의
　　서거를 말하기도 한다. 弓劍은 이 때 뭇 신하들이 함께 가려고 만류하니, 황
　　제의 활〔弓〕이 떨어졌고, 또 황제를 橋山에 장사하려 하니 산이 무너져 오직
　　황제의 칼〔劍〕만이 있었다 한다. 그래서 ‘弓劍’을 제왕이 부탁하는 애절한 사
　　연을 이르는 말이 되었다.

합주로 귀양와서, 압송관인 조광보를 개경으로 보내며
謫至陝州　送押送官趙光甫還京

함께 한 걸음도 열흘이 지나
정의가 저절로 가까워졌으니
이별 당해 눈물 없을 수 없고
산 고을에는 친구도 없다
노모는 병으로 일어나지 못하고
세 아들은 각기 천리의 밖일세
평생에 꿈에도 없던 일인데
무슨 잘못이 여기에 이르렀나
하느님은 이 작은 마음 아시니
밝은 달로 두 곳을 비추소서
그대 보내며 말 할 수 없어
눈물은 쏟아지는 물과 같구료.

同行踰一旬	情意自相親
臨別得無淚	山城無故人
老母病未起	三男各千里
平生所不夢	何失以至此
皇天知寸心	明月照兩地
送子不能言	有淚如瀉水

차운으로 이자용에게 답함
次韻答李子庸

시인이란 원래 깨어서 읊는 법이 아니니
좋은 벗 만나면 괴로운 마음 알아주나
부끄러움은, 쇠잔한 마을은 너무 궁벽해
술 집 어느 곳도 돈 뿌릴만한데 없다네.

騷人本不解醒吟　　　好友仍逢識苦心
慚愧殘鄕大幽僻　　　酒家無處可揮金

안선생의 시권에 쓰다
題安先生詩卷

물 흐름은 근본이 있어 어느 때 끝나며
구름은 마음이 없어 비 내리면 돌아가
한강 위엔 평생토록 행락하는 곳이라
다시 어린이 이끌고 봄옷을 갈아입다.

水流有本何時盡　　　雲出無心旣雨歸
漢上平生行樂處　　　復携童冠着春衣

호탕한 흰 갈매기는 천리 만리이고
잠시의 푸른 강아지 고금의 구름일세
글로 명예 구하지 않음 어찌 해로우랴

다시는 장탕같은 춤추는 글재주 없어야지.

| 浩蕩白鷗[13]千萬里 | 斯須蒼狗[14]古今雲 |
| 何妨卽墨[15]不求譽 | 無復張湯巧舞文[16] |

4월 8일, 목은 선생을 모시고 금사령에서 관등을 하니, 다음날 선생이 시를 주셔서 삼가 차운하여 올리다
四月八日　陪牧隱先生　觀燈金沙嶺　明日先生示詩　謹次韻呈

만 가지 붉은 연꽃이 한 봉우리를 받들어
성글다가 조밀해 지고 흐리다 또 짙어져
멀리서 이 밤 관람하기 나만한 이도 없으리니
모름지기 이 산을 조종 삼을만함을 믿겠구나.

| 萬朵紅蓮拱一峰 | 疎疎密密淡還濃 |
| 遐觀此夜無如我 | 須信玆山亦可宗 |

---

13) 白鷗: 흰 물결의 비유로 쓰임.
14) 蒼狗: 푸른 강아지로, 고대에는 상스럽지 못한 물건의 비유였으나, 杜甫의 〈可歎〉이라는 시에 "天上浮雲似白衣 斯須改變如蒼狗(하늘의 뜬 구름이 흰 옷 같더니 잠간 사이에 푸른 강아지로 변하네)"라 하여, 그 뒤로 변화 무쌍한 세상사를 비유하는 말이 되었다.
15) 卽墨: 벼루를 의인화하여 '卽墨侯'라 한다.
16) 張湯巧舞文: 張湯巧詆. 漢나라의 張湯이 문장에 능하여 글재주를 잘 부렸으나, 그로 인해 화를 당하여 자살하게 되었다.

시선 가득한 번화로움이 점점 희미해지니
오래 앉아 있어 이슬 옷 적심을 알겠구나
어린이들 부처의 호칭도 많이 새로워졌으니
유전되는 풍습 대대로 달라짐 볼 수 있구나.

滿眼繁華漸欲稀　　　　始知坐久露沾衣
兒童喚佛多新語　　　　可見遺風世世非

목은선생이 빗 속에 시를 주시어 차운하여 올림
牧隱先生雨中示詩 次韻奉呈

집을 무닐 듯한 우뢰 소리 곧 사악을 물리치고
바람에 불려 날리는 비가 누대에 들어 비끼다
산 빛은 아득 아득 천리로 막혔고
구름 기운 아른아른 일만 집에 이었다
농부 바삐 내달아 아름다운 종자 뿌리고
어린 이 즐겨 쫓아 지는 꽃 애석히 여기다
가뭄 하늘의 단 비를 참으로 경하할 만하니
모름지기 황금 술잔에 고운 구하주일세.

破屋雷聲是却邪　　　　風吹飛雨入樓斜
山光漠漠隔千里　　　　雲氣濛濛連萬家
擬趁農夫播嘉種　　　　肯隨年少惜殘花
旱天甘澍眞堪賀　　　　須使金樽艶九霞17)

송풍헌
松風軒

한 누대 맑고 맑아 회포도 그지없어
봉의 휘파람 용의 울음 상쾌히 발을 뚫다
귀로 취하여 다만 함께 수용할 이 생각하니
술을 사면 도잠을 유인해 올 만할 듯도.

一軒淸淨意無厭　　　鳳嘯龍吟爽透簾
醉耳也思同受用　　　可能沽酒引陶潛

절벽시내
絶磵

일천 길의 두 언덕이 오를 길도 끊겨
몇 곳은 빙 둘려 돌 뿌리를 닦는다
밤 낮으로 출렁출렁 바다로 향해 가니
어느 날에나 환원할 것인지 알 수 없구나.

兩崖千仞絶攀援　　　幾處縈廻漱石根
晝夜沄沄向江海　　　不知何日得還元

---

17) 九霞: 九天의 구름 안개로 하늘을 말함. 九霞巵 또는 九霞觴은 술잔의 이름으
　　로 아름다운 술을 미화하여 이른다.

환암
幻菴

죽살이 까마득한 이 허깨비의 몸
환암에다 기탁한 하나의 작은 먼지
솔 바람 강 달이 항상 에워싸 있어
배움 끊고 하염 없는 한가한 도인.

生死悠悠是幻身　　　幻菴寄在一微塵
松風江月常圍繞　　　絶學無爲閑道人

일본 중 천우에게
贈日本僧天祐

천우는 석가의 문도로서
해 돋는 곳에서 생장하다
아름다이 우리 유가를 사모하고
시원하게 시문도 사랑하였으니
산뿌리의 어지러운 돌 속에도
이렇듯 윤택한 자질 있었나
구름으로 노닐어 볼 것 다 보고
불교를 배워 남긴 사물이 없다
표연히 근본으로 되돌아와
잔 하나로 큰 바다에 견주다

늙은 내가 높은 풍도에 흠모돼
이별에 다달아 마음이 울적하다
나라에는 성인스러운 이 이어지고
백성 기름에 은혜 다한다네
풍속은 담을 뚫는 일 없어
섬 안이 모두 부자라 하는데
어째서 바다 도적이 번성하여
오고가 해마다 끊이지 않나
틈새를 노려 살상에 급하니
바다 가에는 살 집이 없다
크게 들어 원한을 수습하려 하나
사당 안의 쥐를 어찌 파낼 수 있나
격언은 세상이 다 아는 것이라
천하가 미워하기는 하나지만
이웃 사귐에는 도리가 있고
포악의 금지에도 율법이 있다
청컨대, 돌아가 주인에게 고하여
우리를 위해 해충을 제거하게 하여
우리의 저 변방 사람들로 하여금
옛날처럼 안락하게 하라
스님이여 과연 이룸이 있게 되면
그대가 속히 부처 이룸을 알겠노라.

天祐釋之徒　　　　生長日所出
佳哉慕吾儒　　　　洒落愛詩筆
崑岡亂石中　　　　有此溫潤質

雲遊見所見	業白[18]不留物
飄然返本元	一杯視溟渤
老我歆高風	臨別心鬱鬱
國家聖聖繼	養民恩至悉
風俗無穿窬	島嶼皆富實
奈何水賊繁	來往歲不闋
乘間急殺略	濱海無居室
大擧欲修怨	社鼠[19]安可掘
格言世共知	天下之惡一
交隣固有道	禁暴亦有律
請歸告主人	爲我去蟊疾[20]
使我彼邊人	安樂如昔日
師乎果有成	知爾速成佛

경상도 안렴사인 강부령 득화에게
寄慶尚道按簾 康副令得和

풍모 의식 덕망 높은 경상안렴 길이 생각돼
지난 해 다녔던 곳 아득히 망망하구나

---

18) 業白: 불교를 배움을 말함.
19) 社鼠: 사당이나 종묘 안의 쥐로, 교활하거나 의지하는 小人을 비유하는 말. 社鼠城狐.
20) 蟊疾: 벼를 갉아 먹는 해충의 피해. 蟊賊은 민족이나 국가를 해치는 사람의 비유. 〈詩經, 大雅〉에 "天降罪罟 蟊賊內訌"이라 하였다.

인자한 이 가는 곳에 무슨 재앙 있으랴
한 경내가 지금처럼 도적 날뜀 없구나.

長憶風儀望慶尙　　　　去年行處杳茫茫
仁人所至灾何有　　　　一境如今絶寇攘

중추절 밤에 한산군이 지나다 함께 누대에서
달 구경하며 선생이 구호하고 차운으로 봉답한 두 수
中秋夜 韓山君見過 共坐樓下賞月 先生口號 次韻奉答 二絶

흰 달이 빌미가 되지 않고
좋은 손님 초대 않아도 돼
다음 해 몸이 건강하면
유쾌한 생각으로 오늘 기억하소.

皓月無爲祟　　　　佳賓不費招
明年身若健　　　　快意憶今宵

기미 아는 곳을 관찰하려면
특이한 멋에 어찌 초청해야 하나
적막한 서루 아래에서
시 읊으며 긴 밤을 보내다.

爲觀知幾處　　　　異趣豈相招
寂寞書樓下　　　　哦詩度永宵

회포를 써서 천태도대선사 요원에게 올림
書懷寄呈天台都大禪師了圓

궁한 길에는 자고로 은혜됨이 적어
지난 해도 강양에서 안부 묻지 못했죠
우리 천태에서 책을 읽는 이로 해서
흰 구름 불전 공양의 걸음에 문을 지나오.

窮途自古少爲恩　　　　去歲江陽絶問存
賴我天台讀書客　　　　白雲香飯屢過門

눈, 정도관의 운에 차운하여　두 수
雪 次鄭都官韻　二首

밝은 벼루 못에 엉긴 기운이 합하여
쓸쓸한 문 창호지에 작은 소리 울려
자취 감추어 달팽이 집에 누웠음 알지 못하니
어찌 눈썹 찡그리며 나귀 등에 돌아옴만 하랴.

皎皎硯池凝氣合　　　　蕭蕭窓紙作聲微
不知屏跡蝸殼臥　　　　何似皺眉驢背21)歸

---

21) 皺眉驢背: 蘇軾의 〈贈寫眞河秀才〉 시에 "不見雪中騎驢孟浩然 皺眉吟詩聳肩山"이
　　라 함이 있다.

시선에 흐린 꽃이 있어 처음은 황홀하더니
주변이 은빛 궁궐 되어 점점 희미해지다
시내 산 곳곳에 흥을 일으키기기에 족하니
꼭 섬계를 찾아 달을 타고 올 필요야 없지

眼有昏花初怳惚　　　　境爲銀闕轉霏微
溪山處處堪乘興　　　　不必剡溪乘月歸[22]

밤에 앉아, 두공부시에 차운하여
夜坐 次杜工部詩韻

이 날도 역시 저물었다 하니
백년이 참으로 서글프구나
마음이 몸에 이끌림이 되어
늙음과 병이 서로 따른다
연기 싸늘하니 향도 자진 밤이요
창이 밝으니 달이 오르는 때일세
생각 있으나 말할 이 없으니
애오라지 고인의 시에 화답한다.

---

22) 剡溪乘月歸: 剡溪는 曹娥江의 상류인데 戴逵가 여기서 살았다. 山陰에 사는 王
徽之가 눈이 내리니 흥에 겨워 左思의 招隱詩를 읊다가 갑자기 戴逵가 생각이
나, 작은 배를 타고 剡溪로 찾아갔다가 동구까지 가서는 되돌아왔다. 사람들이
괴상히 여겨 그 이유를 물으니, "흥이 나서 갔다가 흥이 다해서 그저 돌아왔다"
했다.

此日亦云暮　　　　　百年眞可悲
心爲形所役　　　　　老與病相隨
篆冷香殘夜　　　　　窓明月上時
有懷無與語　　　　　聊和古人詩

옥란 상인의 시권에 쓰다
題玉蘭上人詩卷

옥이 흙에 숨었으면 나무도 윤택하고
난초 쑥대에 묻혀도 바람에 향기 전한다
다만 실상이 있어 숨길 수 없는 까닭이지
스님 마음이 사람들에게 보이기 요함이 아니다.

玉藏土石木爲潤　　　　　蘭沒蕭艾風傳熏
只緣有實不可掩　　　　　渠心非要人見聞

정월 3일, 한산군을 모시고 여러 어른들을 뵈었는데, 북
애 禹상공 碑가 맞아들여 술을 권하였다. 취하여 나오
다가 길에서 친구를 만나 이야기하는 동안에 선생의 걸
음이 이미 멀어져 쫓아갈 수가 없었다. 다음날 눈 속에
혼자 앉아 있는데 선생이 절구 세 수를 지어 어제의 일
을 기록하여 보이시니, 차운하여 답하다
正月三日　陪韓山君投刺諸家　北崖禹相公碑迎入勸酒　醉之

旣出　路逢故人立語　先生之行已遠　不能追及　明日雪中獨
坐　先生作三絶句　記前日事見示　次韻答之

새 해에 안부 드리려 요즘 분을 본받다가
파리한 말 여윈 목동 다만 먼지만 일다
어제 안장 나란히 함이 얼마나 큰 다행이랴
북애의 정자 위에서 꽃다운 자리를 모셨으니.

新年探侯效時人　　　　瘦馬羸童只自塵
昨日連鞍何大幸　　　　北崖亭上侍芳茵

가는 길에 오고가는 이 우연히 만나
말을 세우고 무단히 뒷 자리에 떨어지다
다만 취한 중에 잘못 됨이 많았으나
공께서 수레 자리에 토한 일 묻지 않음 기쁘다.

中途邂逅往來人　　　　立馬無端落後塵
自恨醉中多謬誤　　　　喜公不問吐車茵23)

아침에 오니 문 앞에는 고요히 아무도 없고
정원에는 오직 찹쌀의 옥 가루를 보겠네
다만 술잔 들어 좋은 손님 맞이하니
굳이 춤 소매가 꽃 방석 밟을 필요도 없다.

---

23) 吐車茵: 〈漢書, 丙吉傳〉에 丙吉의 마부가 술을 좋아하여 취하여 승상의 자리에
　　토하니, 사람들이 벌하라 하였다. 병길이 "취하여 실수한 것으로 사람을 버리
　　면 그 사람이 장차 어디에 용납되겠느냐. 이는 수레의 자리를 더럽힌 것 뿐이
　　다" 하였다.

朝來門戶寂無人　　　庭院唯看糝玉塵24)
但得開樽待佳客　　　不須舞袖踏華茵

인일에 상질 상경 두 아들의 시에 차운함
人日 次二子詩 尚質 尚敬

이 날에 음기가 얼마나 성해서
외로운 이 생각 유독 깊다
눈 내려 닭은 나무에 있고
비가 오니 새 숲에 깃들다
원래 시세 바로잡지 못하니
단정히 문 닫고 읊음 마땅해
말 많았던 東方朔 괴상하구나
어떻게 하늘 마음을 볼 수 있었나.

此日陰何盛　　　幽人念獨深
雪從鷄在樹　　　雨到鳥巢林
素乏匡時畧　　　端宜閉戶吟
多言怪方朔25)　　　何得見天心

날이 갈수록 권위 항상 줄고
해가 오면 앉음이 점점 깊다

---

24) 玉塵: 옥 가루. 눈을 비유함.
25) 方朔: 漢나라의 東方朔. 동방삭이 해학을 좋아하고 언변이 능했다 함. 전하는
　　말에 歲星으로 化身하여 仙桃를 훔쳐 먹고 3천년을 살았다 함.

오직 바라건대, 가업을 이어서
장차 유림의 보좌를 보게 하라
글을 지을 때 공경을 알고
시를 지어 또 읊을 수도 있다
문장이 어찌 귀하지 않으랴만
요는 성현의 마음을 알아야지.

日往權常減   年來坐愈深
唯欽肯堂構26)   將見補儒林
作字能知敬   題詩又可吟
文章豈不貴   要識聖賢心

낮이 길어 봄 온 것 알겠고
등불 쇠잔해 밤 깊음 깨닫다
빗 소리가 네 벽에서 울리고
구름 기운에 앞 숲을 잃었구나
좋은 절기라 오히려 세 번 감탄하고
깊은 회포를 다시 한 번 읊다
합주의 날을 되생각하며
애오라지 사사로운 마음 위로하다.
(공의 자주에, 정사 정월 육일, 합주에 이르니 다음날 압송관은 가고 홀로 관
사에서 잤다.)

---

26) 肯堂構: 자식이 아버지의 가업을 잇는 것. 〈書經, 大誥〉에 "若考作室 旣底法
　　厥子乃弗肯堂 矧肯構(만약 집 짓는 것을 참고로 할 때 이미 법대로 했다면 그
　　아들은 터 닦기도 안하려 할터인데 집을 지으려 하겠느냐)" 하였다.

畫永知春至　　　燈殘覺夜深
雨聲鳴四壁　　　雲氣失前林
令節還三嘆　　　幽懷復一吟
回思陝州日　　　聊自慰私心

（公自註　丁巳正月六日到陝州　翌日　押送官去　獨宿官舍）

목은 선생 풍우편에 차운해 올림
奉次牧隱先生風雨篇

중춘의 봄 빛은 햇살이 이미 짙어
오늘 아침 바람 따라 신령 비가 몽롱하다
활기찬 물품이 모두 영화로움으로 향하여
큰 온화함이 하늘 땅 사이 가득 차다
위로 보고 아래로 살펴 삼가 수여받을 때
팔정 중에 어느 것이 농사보다 앞서랴
가련하게도 저 백성 밭에 있지 못하고
남북의 역사 동원이 연이어지고 있다
낭자히 매질하며 집 식구들을 계산하니
누가 즐겨 생각이 하늘의 하늘에 미치나
원한 건고 이에 하늘 복을 맞으려 해도
그 술수 이단이러서 나는 멍청하기만 하다
동리의 구족 가문이 이미 노력해 왔지만
비록 작은 소견이 있어도 말하기 어렵다
한가한 삶도 역시 비방이 일까 두려워

자취 감춰 입 닫고 구차한 삶 도모한다

부질없이 술에 의지하여 요순시대 잇고

때로 아이들과 더불어 풍월이나 읊는다

시 이루면 재주 요것인 것을 스스로 웃고

윤색이라도 하려면 東里선생 기다려야

공의 붓 끝에 비바람 통쾌함 기뻐하니

만 섬의 물 근원도 깊이 이미 다했나

여강으로 물러남이 과연 이루어진다면

나도 영천으로 돌아가 귀를 씻으리라.

仲春春光日已濃	今朝隨風靈雨濛
欣欣品物皆向榮	太和充塞天地中
仰觀俯察敬授時	八政27) 豈有先於農
可憐彼䭵不在田	南北徭役方連延
鞭朴狼藉算家口	誰肯念及天之天
斂怨乃欲迎天休	術數異端吾懵然
闉闍九門旣契闊	雖有管見難强聒
閑居亦畏謗讒興	屛跡閉口圖苟活
漫憑盃酒繼唐虞	時與兒童詠風月
詩成自笑技止此	潤色須將待東里28)
喜公筆端風雨快	萬斛泉源深窮已
驪江乞退果有成	我亦潁川歸洗耳29)

---

27) 八政: 고대 국가 정치의 여덟 가지. 〈書經, 洪範〉에 "八政 一曰食 二曰貨 三曰
　　祀 四曰司空 五曰司徒 六曰司寇 七曰賓 八曰師"라 하였다.
28) 東里: 옛 지명. 春秋戰國시대에 鄭나라의 대부 子産이 거처하던 곳. 〈論語, 憲
　　問〉에 "東里子産潤色之"라 함이 있다.
29) 洗耳: 상고시대, 虞나라의 舜임금이 은자인 巢父와 許由를 潁川으로 찾아가 천

문생을 위하여 술자리를 열고, 목은선생을 요청하다
爲門生設酌 邀牧隱先生

봄 바람이 살랑살랑 온화함을 불리니
남쪽 누대에 술잔 퍼서 꽃다운 자연 감상하다
어지러운 소반 위에 백옥의 좋은 음식은 없고
수수한 모자 위에는 실로 장식한 꽃이 적다
영광은 이 높은 수레 지남으로 이루어지고
이야기들은 저 북두칠성을 기울여 온다
다시 저 얼음 바퀴 십분 가득 참이 기쁘니
횃불을 밝혀 저 숲 까마귀 흩어지게 말라.

東風習習扇微和	設酌南樓賞歲華
雜錯盤中無玉食	婆娑帽上欠絲花
光榮賴是高軒過	談笑從他北斗斜
更喜氷輪30)十分滿	免敎列炬散林鴉

영모정
永慕亭

지원의 원의 천자가 황제로 등극하여
산을 넘고 바다 건너기에 남쪽 북쪽이 없으나
오직 당시의 일본이 유독 조회를 올리지 않아

하를 맡아달라 하니, 더러운 소리를 들었다하여 귀를 씻었다는 고사.
30) 氷輪: 달의 비유.

우리가 통신사를 보내 위엄과 덕망을 보이다
조정의 신하 모두가 목을 움추려 사심에 쌓여
자신이 알 수 없는 환난에 내닫기 원치 않으니
우리 고을의 호랑이인 곽장원이
가슴이 곧바로 하늘 땅처럼 관대해
몸을 잊어 나라에 죽음이 평소의 의지이라
왕명을 받아 달게 서장관이 되었다
집 앞을 지나되 처자에게 이별도 없이
만리에 돛을 올려 물결을 가벼이 여기다
바다 하늘 망망하여 기러기 날음도 끊겼으니
누가 알랴, 蘇武가 한나라의 병부를 가졌던 것을
단란한 자식은 홀로 집에 남아 있어
동쪽 바라보며 밤 낮으로 오장이 뒤끓어
산을 넘는 두 눈엔 어지러운 꽃이 지고
하늘을 부르짖는 마디 마음엔 붉은 피가 엉겼다
조정에서 종신토록 사모해 마지 않음 어여삐 여겨
옆에서 모시라 특별히 기린같은 아들을 보내다
아기 마음은 곧 어버이 몸 평안히 하려고
더위 서늘함 음식 수발에 모자람이 없게 하나
스스로 부족함 알아, 어버이 즐겁게 하려면
하지 않는 일 없이 항시 부지런해야 함을 알았다
새로 정자 지어 거처할 곳을 얻어
겨울에는 더 춥지 않고 여름은 덥지 않게 하다
이미 연못 개척하여 샘물을 끌어 오고
다시 좋은 화초 심어 새 울음을 맞이하다

봄 바람에 꽃 피고 가을 달이 밝으면
모두가 우리의 쓸쓸함을 위로할 만 하구나
평생을 어버이 뜻 길러 기쁨 다했으니
충성을 나라에 옮겨 이 도시를 품다
도를 지킴에 어찌 큰 절개 굽혔으랴
지금껏 오히려 모범으로 치닫는다
그러므로 지위가 덕에는 차지 않지만
공은 원망치 않아도 남들이 불만했다
오! 우리 영감께서 자랑으로 여긴 것은
큰 손들이 기록하여 역사에 빛내야 해
도도히 넘실대는 천하의 백만 인들아
몇 사람이나 신하의 직분을 다했던가
이에 알겠다, 영모정의 3 세대는
천하 후세까지 길이 법받아야 할 것을.

至元31) 天子建皇極　　　　梯山航海無南北
唯時日本獨不庭　　　　我遣信使示威德
廷臣縮頭皆自私　　　　不願將身馳不測
吾州之虎郭壯元　　　　胸懷直與天地寬
亡軀殉國是素志　　　　受命甘爲書狀官
過門不與妻孥別　　　　掛帆萬里輕波瀾
海天茫茫雁飛絶　　　　誰識子卿持漢節32)

---

31) 至元: 元나라 世祖의 연호.
32) 子卿持漢節: 子卿은 漢나라의 蘇武의 字. 武帝 때 소무가 匈奴에 사신으로 갖
　　다가 北海에 유폐되어 풀 열매 들쥐를 먹으면서 절개를 지키기 19년에, 昭帝가
　　화친하여 돌아왔다. 당시에 가져갔던 병부를 蘇武節이라 한다. 蘇武持節.

欒欒有子獨在家　　東望日夜腸內熱
陟岵兩眼墜玄花　　號天寸心凝赤血
天憐終身慕不衰　　侍側特送麒麟兒
兒心直欲寧親軀　　溫凊甘旨無所虧
自知不足以悅親　　知無不爲常孜孜
新亭結構得處所　　冬不多寒夏無暑
旣開方沼引泉流　　更植嘉卉迎鳥語
春風花開秋月明　　皆可慰吾之惻愴
百年養志儘怡愉　　忠移於國懷此都
守道何曾枉尋尺³³⁾　　至今猶自範馳驅
所以位不滿其德　　公不怨尤傍人吁
嗚呼吾卿所矜式　　巨手作記光竹帛
滔滔四海百萬億　　幾人能盡臣子職
乃知永慕亭三世　　天下後世來取則

영매상인 시권에 쓰다
題嶺梅上人詩卷

보통을 뛰어넘는 생생한 향기 사랑하려고
분 속에 북돋아 기르기 많은 시간이니
마루 머리 뛰어난 격식 누가 이만하랴
다행이 은근한 이 있어 한 가지 부쳐오다.

---

33) 枉尋尺: 枉尺直尋이란 말이 있다. 큰 일을 위해서는 작은 절개를 훼손할 수도
　　있다는 말이다. 尺은 한 자이고 尋은 한 길이니, 한 자를 굽혀서 한 길을 펼
　　수도 있다는 뜻이다. 이 시구는 이것을 뒤집어 사용한 것이다.

爲愛生香出等夷   盆中培養已多時
嶺頭標格孰與此   幸爲幽人寄一枝

4월 20일, 신륵사의 비를 쓰려고 성을 나서는 길에 짓다
四月二十日 因書神勒碑 出城途中有作

어제 아침엔 비가 안개 같더니
오늘 아침은 안게가 비 같구나
눈물 흥건한 길 가의 풀이고
아른아른한 밭 둑의 나무들
가는 길이 아물아물 하여서
아침 전엔 희미히 길을 잃기도
점점 사람 그림자 나타나고
봉우리들도 역시 들어난다
이마 들어내다 뿌리 돋아나
갑자기 여러 모습으로 보인다
사방 산마다 각기 같지 않아
구경하려 자주 돌아본다
해는 장차 낮 시간이 되어
텅 비어 시선이 뚫린다
건곤은 하나의 기운일 뿐인데
변화는 다 알 수 없구나
오히려 구름 안게 염려되더니
온갖 물상이 다시 아스라하다.

前朝雨如霧　　今朝霧如雨
厭泣路傍草　　依稀田畔樹
微逕冥冥中　　前朝迷失路
漸見人影出　　峰巒亦呈露
露頂亦露根　　倏忽多態度
四山各不同　　貪翫屢回顧
日將到禺中[34)]　　空闊眼界通
乾坤一氣耳　　變化不可窮
尙恐雲霧作　　萬狀還矇矓

회암사 주법에게 올림
呈檜巖主法

강 달이 밝게 둥근 곳
솔 바람은 시원한 시간
집에 전하는 한가한 멋을
세상 사람들에게 알리려 하죠.

江月圓明處　　松風灑落時
傳家閑意味　　要遣世人知

---

34) 禺中: 巳時.

두미원 강 언덕에서
杜美院江岸

넘실대는 한강 물 산 사이로 흘러나와
처음은 누구의 외침으로 두 산을 갈랐나
바다로 갈수록 의당 넓고 넓어지지만
근원의 출발은 스스로 잔잔히 흘렀지
햇살이 잠간 움직이면 바람이 살랑거리고
하늘 그림자 멀리 무젖어 돛은 한가히 간다
머리 돌려 은근히 삼각산을 이별하나
달 바퀴 반이 되기 전에 내가 돌아와야지.

汪洋漢水出山間　　初𡉏咆哮擘兩山
歸海盒當成浩浩　　發源應自遠潺潺
日華乍動風來軟　　天影遠涵帆去閑
回首殷勤別三角　　月輪未半我當還

용진 나루 건너며
渡龍津

온갖 산이 빙 둘리니 시선이 아득한데
다시 긴 강이 있어 적요함을 위로한다
완연히 중류에 있어 밑까지 맑으니
내 몸은 이미 층층의 하늘 올랐나 의아해.

萬山環合望中遙　　　更有長江慰寂寥
宛在中流淸徹底　　　却疑身已上層霄

월계협을 지나며
過月溪峽

길은 달린 듯한 암벽 사이에 들고
남쪽으론 땅도 없고 북에는 높은 산
놀라기도 겁나기도 또 기쁘기도 해
말 위에서 무단히 얼굴 펴고 크게 웃다.

路入懸崖石壁間　　　南臨無地北高山
可驚可愕又可喜　　　馬上無端一破顏

22일, 길을 가다가
二十二日途中

해는 관음봉을 비추고
나그네는 양근관을 떠나다
동쪽으로 가기 십리도 안돼
넓은 들이 다리듯이 평평하다
맑은 강이 항시 우편에 있어
원근을 모두 구경할 수 있다

다시 십리쯤을 더 가서
말 멈춰 높은 언덕에 오르니
외로이 서있는 강 중간의 산이
나의 넓은 시선을 가로막는다
지방민이 앞에서 늘어놓는 말
저 산은 원래 충주가 고향인데
떠 오다 여기서 멈추어서
그래서 충주라 부른다 한다
동행들이 진실성 없다하여
무두가 한 번 웃음꽃 폈다
영은산에는 비래봉이 있고
창오에도 이와 짝할 것 있지
정지된 것이 산의 상리인데
자연의 상리를 네 어찌 어지럽혀
무엇을 사모해 여기로 왔으며
무엇이 괴로워 저쪽을 피했나
물어도 끝내 말이 없으니
바람 따라 홀로 길이 한탄하다.

日照觀音峰	客離陽根館
東行未一舍	千頃平若按
淸江常在右	遠近皆可玩
復行十里許	歇馬登高岸
孑立江中山	遮我望浩汗
土人前致辭	彼本忠州貫

浮來止於此　　　　　故以忠州喚
同行謂不誠　　　　　皆發一笑粲
靈隱有飛來[35]　　　蒼吾[36]有此伴
靜者山之常　　　　　天常爾何亂
何慕此而來　　　　　何苦彼而竄
問之終不言　　　　　臨風獨長嘆

신륵사에 쓰다
題神勒寺

앞으로 창랑 물결 누르고 뒤에는 잔잔한 산
솔 언덕 좌우로 거듭되는 난간을 짓다
뱃 사람은 묵은 전탑을 가리켜 일러주고
하늘 음악은 새로운 돌 기단에서 울려오다
보제존자의 높은 풍도가 천하를 둘러싸고
목은옹의 오묘한 말씀 나라 안에 으뜸되었네
단서를 써도 걸맞지 못할 것 스스로 부끄러워
한 조각의 옥돌 비석이 만대를 보여 주고 있다.

前壓滄浪背淺山　　　松岡左右作重闌
舟人指點舊塼塔　　　天樂來朝新石壇

---

35) 靈隱有飛來: 중국의 杭州에 靈隱山이 있고, 그 동남쪽에 飛來峰이 있는데 거기
　　에 靈隱寺가 있다.
36) 蒼吾: 未詳. 혹 舜이 순행하다 죽었다는 蒼梧인가.

普濟37)高風迷六合　　　牧翁妙語38)冠三韓
書丹自愧不能稱　　　一片貞珉萬代看

관착의 산시권에 쓰다
題寬窄山詩卷

사해 밖이라 해서 더 넓을 것 없고
한 먼지 속이라 해서 더 좁지도 않다
스님의 한가로운 경지의 세계는
사람 하늘이 헤아릴 수가 없구나.

四海外非寬　　　一塵中非窄
上人閑境界　　　人天莫能測

척약재가 배를 타고 찾아와 나를 배로 청해 술을 마시다
惕若齋39)乘舟來訪　請予飲舟中

강의 안개 비에 조각배를 띄우고
뜻대로 흐름 따르다 혹은 거슬러 오르기도
일천 점의 봉우리도 함께 어둡다 맑다하고

---

37)　普濟: 懶翁 惠勤和尙(1320-1376)의 봉호가 大曹溪宗師 禪敎都摠攝 勤修本智重
　　興祖風 福國祐世普濟尊者이다.
38)　牧隱妙語: 懶翁和尙塔銘을 牧隱 李穡이 썼다.
39)　惕若齋: 金九容(1338-1384)의 호.

양 가의 풀 나무는 각기 푸르고 푸르다
물고기는 즐길 줄 알아 잠겨 서로 내닫고
새들은 기미 잊을 줄 알아 가까이 떠 있다
시의 신선이 이런 곳에서 살지 않았다면
어찌 이런 그림 속에서 놀 수 있겠는가.

驪江烟雨泛扁舟　　隨意隨流或泝流
千點峰巒同暗淡　　兩邊草木各靑幽
魚因知樂潛相趁　　鳥識忘機近尙浮
不有詩仙居此地　　豈能爲此畵中遊

신륵사에서 여흥루에 이르러 현판의 시운에 차운하여, 두 수
自神勒寺至驪興樓 次板上韻　二首

이름은 정한 집의 조각 돌 위에 걸려 있어
배를 타고 십리 길 잔잔한 물 머리를 살피다
강 가에서 웃음으로 나옹의 그림자 이별하고
고을 안으로 원차산의 시 보러 왔구나
어찌 감히 귀한 나그네로 오래 머물러
오히려 작은 폐라도 민간에 미칠까 두렵다
재주 없어 하늘이 숨긴 곳 표현키도 어려워
또한 누대 앞의 풍경을 한가히 놓아 두자.

名掛精廬片石端　　　乘舟十里檢屛顔
江邊笑別懶殘子　　　郡裏來看元次山[40]
豈敢久留居客右　　　尙憂小檃及民間
非才難狀天慳處　　　且放樓前風景閑

아침 되자 이슬 마른 가지 끝 참 기쁘구나
한 없는 기묘한 구경이 나그네 얼굴 풀어줘
햇살 맑은 물을 쏘아 네 벽에 비치고
구름 멀리 걷히니 거듭된 산 볼 수 있구나
나라 가는 누런 학은 푸른 하늘 속이요
잠겨드는 흰 갈매기는 파도의 중간일세
누대 안의 사람 쉽게 늙는다 괴상히 여기지 말라
강물은 밤낮으로 흘러 한가한 때가 없지 않는가.

朝來最喜露乾端　　　無限奇觀解客顔
日射淸漣明四壁　　　雲收平遠得重山
飛揚黃鶴靑冥裏　　　滅沒白鷗波浪間
莫怪樓中人易老　　　江流日夜未嘗閑

---

40) 元次山: 未詳. 唐의 元結의 字가 次山이기는 하나, 여기서는 그를 인용할 근거
　　가 없다.

원주객사에서 자며 현판의 시운에 차운함
宿原州客舍　次板上韻

치악산의 구름 봉우리가 비를 보내와서
처마 소리 주룩주룩 저녁 추위 가져온다
이미 맑은 경치 즐겨 현포로 옮겨서
다시 가인이 부르는 위성곡을 듣다
나그네 머뭇거림은 옛 생각이 많아서이고
영웅은 적막하게도 높은 이름만 남아 있다
말 자취 이르는 곳마다 거친 농작 한탄하나
이 경계는 강 언덕이라 유독 두루 경작되었네.

雉岳雲峰送雨行　　　簷聲淅瀝晚凉生
已欣淸景移玄圃[41]　　更聽佳人唱渭城[42]
遊子躊躇多古意　　　英雄寂寞有高名
馬跡到處嗟荒穢　　　此境川原獨遍耕

---

41) 玄圃: 전설 속에 崑崙山頂에 있는 신선의 거처로 그 안에 奇花 瑤草가 많다
　　함.
42) 渭城: 樂府의 曲名. 唐의 王維의 〈送人使安西〉시에 "渭城朝雨浥輕塵 客舍靑靑
　　柳色新 勸君更進一杯酒 西出陽關無故人"이 뒷날 악부곡으로 편입돼 "渭城"이라
　　는 곡명이 되었다. '陽關'. '渭城三疊'.

목은선생을 모시고 천수사에 가 연꽃을 감상하다
선생의 시에 차운함
陪牧隱先生往天壽寺賞蓮 次先生詩韻

세 번 연꽃 연못 찾아와도 감상은 점점 새로워

연꽃 사랑 지금 세대 다시 어느 사람일까

응당 낙원이 서천의 끝에 있는 것은 아니고

또한 朱濂溪의 후신도 아닐 것이니

지세가 상쾌하니 어찌 여름 햇살 걱정하며

바람 향기로워 권세 바람 섞이지 않다

이 사이 참 멋은 참으로 형상하기 어려우나

시편들 속에 오묘함이 신기에 듦이 기쁘구나.

三訪蓮池賞轉新   愛蓮今世復何人

未應樂國在西極   莫是濂溪43) 更後身

地爽那憂趙盾日44)   風香不雜庾公塵45)

此間眞趣誠難狀   喜見詩篇妙入神

---

43) 濂溪: 周惇頤의 호가 濂溪이고, 愛蓮說을 지었다.

44) 趙盾日: 〈左傳, 文公七年〉에 "酆舒가 賈季에게 趙衰와 趙盾이 누가 현명하냐
하니, 대답하되 趙衰는 겨울의 해이고 趙盾의 여름날의 해(夏日之日)이라" 하
였다. 杜預의 註에 "겨울의 해는 사랑스럽고 여름의 해는 두렵다" 하여, "趙盾
日"은 여름의 따가운 햇살을 지칭하는 말이 되었다.

45) 庾公塵: 〈世說新語〉에 庾亮이 권세에 편향되어 王導에게 기울어 있었다. 하루
는 유량이 石頭에 앉아 있고 王導가 冶城에 앉아 있었는데, 회오리 바람이 먼
지를 일으키니, 왕도가 부채로 먼지를 털어내며 "元規(유량 의 자)의 먼지가
사람을 괴롭힌다" 하였으니, 왕도는 유량이 권세에 기우는 것을 미워서 한 말
이었다. 하였다. 이후로 "庾公塵"이 권세의 아부를 일컫게 되었다.

땅에 가득한 아침 안개가 시선 중에 새로워
종일토록 꽃다운 향기 멀리 사람에게 스민다
바람 앞에 마주 대하면 꺾이지 않음 사랑스럽고
물 밑을 구부려 보면 나의 분신일까 두렵다
반공에 솟은 태화산은 절벽인 듯 길이 없고
천고의 사령운의 필치는 먼지로 변했나
덕 있는 분을 즐겨 향하여 목은옹을 모시고
술 한 잔 시 한 수로 이에 정신을 모은다.

滿地雲錦[46]望中新　　　終日芳香遠襲人
相對風前愛强項[47]　　　俯觀水底恐分身
半天太華[48]壁無路　　　千古臨川[49]筆化塵
好向醫王[50]陪牧隱　　　一觴一詠此凝神

꽃 피고 꽃 지기 몇 번이나 새로워졌나
지난 번에 갔던 사람 이제는 늙은 이일세
다행히 높은 분 모시고 옛 자취 찾으니
지난 일을 추적 생각에 전생의 몸 같구나
당시에 함께 연꽃술인 하심주 마셨고
오늘은 다분히 소나무 아래 먼지 되네요
만물과 나 모두가 다함 없는 곳에
東坡 신선은 참으로 그 필치가 신과 같구료.

---

46) 雲錦: 아침 안개. 채색 구름.
47) 强項: 강직하여 위협에 굴하지 않음.
48) 太華: 산 이름. 陝西省 華陽縣에 있는 산으로 사방이 깎아지른 듯하여 높이가
　　5천 길이고, 넓이가 10리여서 짐승도 살지 못한다 함.
49) 臨川: 진의 謝靈運을 말함. 사령운이 臨川內史를 지냈기 때문에 이름.
50) 醫王: 의술이 정묘한 사람을 말하나, 흔히 덕이 높은 분을 비유하여 쓰는 말.

花開花落幾回新	前度劉郞[51]今老人
幸侍高軒尋舊迹	追懷往事似前身
當時共飮荷心酒	今日多爲松下塵
物與我皆無盡處	坡仙眞箇筆如神

적성 별장에 있으며, 한산군의 시에 차운함
在赤城別墅　次韓山君詩韻

돌아온 마음 자취 쌍으로 맑음 기쁘니
전원 집에 이 생을 기탁함이 참으로 좋다
나그네 앉히는 한가한 마루에 부들 자리 있고
책을 비추는 밤 책상에는 관솔불에 의지하다
무거운 띳집이 비록 바람에 걷혀 있어도
하나의 나무로 기우는 지붕을 버틸 수도 있다
번화한 집이나 산림이 모두 얽매이고 옥죄지만
이 땅에 길게 머문다면 어찌 성취가 없겠나.

歸來心跡喜雙淸	正好田家寄此生
坐客閑軒有蒲薦	照書夜榻賴松明
重茅縱被風颷卷	一木能支棟宇傾
鍾鼎[52]山林皆局促	淹留此地豈無成

---

51) 前度劉郞: 南朝의 송의 劉義慶의 〈幽明錄〉에 "동한의 劉晨과 阮肇가 天台山에
서 신선을 만나고 돌아오니 이미 晉代의 시대가 되어 있었고, 그 뒤 劉 등이
다시 천태산을 찾으니 옛 자취는 묘연하였다" 하였다. 그 뒤로 시문에서 '갔다
가 다시 온 사람'을 '前度劉郞' 혹은 '劉郞前度'라 한다.

4월 보름 밤에, 목은선생을 모시고 누대에 올라 달을 구경하고, 다음 날 장편시를 받들어 운에 따라 화답함
四月望夜 邀牧隱先生登樓翫月 明日蒙示長篇 依韻奉和

지난 해 중추절에는 달도 정히 밝아
동쪽 집 누대에서 새벽까지 다했고
전년의 중추절에는 이 누대에 올라
함께 감상하려 또 우리 선생님 초치했다
맑고 화창한 보름 밤 달이 다시 좋아
솜털 구름도 없이 깨끗이 크게 맑았다
크고 작거나 높고 낮음에 광채를 함께 하니
은하수에 색이 변하지 않음 허락치 않다
항시 시와 술을 즐겨 건곤에 맡겨 두고
풍류 노래로 벼슬아치 옹호함 부러워 않다
술잔 멈추고 달에게 물어 고인을 본받아
몇 번이나 하늘을 지나고 또 바다 벗어났나
처음 바퀴를 다듬을 때 누가 얼음 뚫었나
요즘 점차 이글어짐 어쩌면 답답함에서 아닌가
동서 남북으로 자재로이 다니는데
어찌하여 자주 요사한 주색의 유혹 받았나
네가 만물 변화가 천리의 공고에서 나왔기에
하늘 위나 인간세상이 이치는 한가지임 알라

---

52) 鍾鼎: 鍾鳴鼎食의 준 말. 대가족의 부자 집에서 식구가 많기 때문에 식사에는
종을 쳐 식구를 부르고, 밥은 가마솥으로 먹어야 한다는 뜻. 곧 부귀한 집을
말함.

굳이 그런 까닭 찾으려면 앉아서 이룰 것이니

내 또한 그런 기운의 운수 중함에 있기 때문이다

때로 한미해짐 있더라도 내 구휼치 않으리니

네가 도를 지켜 집안 풍도 지킴 같이 하리라

내 이 말 듣고 더욱 자신이 생겼으니

어찌 흰 머리 늙은 이로 노쇠한 자랑 싫으랴.

去年中秋月正明	東家樓下窮四更
前年中秋登此樓	同賞又致吾先生
淸和望夜月更好	無有纖雲滓大淸
洪纖53) 高下共光彩	不許河漢色不改
每欣詩酒任乾坤	不羨笙歌擁冠盖
停杯問月效古人	幾度經天又出海
厭初斲輪54) 誰鑿氷	近日漸虧無奈因鬱蒸
東西南北自在行	奈何屢被妖蟆陵55)
汝知萬化出天公	天上人間理則同
苟求其故可坐致	以吾亦在氣數重
有時而微吾不恤	如汝守道存家風
我聞是語盆自信	豈厭白首誇龍鍾56)

---

53) 洪纖: 크고 작음. 大小. 巨細.

54) 斲輪: 풍부한 경험은 말로 전할 수 없다. 〈莊子〉에 수레 공쟁이가 자신의 솜씨
   는 빨라도 안되고 더디어도 안되어, 손으로 터득되고 마음으로 응하여 입으로
   말할 수 없다 함이 있다.

55) 蟆陵: 蝦蟆陵. 地名. 陝西省 長安縣 남쪽에 있다. 漢의 董仲舒를 여기에 장사
   하였는데, 唐나라때 歌樓 酒館이 여기에 집중되었다 함. 白居易의 〈琵琶行〉에
   "自言本是京城女 家在蝦蟆陵下住"라 함이 있다.

56) 龍鍾: 몸이 늙어 행동이 불편함. 노쇠한 모습. 실의에 찬 모습.

의침상인의 시권에 쓰다
題義砧上人詩卷

강양 스님이 이것이 자신의 산가라기에
쫓기는 나그네로 몇 달을 머무른 적이 있죠
먼 곳에도 서로 생각하면 막힘이 없는 것인가
문득 서울 수레 따르다 스님 얼굴 알아봤으니.

江陽師謂是家山	逐客曾留數月間
遠地思逢無滯礙	却從京輦識師顔

새로 직계 오름을 하례함
賀新登階

천고의 삼한 땅에 불자를 선발하는 마당에
지금껏 용상 같은 분 여기서 날렸다네
몇 분이나 직계에 오른 자가
내원당으로 오를 수 있었는지 알 수 없구나.

千古三韓選佛場	至今龍象此飛揚
不知幾箇登階者	得遇登階內願堂

술을 내보내며, 목은선생의 시에 차운하여
送麴生 次牧隱先生詩韻

나는 국생의 술을 사랑하여
나로하여 어김이 없기를 바라다
추위 막기에 굳이 대적될 이 없고
더위 피하기에 또 의지할 만해
시름의 성을 격파시킬 수 있고
붓의 진법을 알아 웅장히 날린다
살아서는 곡식으로 녹을 먹으니
나라에서는 백성 주릴까 염려하다
그런 까닭으로 쫓김을 당하니
이제 가면 어느 때 돌아오랴
심히 朱家를 본받으려 하다가
자취가 재앙의 기틀을 낳았구나
감히 숨겨서 보낼 수도 없어
스스로 계산해도 잘못은 아니다
멀리 사방 경계 밖으로 내치나
살아서 응당 식미의 시를 지어
어쩌면 의당 다시 나를 따라서
쭈그러진 얼굴에 빛을 내게 하여라.

我愛麴生醇　　　令我願不違
禦寒固無敵　　　避暑又可依
能攻愁城破　　　解壯筆陣飛

生惟糜廩祿　　　　國則念民飢
所以被放逐　　　　今去幾時歸
甚欲效朱家[57]　　　跡至生禍機
不敢匿而送　　　　自計未爲非
遠出四境外　　　　生應賦式微[58]
何當復從我　　　　皺面生光輝

비를 대하여
對雨

아침에 오는 비 띳집 암자에 뿌리니
온 숲의 쪽빛이 바뀌는 것 애석해 하는 듯
아득아득 때로는 먼 시선 희미하게 하고
아른 아른 해 지도록 맑은 이야기를 권한다
몸 가벼운 단풍잎 날아 서로 부딛히고
머리 무거운 황화 늘어져 줄지으듯 하다
상상컨대, 물고기들 물 밖으로 많이 나올텐데
어째서 도롱 삿갓으로 찬 못의 낚시질 없는가.

---

57) 朱家: 漢의 초기의 魯지방의 義俠士. 魯의 朱家가 高祖와 동시대인이다. 노지
　　방 사람이 다 유교로 숭상하는데, 朱家는 의협으로 알려져 있었다. 집에 수백
　　명의 俠士를 기르되 용렬한 이도 수용하여 사람들의 급한 일을 자신의 일보다
　　먼저 해결하니, 사람들이 그와 사귀기를 원하지 않는 이가 없었다. 그 뒤로 '朱
　　家'가 義俠士의 대명사처럼 쓰인다
58) 式微: 〈詩經, 邶風〉 篇名. "式微式微 胡不歸(쇠하고 쇠했구나 어찌 돌아가지
　　않으랴)"하였다. 이는 黎侯가 衛로 유랑하니, 시종자들이 본국으로 돌아가기
　　를 권하는 시이다. 그래서 '式微'는 돌아가기를 바라는 뜻으로 쓰인다.

朝來細雨洒茅菴	似惜千林色換藍
漠漠有時迷遠望	濛濛竟日勸淸談
體輕紅葉飄相觸	頭重黃花亞欲毿
想見魚兒多出水	豈無簑笠釣寒潭

새벽에 일어
曉起

동짓달의 날씨가 봄인 듯 깊어
새벽에 일어나 창 열어도 냉기 침범 않다
나무 위 새 소리 처음엔 떠들썩하더니
담장 머리 산 빛은 아직도 침침만 하네.

仲冬天氣似春深	曉起開窓冷不侵
樹上鳥聲初聒聒	墻頭山色尙沈沈

계림부윤이 생선을 보내와, 오언시 세 수를 짓다
鷄林府尹寄惠生鮮 作五言三絕

바다 가에 사는 사람이 적어
세상에는 해산물이 드물구나
기쁘게도, 임께서 소식을 이어 주어
나로하여 어머니를 봉양하게 하다.

海畔人居少　　　　人間海錯59)稀
喜公連信使　　　　令我奉慈闈

군대의 진영에도 기근이 이었지만
공과 사용으로 저축됨이 있어
걱정 중에도 오히려 기쁨을 주어
온전한 살림이 몇 천나마가 되네.

師旅仍飢饉　　　　公私素貯儲
憂中還有喜　　　　全活幾千餘

공께서 응당 눈에 꽃이 가득하겠지
나도 이미 눈발이 수염에 돋는데
생각건대, 서로 만나는 날에는
각기 풍채가 다른 것에 놀라겠지.

公應花滿眼　　　　我已雪生鬚
料得相逢日　　　　各驚風彩殊

---

59) 海錯: 바다 산물이 錯雜하여 한 두 가지가 아니다. 〈書經, 禹貢〉에 "厥貢鹽絺
海物唯錯(저 조공품이 소금과 거친 베이나, 바다 산물은 오직 다양하구나)"함
이 있다.

목은선생의 희우시에 화답하여, 두 수
奉和牧隱先生喜雨　二首

한밤에 잠이 없는 것도 기쁘구나
빈 섬돌에 빗 소리를 들을 수 있으니
갑자기 찌는 기운이 흩어지게 하여
자못 병든 몸이 가벼워짐 깨닫게 하다
멀고 가까움에 고루 단비 뿌리니
평화로운 징조 성명의 힘입음이지
가뭄의 벼 응당 넘쳐 패어날 것이니
배 두드리며 가을걷이 기대하자.

中夜喜無寐　　　空階聞雨聲
頓令炎氣散　　　頗覺病身輕
甘澍均遐邇　　　休徵賴聖明
旱禾應漲秀　　　鼓腹待西成

성상께서는 하늘 뜻을 두려워하고
뭇 스님들은 부처 외치는 소리일세
농사 때는 해침이 없음이 중요하고
백성의 일은 참으로 가벼이 할 수 없어
시원한 바람으로 하루 마치더니
주루룩 붓다가 또 철저히 개이다
그대 사랑하기 백거이 같아서
응당 축하의 시를 이루어야지.

聖上畏天意　　　衆髦呼佛聲
農時要不害　　　民事固無輕
颯爽旣終日　　　滂沱又徹明
愛君如白傅[60]　　應有賀詩成

엄광대선사가 새싹의 차를 보내와서
嚴光大禪師寄惠芽茶

차를 따기에 비록 바닷가가 다 좋다하나
오직 엄광선사의 품질이 가장 아름다워
내가 묘련사에서 이 맛을 안 뒤로는
번거로이 스님 멀리 부쳐와 내 마음 위로하다.

採茶雖復海邊皆　　　唯有嚴光品最佳
我自妙蓮知此味　　　煩師遠寄慰予懷

8월 초아흐레, 밤에 앉아서
八月初九日 夜坐

하늘은 네 계절을 나누어
추위 더위 각기 절기가 있다

---

60) 白傅: 唐의 시인 白居易를 대칭함. 백거이가 만년에 太子少傅를 지내서 일컫게
　　됨.

불의 신은 어찌 검소하지 않아
팔월인데도 아직 찌는 더위인가
오늘 밤엔 가을 기운이 상응하여
젓던 부채를 처음 쉴 수가 있구나
유연히 남쪽 나무 밑에 앉아
하늘 무늬의 빛을 우러러 보니
달은 석목의 나루에 있어
서녘 자루 매달림을 보지 못하다.

皇天分四時	寒暑各有節
祝融61)何不廉	八月尙炎熱
今宵金氣應	揮扇始得輟
悠然坐南榮	仰視乾文烈
月在石木津	不見西柄揭

9월 15일 밤, 목은 선생을 청하여 누대에 올라 달을 구경하며 선생의 운에 차운함
九月十五夜 邀牧隱先生登樓翫月 次先生韻

구름은 긴 허공에 걷히고 이슬은 가을을 씻어
소리 없는 은하수가 인간세상 가까이 흐른다
막걸리 술은 역시 맑은 경치 감상에 풍족하고
누런 국화는 차라리 흰 머리로 올려 놓자

---

61) 祝融: 불을 맡은 神.

땅은 황금 물결 솟구쳐 나그네 자리 맑히고
하늘은 백옥 거울 닦아 우리 누대에 걸었다
청컨대, 임께선 이어지는 밤을 싫어마시요
전현들이 촛불 잡고 노닐음 보지 않았나요.

雲卷長空露洗秋　　無聲河漢近人流
濁醪亦足償淸景　　黃菊寧須上白頭
地湧金波澄客位　　天修玉鏡掛吾樓
請公莫厭留連夜　　不見前賢秉燭遊

마흔 아홉 해에 지금 또 가을인데
나는 몇 번이나 물 흐름 쫓음 잘못이요
꺾이고 부러져 봉의 날개에 붙다를 수 없고
읊음으로 애오라지 학의 머리나 기대야지
붉은 잎과 푸른 이끼가 땅 쓸기도 방해하고
맑은 바람 밝은 달은 누대 오르기 권하네
유연히 사물과 나 서로 잊은 곳엔
도잠이 애써 세상 끊음 우습게 여기네.

四十九年今已秋　　吾非幾逐水東流
摧頹不擬附鳳翼　　吟詠聊爲側鶴頭
紅葉蒼苔防掃地　　淸風明月勸登樓
悠然物我相忘處　　笑殺陶潛强絶遊

설곡의 시권에 쓰다
題雪谷卷子

강 어구(谷)에는 천년 동안 눈(雪)이 녹지 않으니
인간 세상 더위 번뇌가 서로 간여할 수 없지요
비구스님의 서식지도 그러한 곳을 얻었지만
얼음 언덕으로 길이 어렵도록 차단은 마시요.

江谷千年雪未殘　　　　人間熱惱敢相干
比丘棲息得其所　　　　遮莫氷崖道路難

상천장로를 보내며
送霜泉長老

나옹의 높은 제자 그 이름은 상천
눈동자는 밝고밝고 얼음 눈의 얼굴
돌 머리 향하여 엎어진 적 없더라도
짚신으로 만중의 산 찾지 마소.

懶翁高弟號霜泉　　　　眸子暸然氷雪顔
未向石頭曾踢倒　　　　草鞋遮莫萬重山

초여름
初夏

맑은 물 가에 앉아 쉬다가
녹음 어둑한 곳 뚫어 걷다
꽃 계절 비록 지나갔어도
마음 구경은 끝난 적 없다.

坐歇淸漣際　　　行穿綠暗中
花時雖已過　　　心賞未曾窮

한산군이 연꽃 구경 세 수를 보이기에 차운하여 봉답함
韓山君示賞蓮 三首 次韻奉答

세상과 나 서로 버렸다함 전혀 들은 적 없으니
술을 담으려면 기와라도 동이로 삼게 해두다
가련하게도, 안목을 기르려면 마음이 존재하나
연꽃을 보려 해도 물결 무늬에 가렸구나.

世我相遺百不聞　　　任敎盛酒瓦爲盆
可憐養目心猶在　　　思見荷花蔽浪紋

연꽃은 구경할 만도 하고 냄새 맡을 만도 하나
헤어진 집에는 지금 천엽의 화분도 없구나

말을 나란히 놀이 구경이 내 소원이기는 하나
하늘 기틀이 어느 곳에서 비단 무늬 이룰까.

荷花宜賞復宜聞　　　　弊宇今無千葉[62]盆
聯騎遊觀吾所願　　　　天機何處錦成紋

지난 날 광제교에서 흥이 끝이 없더니
술과 시로 못 가에서 해 저물 때까지였는데
연꽃과 함께 쇠잔하여 지금은 존재치 않으니
어쩌면 모두가 현란하고 화려함 피함이 아닌가.

往時廣濟興無涯　　　　觴詠池邊至日斜
蓮與懶殘今不在　　　　豈非俱是避紛華

사물 변화도 이제 알겠다, 역시 한계가 있구나
의연히 하나의 길만이 옆을 비껴 있네요
오고 가며 말 위에서 슬픈 감개 더하니
연꽃은 보이지 않고 물빛만 보이네요.

物化今知亦有涯　　　　依然一巡傍也斜
往來馬上增悲慨　　　　不見荷花見水華

어느 누가 우리 구용만큼 현명한가
바깥 들에 못을 파서 연꽃을 심었으니

---

62) 千葉: 千葉蓮. 전설 속에 일종의 꽃잎이 많은 연꽃. 〈楞嚴經〉에 "於時世尊頂放
　　白寶無畏光明 光中出生千葉寶蓮 有佛化身 結跏趺坐"라 함이 있다.

올해는 가뭄 끝이라 아직 피지 않았으니
임을 모시고 모름지기 밭 가로나 나가보자.

何人似我舅翁賢　　別野開池爲種蓮
今歲旱餘猶未發　　陪公須往籍田邊

도연명은 괴로운 현인이 아님을 항상 웃었으니
술 마시는 중에 국화는 알았지만 연꽃은 몰랐기에
선생은 분명히 염계의 후대에 계시지만
속된 물건은 눈 가에도 이를 길이 없구료.

每笑淵明未苦賢　　飮中知菊不知蓮
先生宛在濂溪後　　俗物無由到眼邊

닭울음 듣고 느낌이 있어
聞鷄有感

졸음을 즐기는 생평이라 긴 밤을 좋아하여
몇 번이나 돋는 해가 창에 들어 밝음에 놀라다
지금에 와 오십의 나이가 이르려 하는데
매양 이웃 닭의 첫 울음을 듣고 있구나.

嗜睡平生美夜長　　幾驚初日入窓明
如今五十年將至　　每聽隣鷄第一聲

7월 그믐날, 목은선생을 모시고 함께 연꽃을 감상하려
하였는데, 선생이 또 병환으로 사양하시어, 다음 날 한
수의 시를 올리다
七月晦日 欲陪牧隱先生同往賞蓮 先生又辭以疾 明日奉呈
一絶

팔월의 하늘은 높고 이슬도 싸늘하려 하니
연꽃도 며칠 안에 꺾여 쇠잔하지 않을까
성 남쪽의 가까운 곳 한 번 가기 아끼면
연꽃을 사랑하는 정이 늦어지니 어쩌나요.

八月天高露欲寒　　　　荷花幾日不摧殘
城南尺五63)惜一往　　　　無奈愛蓮情已闌

옥봉상인의 시권에 쓰다
題玉峰上人卷子

쪼아내거나 갈고 닦음으로 인연하지 않아도
눈 빛과 얼음 모습이 파란 하늘을 비추지요
몇 점의 나는 먼지가 와서 일으키려 하여도
모름지기 알라, 닦아내는 주인 늙은 이 있음을.

不因追琢與磨礱　　　　雪色氷容映碧空
幾點飛塵來欲惹　　　　須知拂拭主人翁

---

63) 尺五: 一尺五寸의 略稱으로 극히 가까운 곳을 이름.

남경에서 송도로 돌아오며, 말 위에서 짓다
自南京歸松都 馬上口號

남쪽 도읍에서 휴가 얻어 송경으로 가는데
앞 길의 세 봉우리에 동쪽 향해 가다
구름 옅었다 짙었다함에 생각이 번거롭고
산이 밝았다 어두웠다하여 시정을 일으킨다
아름다운 재질은 응당 의협의 집에 기용되지만
비옥한 땅이야 어찌 들 노인의 경작에 용납되나
땅의 덕은 과연 나라 복덕을 연장시킬 수 있으니
천문 관원이 의당 백성의 삶을 염려 않아서야.

南都告暇往松京	首路三峰東面行
雲淡雲濃惱人意	山明山暗起詩情
美材應入俠家用	沃壤寧容野老耕
地德果能延國祚	日官宜不念民生

한산군의 초여름 시에 차운함
次韓山君初夏詩韻

푸른 용의 행차가 이미 90여 일이니
서리의 여신이 10월의 초순처럼 오다
비 내림이 해마다 또 드물고 적으니
알 수 없다만, 역사관은 무어라 써야하나.

蒼龍行已九旬餘　　　青女64)來如十月初
雨點年來又稀少　　　未知史氏若何書

4백 육십 오 년나마에
멀리 신성께서 나라 열던 초기 생각한다
잇고 이어서 오늘에까지 이르렀으니
밝도다, 빛나는 교훈을 역사서에 쓰자.

四百六十五年餘　　　遙憶聖神開國初
繼繼承承到今日　　　昭哉光訓載於書

일암상인이 두루말이를 가지고 와 시를 구하다
日菴上人携卷子求詩

하늘과 땅 안에 가득한 만물은 한이 없으나
나뉘어 구별됨도 다 이것으로 말미암다
色 香 味 觸의 네 영역으로 어린 바탕 이루었다 말 말라
어찌 늙은이라서 어린 아이들을 달리 본 적이 있는가
유가 서생은 항시 예 아님을 볼까 염려하고
불자들은 한상 색의 있음을 공으로 본다네
대천세계를 비춰봄에 술법이 있을 것 같으면
나에게 방편을 가르쳐 신통력을 얻게 하소.

---

64) 靑女: 전설 속에 서리를 맡은 女神.

盈天地內物無窮	分別皆由阿堵中[65]
莫謂四塵[66]成幼質	何曾老見異孩童
儒生每慮視非禮	佛者常觀色卽空
照了大千如有術	敎吾方便得神通

---

65) 阿堵中: 六朝. 唐 시대의 俗語 '이것'이라는 말, '這箇'. '이 속에'
66) 四塵: 色, 香, 味, 觸의 네 가지의 대상 영역.

鄭夢周

圃隱先生 文集

〈해　제〉

본 시는『圃隱先生詩集』에서 가려뽑은 것이다.

1. 저자

鄭夢周 : 1337(충숙왕 복위6)-1392(공양왕 4). 자는 達可, 호는 圃
隱, 본관은 迎日이다. 1357년(공민왕 6) 監試에 합격한 뒤 1360년 문
과에 장원, 藝文檢閱 修撰등을 역임하다. 1363년 東北面指揮使 韓邦信
의 從事官이 되어 여진족의 토벌에 참여하다. 1365년 선생의 나이 28세
에 어머니 상을 당하여, 묘소에서 기거하는 廬墓살이를 하였다. 당시
상례제도가 문란한데 선생이 유독 여묘살이를 하매 표창하였고, 복을
마치자 成均博士가 되어 성균관을 다시 짓고 李穡으로 大司成을 겸하게
하였다. 선생의 강론이 항시 탁월하니 이색은 달가의 이론이야말로 사
리에 합당치 않음이 없으니, 東方 理學의 始祖라 할만하다 하여 극찬하
였다.

1372년 서장관으로 明나라에 다녀왔다. 1375년 성균관대사성이 되어
李任元등의 排明親元 정책에 반대하다 彦陽으로 유배되었다. 다음해 배
소에서 풀려나, 일본의 사행에 올랐다. 당시 일본의 九州節度使는 선생
에게 감복되어 대우가 융숭했고, 선생의 시를 받으려는 승려들이 모여
깊은 환대를 받았다. 당시에 수창한 시가 문집에 많이 보인다.

1380년 助戰元帥로 李成桂를 따라 운봉에서 왜적을 대파하고 돌아왔
다. 1383년 東北面助戰元帥로 또 이성계와 종군하다. 다음해 국가가 어

지러워 명나라와의 수교를 매끄럽게 하지 못한 처지여서, 聖節使의 사
신으로 가려는 이가 없자, 군왕은 직접 선생을 불러 사신으로 다녀와
줄 것을 부탁했다. 황제는 전에도 사신으로 왔던 것을 기억하여 극진한
예우를 베풀어 불편했던 대명관계가 해소되었다. 1387년에 河崙 李崇仁
등과 함께 건의하여 백관의 복식을 胡服을 혁파하고 中華의 제도로 고
치도록 하였다.

　1389년(공양왕 1) 藝文館大提學이 되었고, 1391년 安社功臣의 호가
하사되었다. 다음해 선생의 나이 56세인 4월 4일에 순절했고, 그 해 고
려가 멸망했다. 1401년(태종 1) 태동은 선생에게 大匡輔國崇祿大夫 領
議政府事 修文館大提學 兼藝文館春秋館事 益陽府院君 諡文忠으로 추증
하였다.

　2. 저서

『圃隱先生文集』은 시집 2권과 문집 1권, 연보 및 부록 1권, 총 4권
으로 편집되어 있다. 현재 전하는 문집은 아들 宗誠이 수집 편찬했던
초간본을 1584년 선조의 명에 따라 선생의 5대손 世臣이 판각한 新溪本
을 바탕으로 편집한 저본에 의한 목판본이다.

　편집의 내용이 使臣으로 왕환할 때의 紀行이나 祖戰元帥로 출정했을
때의 시가 대부분이다. 작시가 일상의 견문을 서술하는 지식인의 한 단
면이었음이 역시 예외일 수가 없다.

　　　　보리 이삭은 파릇파릇한데 뽕잎은 마르고
　　　　기름진 땅 천리에는 호미 김매기로 이었다
　　　　땅은 북해로 이어져 파도 소리 웅장하고
　　　　산은 동진을 에워싸 푸른 빛이 떠 있구나
　　　　매양 시편을 쓰는 것이 일과로 되었으니

애오라지 사절로서도 봄을 맞아 노닌다
이번 걸음이 또 천자께 조회로 가니
내일은 황궁 뜰에서 면류관에 절하겠네.

麥穗靑靑桑葉稠　　沃饒千里接鋤耰
地連北海波聲壯　　山擁東秦翠色浮
每寫詩篇爲日課　　聊將使節當春遊
此行又是朝天去　　明日丹墀拜冕旒
　　　　　　　　　　　　　　「黃山驛路上」

　　明나라가 蜀을 평정한 것을 축하하기 위한 사절단의 종사관으로 갔
을 때의 기행시인 것 같다. 이 때 돌아오는 길에 풍파를 만나 구사일생
으로 살아 돌아왔다. 부사였던 洪師範은 이 풍파에서 죽었다. 이국 땅
의 자연 풍광을 보는 대로 시를 짓는 것이 일과였다. 이렇게 일과로 삼
은 시편들이 지금 전하고 있는 것이다.

　　강남의 아가씨들 머리에 꽃을 꽂고서
　　웃으며 짝을 불러 꽃 물가에서 노닐다
　　노 저으며 돌아오는 길 해 주물려 하니
　　쌍쌍으로 나는 원앙 한 없는 수심일세.

江南女兒花揷頭　　笑呼伴侶遊芳洲
笑呼伴侶遊芳洲　　鴛鴦雙飛無限愁
　　　　　　　　　　　　　　「江南曲」

　　때로는 이국의 풍정으로 여정을 달래보기도 한다. 강남의 화려한 가
무지에서 꽃을 꺾는 여인들에 이끌리는 나그네의 정서를 그려내고 있
다. 이 또한 정치가요 외교가이면서도 남자로서의 풍정에는 진솔한 인
건적 자세로 돌아가는 한 사나이의 모습이다. 이 점이 옛 지식인들을

시인으로 자리매김하여도 무방한 소이이다.

> 동으로 바라뵈는 고향 동산은 바다 물결 막혀
> 봄 지난 높은 재실에서 홀로 가부좌를 틀다
> 해는 대낮 마파람에 문은 저절로 열리며
> 날아 온 꽃 잎이 가사 옷에 점을 찍는다.

> 故園東望隔滄波　　春盡高齋獨結跏
> 日午南風自開戶　　飛來花片點袈裟
> 　　　　　　　　　「贈毊房日本僧永茂」

　일본의 승려 영무에게 주는 시이다. 당시 일본의 九州에서 빈번한 노략질이 심하여, 포은이 사절로 가서 節度使 了俊과 담판을 하니, 일본의 지식인들이 감복을 하여 선생의 시를 구하려 몰렸다 한다 특히 승려들의 요청이 많았으니, 위 시도 그 일부인 것이다.

　이렇듯 선생의 시는 국가의 중대한 임무를 수행하는 여가에 이루어진 것이 대부분으로, 어찌보면 당시 주변국의 輿地勝覽과도 같다. 이러한 국가적 중책을 항시 담당하기에 신흥세력의 왕권교체에 강한 저항을 보였던 것이다.

> 이 지역은 옛날에 윤몰되어서
> 선왕이 오히려 개척한 곳이라
> 백성 드물어 이방 풍속 섞였고
> 지역은 수승하여 좋은 재질 많다
> 길은 넓은 바다 따라 회전되고
> 산은 말갈을 쫓아 내려왔다
> 짧은 옷으로 호랑이 쏘다가
> 해 늦어도 돌아갈 줄 모른다.

此域昔淪沒　　先王還拓開
民稠雜殊俗　　地勝産雄材
路逐滄溟轉　　山從靺鞨來
短衣看射虎　　歲晚不知回

「洪武壬戌從李元帥東征」

　1382년에 祖戰元帥로 李成桂와 함께 동북방의 정벌을 떠난 때의 작이다. 조정 안에서는 경륜을 함께 하는 중신이요, 나라 밖으로는 죽음을 함께 했던 동료이다. 그러나 왕권을 교체하려는 대혁명에는 자신의 이념을 고수하다 어제의 동료에게 생을 마감하는 충절이다.

　아무리 만고의 충신이라 하더라도 인간 본연의 애정은 어찌할 수 없음이 오히려 자연스러운 사람의 본바탕이 아닐까. 그러한 편모를 보여주는 것이 다음의 시이다. 서리발이 무색한 한 지식인이 자상한 아버지로 변하는 모습을 본다.

　　　　온갖 생각은 모두 재로 사라지고
　　　　마음 끌림은 다만 두 아이뿐이네
　　　　자상한 어미 떨어지기 이전에
　　　　이미 고인의 시구들을 외웠지
　　　　선을 쌓음이야 내 어찌 있겠니
　　　　이름 날림 너희 스스로 기약해라
　　　　다만 늙고 쇠약해진 날에
　　　　너희가 성장했음을 생각할 뿐이다.

百念俱灰滅　　關心只兩兒
未離慈母養　　已誦古人詩
積善吾何有　　揚名汝自期
祗思衰老日　　及見長成時

「憶宗誠 宗本兩兒」

圃隱先生 文集

3월 19일, 바다를 건너 등주공관에 묵는데, 곽통사와 김
안마가 탄 배가 바람에 막혀 아직 도착하지 않아 기다
리며 머물고 있다
三月 十九日 過海宿登州公館 郭通事 金押馬船阻風未至
因留待

등주에서 요동 평야를 바라보니
아득하구나, 하늘은 하나의 끝
발해가 그 사이를 한계 지으니
땅은 동이와 중화로 나뉘어 있다
나의 나들이 배로 인하여 오고보니
잘 건너온 것이 오히려 자랑스럽다
어제는 바다 북쪽의 눈이더니
오늘 아침은 바다 남쪽의 꽃일세
대체로 기후의 다름으로 해서
길이 먼 것을 경험할 수 있구나
나그네 회포는 서글퍼지기 쉬우니
세상의 일이 어슷비슷함이 기쁘다
동행하는 두서너 사람들이
서로 길 잃어 풍파에 헤매니

밤새도록 괴로이 생각하노라
까막까막 북 치는 소리 듣다
새벽에 봉래각으로 오르니
물결은 높은 산으로 솟는다
돌아와 외로운 여관에 누워
베개에 기대 부질없이 읊는다.

登州望遼野　　　邈矣天一涯
溟渤限其間　　　地分夷與華
我來因舟楫　　　利涉還可誇
昨日海北雪　　　今朝海南花
夫何氣候異　　　可驗道路賒
客懷易悽楚　　　世事喜蹉跎
偕行二三子　　　相失迷風波
終夜苦憶念　　　耿耿聞鼓撾
晨登蓬萊閣　　　浪湧山嵯峨
歸來就孤館　　　欹枕空吟哦

봉래역에서 서장관 한상질에게 주다
蓬萊驛示韓書狀 名尚質

어제는 돛을 달아 서해 파도 건넜으니
머리 돌리니 고향은 이미 하늘 끝일세
땅은 요동 빗길을 지나 군용이 씩씩하고

길은 등래로 들어 경관 물색도 많구나
나그네 돌아가지 못하니 제비를 만나고
살구 꽃 겨우 지자 또 복숭아 꽃일세
동행에는 다행히 한서장관이 있어서
항시 새 시를 지어 내 노래 화답한다.

昨日張帆涉海波　　　故園回首已天涯
地經遼靄軍容壯　　　路入登萊景物多
客子未歸逢燕子　　　杏花纔落又桃花
同來幸有韓生在　　　每作新詩和我歌

황산역의 노상에서
黃山驛路上

보리 이삭은 파릇파릇한데 뽕잎은 마르고
기름진 땅 천리에는 호미 김매기로 이었다
땅은 북해로 이어져 파도 소리 웅장하고
산은 동진을 에워싸 푸른 빛이 떠 있구나
매양 시편을 쓰는 것이 일과로 되었으니
애오라지 사절로서도 봄을 맞아 노닌다
이번 걸음이 또 천자께 조회로 가니
내일은 황궁 뜰에서 면류관에 절하겠네.

麥穗靑靑桑葉稠　　沃饒千里接鋤耰
地連北海波聲壯　　山擁東秦翠色浮
每寫詩篇爲日課　　聊將使節當春遊
此行又是朝天去　　明日丹墀拜冕旒

내주의 해신묘에
萊州海神廟

바다 신 모신 사당이 바다를 압도하여
천자도 때로 향불 피우려 수행했네
이로부터 성인 조정 제전을 숭상하니
왕괴의 지난 일은 참으로 황당했구나.

海神遺廟壓滄茫　　天子時修爲降香
自是聖朝崇祀典　　王魁[1]往事也荒當

---

1) 王魁: 전설에 宋時에 서생인 王魁가 과거보러 가다가 山東의 萊州에 들어 기생
   敫桂英과 만나 정이 통하여 혼인 약속까지 하고, 다음 해 국가에서 현재의 초
   빙이 있자, 桂英이 노자까지 준비하여 왕괴는 응시했고 장원급제하였으나, 끝
   내 婚約을 저버리고 딴 곳에서 장가들었다. 계영은 비분자결하여 厲鬼가 되어
   왕괴를 사로잡았다.　王魁負桂英.

고수현에서 서교유 선을 작별하며
膠水縣別徐敎諭 宣

일만 나라가 같은 괴도를 가는 날
성스런 군주는 문치를 높이는 때에
우연히 좋은 선비를 만나니
기쁘기 옛 친구와 같구료
풍모 용의는 후배를 압도하고
경전의 술업은 곧 우리의 일이니
멀고 크게 서로 힘써야 하니
어찌 꼭 이별을 애석해야 할까.

萬邦同軌日	聖主右文時
邂逅逢佳士	懽忻似舊知
風儀傾後輩	經術卽吾事
遠大宜相勉	何須惜別離

나그네 저녁, 구서역에 있으며
客夜在丘西驛

나그네 밤을 누가 문안하는 이 있나
조용히 읊으려니 밤은 이경이 되려 해
시는 베개 머리에서 얻어지고
등불은 벽 사이에 있어 밝구나

묵묵히 지난 일을 생각하고
아득히 앞 길을 계획하다가
갑자기 깨어나는 잠결에
아이들이 닭이 운다 알리네.

客夜人誰問　　沈吟欲二更
詩從枕上得　　燈在壁間明
默默思前事　　遙遙計去程
俄然睡一覺　　僮僕報鷄鳴

4월 1일, 고밀현에서 꾀꼬리 울음 듣다
四月初一日 高密縣聞鶯

한낮에 옛 고을의 성터를 지나니
녹음도 깊은 마을 더운 바람이 맑다
은근히 벽을 쓸어 시구를 쓰려 하니
흐르는 꾀꼬리의 첫 소리를 취해 쓰다.

日午來過古縣城　　綠陰深巷暑風淸
殷勤拂壁題詩句　　記取流鶯第一聲

한총랑의 압록강 시운에 차운함
次韓摠郎鴨綠江詩韻

돌아와서 어찌 고인의 초대를 기대하랴
남산을 기대어 콩 팥의 새 싹을 심다
왕명을 받고서 어찌 집 일을 돌보랴
관광을 하려고 또 천자 조정을 뵙는다
중화의 풍속엔 의관의 아름다움 사모했고
지방의 조공은 지금 준마를 가지고 가다
태평성대의 정치 혼돈 수습됨을 만나니
강 남쪽 바다 북쪽도 길이 멀지 않구나.

歸來豈待故人招	擬向南山種豆苗
受命何曾顧家事	觀光又欲覲天朝
華風昔慕衣冠美	土貢今將騄駬驕
盛代政逢收混一	江南海北路非遙

술을 마시며
飮酒

나그네 길 봄 바람에 미친 흥이 일어
좋은 곳 만날 때마다 술잔을 기울이다
집에 와 황금 다함을 괴이히 여기지 말라
넉넉히 얻은 새로운 시 비단 주머니 가득하다.

客路春風發興狂　　每逢佳處卽傾觴
還家莫愧黃金盡　　剩得新詩滿錦囊

산동의 도중에서
山東途中

표연히 바람 타고 바다 물결 건너서
말을 달려 날마다 우역의 정자 오르다
버들 가지 땅을 쓰니 푸른 용의 춤이고
복사꽃 성에 가득하니 붉은 비단이 진다
나그네 수염은 모두 타향을 향하다 희었고
속인 눈동자 어찌 우리 위해 푸르러지나
수심 와도 뽑아 버릴 수 있는 방편 없으니
곧바로 화급하게 술 병을 부를 수밖에.

飄然乘風涉滄溟　　跨馬日日登郵亭
柳條拂地翠蛟舞　　桃花滿城紅錦零
客鬚盡向異鄉白　　俗眼肯爲吾曹靑
愁來無方不可撥　　直須火急呼酒瓶

종성 종본 두 아이를 생각하며
憶宗誠 宗本兩兒

온갖 생각은 모두 재로 사라지고
마음 끌림은 다만 두 아이뿐이네
자상한 어미 떨어지기 이전에
이미 고인의 시구들을 외웠지
선을 쌓음이야 내 어찌 있겠니
이름 날림 너희 스스로 기약해라
다만 늙고 쇠약해진 날에
너희가 성장했음을 생각할 뿐이다.

百念俱灰滅　　　　關心只兩兒
未離慈母養　　　　已誦古人詩
積善吾何有　　　　揚名汝自期
祗思衰老日　　　　及見長成時

상장역에서 고시랑에게 주다
(이름은 손지이고 하남 서주 사람이다)
上庄驛 贈高侍郎(名遜志 河南徐州人)

과객이 어찌 안 적이 있겠소만
선생이 상장역에 계셨네요
밝을 때도 회포로만 그리웠으니

뭇 별들이 빛살을 잃은 것이지요
쟁기 빌려서 외 밭을 경작하고
돈을 구걸하여 초당을 이었다
조정은 너그러운 법전을 이용하여
끝내 현량한 이를 저버리지 않네.

過客何曾識	先生在上庄
明時懷耿介	列宿缺光芒
借耒耕瓜圃	求錢葺草堂
朝廷用寬典	終不負賢良

이도은 정삼봉 이둔촌 세 군자를 생각하며
有懷李陶隱 鄭三蜂 李遁村三君子

해 길어 짙은 녹음이 동산 숲에 가득하니
도은 늙은 이 홀로 읊음 상상해 본다
항상 정생을 만나 머물러 학문 강독하고
때로는 이씨 둔촌을 맞아 마음을 논의하다
달이 지붕 마루에 오면 얼굴 빛이 연상되고
바람이 발 고리를 흔들면 발짝 소리인가 의아해
뒤에 만날 어느 때엔 오늘 밤을 이야기하리라
내일 아침엔 말을 몰아 회음으로 향한다네.

日長濃綠滿園林　　　想見陶翁坐獨吟
每逢鄭生留講學　　　時邀李老共論心
月臨屋角思顔色　　　風動簾鉤訝足音
後會何時說今夜　　　明朝驅馬向淮陰

산동의 노인
山東老人

여인은 뽕 따러 가고 사내는 밭을 갈아
울타리 사이 등 따가워도 개인 날씨 반갑구나
귀밑머리는 몇 차례나 난리를 겪었지만
눈동자에는 아직 태평 볼 시력 남았네
작은 채전에 꽃 피니 친히 물 끌어대고
이웃에 술이 익으니 자주 초청해 맞네
앉아서 80년 전의 일 이야기하노라면
어린이들도 와 들으려 귀 함께 기울이다.

婦去採桑男去耕　　　籬間炙背喜新晴
鬢毛幾閱經離亂　　　眼孔猶存見太平
小圃花開親灌漑　　　比隣酒熟屢招迎
坐談八十年前事　　　童稚來聽耳共傾

금성역에서 송경의 벗들을 생각하며
金城驛懷松京諸友

여러분 아름답기 옥과 같고
사택들은 모두 송경에 있네
녹을 위해 함께 벼슬한 적 있고
시를 써서 항시 함께 논평을 했지
꿈이 들면 등불 고운 빛 토하고
시각 다하니 북은 울림 더하네
금성역에서 베개 기대고 있으니
누가 이 밤의 정상을 알겠나.

夫人美如玉　　　　第宅在松京
爲祿曾同仕　　　　題詩每共評
夢回燈吐艷　　　　更盡鼓添聲
攲枕金城驛　　　　誰知此夜情

한신의 무덤
韓信[2]墓

자식은 어리고 나약하고 제장들이 웅장하니
한고조는 다시 더 옛 공을 생각하지 않다

---

2) 韓信: 漢의 淮陰 사람. 蕭何, 張良과 함께 漢三傑의 한 사람. 어려서 가난하여
　　살기가 어려워, 성 밑에서 낚시하는 것을 빨래하는 漂母가 어여삐 여겨 밥지

초왕은 구천의 저 아래에서 한을 삼키는데
천년 뒤 마음 아는 것은 다만 회옹 뿐일세.

嗣子屍柔諸將雄　　　高皇無復念前功
楚王飮恨重泉下　　　千載知心只晦翁3)

표모의 무덤
漂母4)塚

빨래터 여인의 높은 풍모 내 흠모하는 터이니
길 가의 남은 무덤에서 그를 위해 상심한다
왕손의 보답을 받지 못했다 말하지 말라
천고의 꽃다운 이름이 몇 만금의 가치일세.

漂母高風我所歆　　　道經遺塚爲傷心
莫言不受王孫報　　　千古芳名直幾金

어 주기도 하였다. 시중의 불량배들이 놀리려고 그들의 가랑이 밑으로 나가라
하면 그저 수용하여 겁장이로 여기기도 하였다. 처음에는 項羽를 따랐으나,
항우가 중용하지 않으니 楚나라를 벗어나 漢으로 갔다. 蕭何의 천거로 대장이
되어, 한이 천하를 통일하니 第一의 공을 차지하였다. 垓下에서 항우가 죽으
니, 信을 楚王으로 삼았다. 뒷날 信이 모반한다고 무고하는 자가 있어 결박되
어 洛陽으로 압송됐다가, 사면되어 淮陰侯로 삼았다. 陳豨가 모반하여 황제가
직접 징벌할 때, 信은 稱病하고 종군치 않고 呂后太子를 추대하려 하다 舍人
이 고변하여 斬刑을 당하였다.

3) 晦翁: 宋의 朱熹(朱子)의 號.
4) 漂母: 韓信이 가난할 때 동정했던 빨래터의 여인. 앞의 주 2) 참조.

배로 회음을 떠나 보응현으로 향하다
舟發淮陰 向寶應縣

백 리의 평평한 호수가 한 길나마 깊으니
화려한 배로 오가기가 내 집보다 낫구나
연꽃이 푸른 잎을 펼치니 밥도 쌀만 하고
버들 새로 자란 가지는 물고기 꿸만 하다
또한 나그네 길을 험하거나 쉬움을 겪었으니
그로 인해 세상 일 곱셈 나눗셈 있음 알겠다
누워 생각하니, 고향 동리 좋은 곳 많은데
괴상하구나, 저 푸른 산 유독 나를 저버림이여.

百里平湖深丈餘	畵船來往勝吾廬
荷舒綠葉宜包飯	柳長新條可貫魚
且向客途經險易	因知世事有乘除
臥思故里多佳處	怪底靑山獨負余

범광호의 새벽 경치
范光湖曉景

일찍 일어 새벽 빛을 보니
나그네 마음 되려 처량하다
호수 맑아 물결 반짝반짝이고
달은 져 강 기색은 쓸쓸하네

의기가 마침 경치와 들어맞으나
시는 글자 붙이기에 혼미로워
뱃사람들 갑자기 서로 부르더니
노를 저으며 각기 동쪽 서쪽이네.

早起看曉色　　　　客心還慘悽
湖明波瀲瀲　　　　月落氣凄凄
意適與景會　　　　詩因着字迷
舟人忽相喚　　　　搖棹各東西

　　내가 본국에 있을 때에 제교 설선생의 이름을 배블리
　들었는데, 지금 이 역을 지나면서 저녁 밤이 총총하여
　뵈을 예를 놓쳐버렸다. 길 위에서 7언 율시를 지어 뒷
　날의 만남을 도모한다
　僕在本國　飽聞諸橋薛先生之名　今過是驛　莫夜忽忽　殊失
　謁見之禮　路上吟成七言唐律　以圖後會云

명현의 출세와 안거는 먼 사람에게도 알려
풍성한 덕과 높은 재주는 나도 스승삼는 터에
우정의 역을 지나다 우연한 만남 이루려 했으나
어찌하여 세상의 일은 기쁨이 서로 어긋나나
누워 지는 달 보자니 상사의 정 어찌 다하며
우러러 맑은 풍도 사모하나 쫓아 볼 수 있을까
이 걸음 되돌아올 길 며칠 남지 않았으니
푸른 등불에 다시는 좋은 기약 버리지 말자.

名賢出處遠人知　　盛德高才我所師
擬向郵亭成邂逅　　胡爲世事喜參差
臥看落月思何盡　　仰慕淸風悔可追
此去還車無幾日　　靑燈更莫負佳期

꿈
夢

세상 사람 꿈은 많지만

꿈을 깨면 다시 허공이니

이는 제 생각으로 인함이라

어찌 영감의 융통이 있으랴

은나라에선 부열(傅說)을 얻었고

공자는 주공을 만나 봤으니

이 이치를 누가 묻는다면

의당 정려 중에서 찾아야지.

世人多夢寐　　夢罷旋成空
自是因思慮　　何能有感通
殷家得傅說5)　　孔氏見周公6)
此理人如問　　當求至靜中

---

5) 傅說(부열) : 殷의 高宗이 꿈에 聖人을 얻었는데 이름이 說이었다. 모든 관원을
　　동원하여 찾게 하니, 부암에 있는 것을 찾아 내었다. 고종이 불러 보고 대화를
　　하니 과연 성인인지라 재상으로 기용하여 나라가 잘 다스려졌다. 說(열)로 이
　　름을 삼고 傅로 성을 삼게 하였다.

고우호
高郵湖

남으로 와 날마다 오만히 노닐고 있어
호수의 맑은 바람은 조각배를 보내다
두 언덕 갈대 부들 길따라 다함 없어
또 밝은 달 따라 꽃다운 물가에 자다.

南歸日日是遨遊　　　　湖上淸風送葉舟
兩岸菰蒲行不盡　　　　又隨明月宿芳洲

고우성
高郵城

호수 빛 맑고 곱게 성을 겹으로 둘려
분장한 성첩은 높고 높아 백리를 밝히다
우러러 알겠다, 성인은 세상 다스림 걱정하여
짐짓 정한 병졸 머물려 시간 엄히 경계하다
진난 날 호걸들도 이 험난에 와 의지했고
매양 흉한 도적 막으려 여기에 군사 농락하여
끝내 백성들 몰아서 탕왕 무왕 되게 했더니
지금은 마름풀이 땅 가득 돋아남을 보겠구나.

---

6) 周公: 周나라 武王의 아우이고 成王의 叔父이다. 조카 成王이 어려, 등에 업고
　 攝政을 하였다. 孔子는 이러한 그의 행위를 성인으로 여겨 사모하였다. 공자
　 가 만년에 "나는 노쇠했나보다 꿈에 주공이 나타나지 않는다(吾衰矣 夢不見周
　 公)"이라 하였다.

湖光瀲灧繞重城　　粉堞崔嵬百里明
仰認聖人憂治世　　故留精卒誡嚴更
往時豪傑來依險　　每逞頑凶此弄兵
畢竟驅民爲湯武　　今看菱芡滿池生

객지에서 스스로 달래며
客中自遣

하늘 땅은 우리들을 포용하나
세월은 이 늙은이를 저버리네
꽃을 꽂아도 짧은 머리 부끄럽고
알약으로 이 쇠잔한 몸을 기른다
비바람엔 돌아가는 배도 적고
강 마을엔 나그네 베개 외롭다
끝내 아비같은 임금 위하려니
아내 자식 생각할 수가 없구나.

天地容吾輩　　光陰負老夫
簪花羞短髮　　丸藥養殘軀
風雨歸舟小　　江湖客枕孤
終然爲君父　　不得念妻孥

양주
楊州

초나라의 산과 강을 지나려니
수나라의 궁궐을 상상하게 된다
지난 시간의 흥망을 누가 슬퍼하랴
지금 이 날의 번화를 즐거워하는데
신선 꽃은 아득하여 찾기가 어렵고
궁성 버들은 하늘하늘 꺾음직하구나
늦게 와 우연히 정박한 조촐한 조각배
이십사교 다리의 밝은 달.

經過楚地山川	想像隋家宮闕
往時興廢誰嗟	此日繁華可悅
仙花杳杳難尋	官柳依依堪折
晚來偶泊蘭舟7)	二十四橋明月

동행하는 젊은이에게
戱贈偕行年少

두목은 가장 풍류로워
매양 양주에서 몰래 노닐었다고 들은 적 있지만

---

7) 蘭舟: 木蘭舟. 작은 배의 美稱.

오늘은 주남의 시처럼 임금 덕화 가까우니
길손이여 착각하여 머리 되돌려 보지 말라.

曾聞杜牧[8]最風流　　　每向楊州好暗遊
今日周南[9]王化近　　　行人且莫錯回頭

양주 죽서정에세 송도의 벗들을 생각하며
楊州竹西亭 懷松京諸友

대왕당은 바위 위 흐르는 물을 압도하고
수양제 둑에는 푸른 풀 빛으로 이어졌다
달 아래 친구들은 송도의 길이고
봄 바람 외로운 나그네는 죽서정일세
먼 여행에는 스스로 마음 괴로움 알겠고
늙음에 다달아 기꺼이 덕치의 향기 만나다
제군들에게 말하노니, 너무 생각하지 말자
오고가는 뱃길이 동쪽 바다로 인접해 있으니.

大王堂壓石流淸　　　煬帝堤連草色靑
月夜故人松下路　　　春風孤客竹西亭
遠遊自識心爲苦　　　臨老欣逢至治馨
寄語諸君莫相憶　　　梯航[10]來往接東溟

---

8) 杜牧: 唐의 시인. 자는 牧之 호는 樊川. 만년에 불우하여 시주의 놀이에 빠졌
  다. 그의 시가 豪邁하여 杜甫와 구별하여 小杜라 한다.
9) 周南: 〈詩經, 國風〉의 하나. 주나라의 德化와 남방을 칭송한 노래로, 漢 이후
  로 詩敎의 典範으로 여겼다.

배 안의 미인
舟中美人

아름다운 여인 경쾌히 출렁이는 목란의 배에
등에는 꽃 가지 꽂아 파란 물에 비친다
북쪽 배 남쪽배의 허다한 나그네들은
일시의 단장곡에 갑자기 머리 돌린다.

美人輕漾木蘭舟   背揷花枝照碧流
北楫南檣多少客   一時腸斷忽回頭

서울에 들어
入京

강남의 경개 뛰어난 땅이요
천고의 바위 머리의 성일세
파란 물은 황금 대궐 둘리고
푸른 산이 백옥경을 에워 쌌다
한 사람이 중국에 황극 세우니
일만 나라가 여기에서 조회한다
나도 역시 나루 타고 온 것이
완연히 하늘 위의 걸음 같다네.

---

10) 梯航: "梯山航海"의 약칭으로, 먼 길의 왕래를 이르는 말.

江南形勝地	千古石頭城
綠水環金闕	靑山繞玉京
一人中建極	萬國此朝正
我亦乘査至	宛如天上行

황도 네 수
皇都 四首

하나 其一

황제 도읍 위엄 갖춰 사대문이 열렸으니
먼 나그네 관광하며 비장한 회포 달래다
날씨 따뜻해 자색 구름 높은 궁궐에 나즉하고
봄 깊어 푸른 버들은 관청 거리 어울린다
비단 도포의 귀공자는 검은 오사모의 관이요
붉은 소매의 아녀자는 진홍 수의 신발일세
영빈관의 관사도 높고 높아 하늘에 가까워
화려한 배를 진회 나루에 댈 일도 없구나.

皇都穆穆四門開	遠客觀光慰壯懷
日暖紫雲低魏闕	春深翠柳夾官街
錦袍公子烏紗帽	蒨袖女兒紅繡鞋
賓館岧嶢近天上	蘭舟不用泊秦淮[11]

---

11) 秦淮: 강 이름. 南京을 지나 흘러, 남경시의 명승의 하나가 되었다. 秦始皇이

들 其二

궁중 나인이 한낮에 홀연히 전갈을 하되
용상으로 달려와 어연으로 나아오란다
황제 훈시 지척 사이에서 가까이 들으니
관대한 은혜 멀리 바다 동쪽에 미치네
물러나와 두 줄 눈물 흘림도 모르겠으니
감격으로 오직 만년의 축수를 알 뿐이다
이로부터 우리나라도 황제의 힘을 입어서
밭 갈고 우물 파서 모두가 평안히 잠자겠다.

(신 몽주가 홍무 병인년 사월에 국표를 받들어 경사의 회동관에 있었다. 이 달 23일 황제가 봉천문에 납시어 나인을 시켜 전교를 전하여 신이 내전으로 들도록 독촉하였다. 친히 내리신 유시를 받드니 교시의 뜻이 지극히 간절한지라. 본국에서 가져온 세공물인 금안마필을 일체 감면케 하니, 성은의 지극함을 감내 못하여 삼가 시를 지어 나타냈다)

內人日午忽傳宣	走上龍墀向御筵
聖訓近聞天咫尺	寬恩遠及海東邊
退來不覺流雙涕	感激唯知祝萬年
從此三韓蒙帝力	耕田鑿井摠安眠

(臣夢周於洪武丙寅四月 奉國表在京師會同館 是月二十三日 上御奉天門 內人傳宣促臣入內 親奉宣諭 敎誨切至 因將本國歲貢金銀馬布一切蠲免 不勝感慨聖恩之至 謹賦詩以自著云)

남쪽을 순행하다가 龍藏浦에 이르러 王氣가 있는 것을 발견하고, 方山을 뚫어 강으로 물을 흘려 왕기를 새게 했다 해서 '秦淮'라는 이름이 되었다. 杜牧의 〈泊秦淮〉라는 시의 "烟籠寒水月籠沙 夜泊秦淮近酒家"라는 시구가 유명하다.

셋 其三

부끄럽게도, 흰 머리로 봄 바람의 나그네 되니
꾀꼬리 강남에서 울어 녹색 진홍빛 서로 비추다
말 돌려보내고 소 놓아 기르니 문치가 왕성하고
서린 용과 웅크린 호랑이에 황제 거소 웅장하다
버들은 나라 연 공신의 저택을 가리웠고
꽃은 하늘에 알현하는 도사의 궁전을 덮었다
궐 아래에서 때때로 선포되는 유시를 듣기에
한 번 술 누대 올라볼 인연도 없구나.

羞將白髮客春風　　鶯囀江南綠映紅
歸馬放牛文治盛　　盤龍踞虎帝居雄
柳藏開國功臣宅　　花覆朝天道士宮
闕下時時聽宣諭　　無緣一上酒樓中

넷 其四

한 자의 칼 용으로 날라 사방을 평정하니
한 때의 호걸들은 서로 도와 유지함일세
태산 황하의 띠와 숫돌의 서승상이고
하늘 땅의 경륜가인 이태사일세
부마의 숲과 못에는 봄이 흐드러지고
국가 공신의 누각에는 달빛이 어슷비슷
비로소 알겠다, 태평성대의 공신의 후예가
승평의 태평을 만세토록 함께 누리는 것을.

尺劍龍飛定四維　　　一時豪傑爲扶持
山河帶礪[12]徐丞相　　天地經綸李太師
駙馬林池春爛熳　　　國公樓閣月參差
始知盛代功臣後　　　共享昇平萬世期

경도를 떠나며
出京

성상의 은혜 두루 멀리 미치니
어떻게 생물 성장으로 보답할까
토지 척박하니 일상의 공물 감면하여
하늘처럼 높으셔 아래 정상 살피시다
폐하를 사직하고 일계표를 살피고
배에 누워서 강물 소리를 듣다
한밤에 조수 돌아오기 급해져
잠시 사이에 우리 일행을 띠어가다.

聖恩偏及遠　　　何以答生成
土薄蠲常貢　　　天高察下情

---

12)　帶礪: 帶厲. 옷띠와 숫돌. 〈史記, 高祖功臣侯者年表〉에 "爵位를 내리는 맹세에
　　黃河가 옷띠처럼 되고 泰山이 숫돌처럼 되면 나라도 길이 안녕하여 자손에게까
　　지 미치리라(封爵之誓曰 使黃河如帶 泰山若厲 國家永寧 爰及苗裔)"라 하였다.
　　황하가 띠처럼 마르고 태산이 숫돌처럼 평평하도록 무궁한 세월동안 국가의 안
　　녕과 공신의 후예들이 편안하라 함이다. '帶厲(礪)'는 국가의 은혜와 함께 하기
　　를 기원하는 말이 되었다.

陞辭瞻日表　　　　舟臥聽江聲
半夜潮回急　　　　須臾帶我行

양자 나루에서 북고산을 바라보며 김약재를 애도하다
(홍무 계축에 선생과 함께 북고산 다경루를 오른 일이 있다)
楊子渡 望北固山悼金若齋(洪武癸丑 與先生同登北固山多景樓)

선생의 호방한 기개가 남주를 덮었으니
옛적에 함께 다경루에 오름이 기억되오
오늘 다시 노닐어도 그대 보이지 않으니
촉강의 어느 곳에서 홀로 고혼만 노니나.
(선생이 홍무 계축에 운남으로 귀양가다 촉중의 노상에서 작고하였다)

先生豪氣蓋南州　　　　憶昔同登多景樓
今日重遊君不見　　　　蜀江何處獨魂遊
(先生於洪武癸丑 貶雲南 歿于蜀中路上)

배 안에서 밤의 흥취
舟中夜興

호수는 맑고 맑아 거울 면처럼 평평해
배 안에 자는 손님도 청정함 이길 수 없네
서글피 한밤 중에 산들 바람이 일어
10리의 갈대 숲이 빗 소리로 변한다.

湖水澄澄鏡面平   舟中宿客不勝淸
悄然半夜微風起   十里菰蒲作雨聲

단오날 장난삼아
端午日戲題

금년의 단오는 우정의 역사에 있으니
누가 창포주 한 잔을 보내 주겠나
이 날 角黍를 강물에 던지지 못하니
내 스스로 오히려 굴원의 술깨임인가.

今年端午在郵亭   誰送菖蒲酒一瓶
此日不宣沈角黍[13]   自家還是屈原醒

길에서 비를 만나(5월 6일 왕방역의 북포에서)
途中遇雨(五月初六日 王坊驛北鋪)

먹 구름이 일자마자 갑자기 우뢰 소리 들리더니
소낙비가 때마침 들 저쪽에서 몰려온다
길손의 찌는 더위 식혀주려는 것 같기도 하고

---

13) 角黍: 떡의 일종. 갈대 잎에다 쌀이나 기장을 싸서 익힌 것인데, 단오날에서
　　夏至에 이를 때까지 먹었다 함. 혹은 屈原이 단오날 汨羅水에 빠졌다하여 楚지
　　방 사람들이 이날에 대통에다 쌀을 넣어서 강물에 던져 제사한다고도 함.

또 돌아가는 길에 먼지를 깨끗이 씻으려는 듯도
물이 부들 물가 더하더니 새 싹이 잠기고
이슬이 벼 논을 적시니 연한 잎이 열린다
말 위의 가벼운 서늘 기운 나그네 소매 날려
읊으며 바라보는 개인 빛도 역시 아름답구나.

黑雲才起忽聞雷　　白雨時從野外來
似爲行人洗炎熱　　又從歸路淨塵埃
水添蒲渚新芽沒　　露浥禾畦嫩葉開
馬上微凉飄客袂　　吟看霽色亦佳哉

호수에서 물고기를 구경하며, 두 수
湖中觀魚　二絶

깊은 연못에 숨어 혹은 뛰어 오르기도 하니
자사는 무엇을 취하여 경서에다 쓰셨던가
다만 눈동자로 분명히 바라보면
모든 사물도 곧바로 팔팔 뛰는 고기인 것을.

潛在深淵或躍如　　子思何取著于書[14]
但將眼孔分明見　　物物直成潑潑魚

---

14) 子思著于書: 孔子의 손자인 子思가 그의 저서 〈中庸〉에서 "詩經에 '솔개 하늘을
　　날고 물고기 연못에서 뛴다' 했으니 이는 위 아래의 진리를 살피라는 뜻이다(詩
　　云 鳶飛戾天 魚躍于淵 言其上下察也)" 하였다.

물고기 응당 내가 아니고 나도 물고가 아니니
사물 이치란 어슷비슷해 서로 똑같지 않은데
장자의 한 권의 책의 물 위에서의 논의는
지금껏 천년동안 사람들을 혼미하게 하네.

魚應非我我非魚   物理參差本不齊
一卷莊生濠上論[15]   至今千載使人迷

길 가의 버들
路傍柳

나의 걸음이 찌는 더위에 부디쳐
한 낮엔 불의 불꽃이 드날린다
길이 머니 말도 나아가지 못하고
땀 흘리기 장물 퍼붓듯 한다
넓은 들에는 한 치의 나무도 없고
냇물 있어도 끓는 물 같구나
가쁜 숨을 쉴 곳이 없나 하여

---

15) 濠上論: 〈莊子, 秋水〉편에 "莊子가 惠子와 濠水의 다리 위에서 놀다가 장자가
말하기를 '피라미가 조용히 나와 노니 이는 물고기의 즐거움이다' 하였다. 혜자
가 '그대가 물고기가 아닌데 어떻게 물고기의 즐거움을 아는가' 하였다. 장자가
'그대는 내가 아닌데 내가 물고기의 즐거움을 알지 못할 것을 어찌 아는가' 하
였다. 혜자가 '내가 그대가 아니기에 그대를 알지 못하니, 그대도 물고기가 아
니니 그대가 물고기의 즐거움을 모르는 것이 당연하다(莊子與惠子 遊於濠梁之
上 莊子曰 儵魚出游從容 是魚樂也 惠子曰 子非魚 安知魚之樂 莊子曰 子非我 安
知我不知魚之樂 惠子曰 我非子 固不知子矣 子固非魚 子之不知魚之樂 全矣)"라
함이 있다.

목을 늘려 멀리 서로 바라보니
동글 동글한 두어 그루 버드나무가
저 역의 길 가에 있구나
달려와 그 아래 쉬어 있으니
맑은 바람이 내 바지에 불린다
샘물도 그 옆에서 솟아 올라
마시고 나니 서리와 눈 같구나
대지가 벌건 화로인 중에
이 한 조각의 서늘함 얻다
멀리 상상되는 저 자하동엔
돌 시내에 흐르는 물 길고
소나무가 그 위를 덮고 있어
번성하기 마치 일산을 펴 놓은 듯
해마다 여기에서 더위 피하여
발도 닦고 술잔도 띄웠는데
이 즐거움 돌아가 할 수 있겠지
나그네 마음은 밤 낮으로 바쁘다.

我行觸炎熱	日午火焰揚
路遠馬不進	揮汗如翻漿
廣野無寸樹	有川如沸湯
喘息無處歇	引領遙相望
團團數株柳	在彼驛路傍
走來憩其下	清風吹我裳
泉水湧其側	就飲如雪霜

大地洪爐中　　　得此一片凉
遙憶紫霞洞　　　石澗飛流長
松檜蔭其上　　　蔚若翠盖張
年年此避暑　　　濯足浮壺觴
茲樂歸便得　　　客心日夜忙

전횡의 섬
田橫島

5 백명이 다투어 자신을 죽였으니
전횡의 높은 의리 천추에 감동주다
당시의 잃은 땅이야 누구의 책임이랴만
큰 한나라의 너그러운 인자 만민을 얻었구나.

五百人爭爲殺身　　　田橫16)高義感千春
當時失地夫何責　　　大漢寬仁得萬民

---

16) 田橫: 韓信이 齊王을 사로잡으니 田橫이 왕이 되었다. 高祖가 황제가 되니, 橫
이 부하 5백 명과 海島로 들어갔다. 황제가 초빙하니 두 부하와 함께 오다가,
낙양의 30리 밖에서 자살하였다. 황제는 왕의 예로 장사해 주었다. 두 부하도
따라 자결하고 이 소식을 들은 5백의 부하도 섬에서 다 자살하였다.

봉래각
蓬萊閣

약 캐러 가 돌아오지 못한 바다는 깊고
진황은 동족 바라보려 이 누대에 오르다
徐市의 거짓 계교 깨닫기 어렵지 않으니
이는 스스로 군왕이 욕심이 있기 때문이다.

採藥未還滄海深　　　　秦皇東望此登臨
徐生[17]詐計非難悟　　　　自是君王有欲心

철산(5월 18일, 여순 어구에 이르러)
鐵山(五月十八日 到旅順口)

물결은 솟고 연기 깔려 나루 보이지도 않아
천고를 버틴 철산이 행인을 인도한다
백발을 가지고 먼 길 지나는 것이 부끄러워
젊은 얼굴 만난 것 기뻐 자주 머리 끄덕이다
지형의 상태 북으로 올수록 점점 오뚝하고
붕우리들은 동으로 달리다 오히려 머뭇거려
지금처럼 산협 어구에 배들이 많은 것은
천자가 군사 일으켜 변방 먼지 정제했기 때문.

---

17) 徐生: 秦의 術士인 徐市. 진시황의 명에 따라 동남동녀 3천 명을 거느리고 바
　　다로 不死藥을 구한다하여 가서 돌아오지 않았다.

浪湧烟沈不見津　　鐵山千古導行人
羞將白髮經過遠　　喜遇蒼顔指點頻
形勢北來仍突兀　　峰巒東走尙逡巡
如今峽口多舟楫　　天子興師淨塞塵

여순역에서 비에 막혀
旅順驛阻雨

바다 바람에 비를 불려 냉기가 오싹오싹
5월의 요동 땅은 오히려 가을 같구나
여기 가야할 앞 길이 오히려 아득한데
어떻게 며칠을 홀로 머뭇거려 묵어야 해
외로운 등불 밝고 어둠에 낚시배 갈리고
화각의 나팔 소리만 수자리 누대에서 일다
비록 내일 아침이면 개인 기색 볼 수 있어도
말 지치고 질펀한 진흙 사람들 근심스럽게 하다.

海風吹雨冷颼颼　　五月遼東也似秋
此去前程尙迢遞　　那堪數日獨淹留
孤燈明滅分漁艇　　畫角悲凉起戍樓
縱向明朝看霽色　　馬疲泥滑使人愁

나팔 소리 듣고
聞角

나팔 소리 쇠잔히 불려 아득히 사라지니
허공으로 지나는 기러기도 날개짓 되돌린다
한 밤의 한 곡조로 매화를 희롱하고 있으니
요동 땅 장사의 간장을 끊어 다한다.

畵角吹殘入渺茫　　　高空過雁亦回翔
一聲半夜梅花弄　　　斷盡遼東壯士膓

안시성에서의 회고
安市城懷古

황금의 궁전 위에는 태평의 무위 정치이니
백번 싸운 영웅의 마음도 스스로 견지됨 없다
태종이 친히 어가 납신 날 상상하니
완연히 馮婦가 수레를 내리던 날과 같구나.

黃金殿上坐垂衣[18]　　百戰雄心不自持
想見太宗親駕日　　　宛如馮婦下車[19]時

---

18) 垂衣: 衣裳이 정제된 태평의 모습. 〈周易, 繫辭〉에 "黃帝와 堯 舜은 의상을 늘
　　어뜨리되 천하가 다스려졌으니, 대체로 乾卦 坤卦에서 취함이다. (黃帝堯舜垂衣
　　裳而天下治 盖取諸乾坤)"이라 하여, '垂衣裳'을 제왕이 無爲의 치적을 칭송하는
　　말이 되었다.

양자강
楊子江

초나라 뚫고 오나라 삼켜 기상도 웅장하여
지금껏 사방 바다가 이를 조종으로 여긴다
흐름 거슬러 만약 근원을 물어 찾아가면
곧바로 아미산의 제일봉에 닿을 것이다.

貫楚呑吳氣象雄　　　如今四海此朝宗
泝流若問江源去　　　直到峨眉第一峰

이적이 싸운 곳
李勣[20]戰處

세 번 요하를 건너 적이 비로소 꺾였으니
그 당시의 전쟁 유골은 역시 애처롭구나
군왕은 끝내 전쟁 다한 책임을 주어
아름다이 그 집에 부귀 가져다 주었네.

---

19) 馮婦下車: 馮婦는 옛날 용사로 범을 사로잡았다 함. 〈孟子, 盡心〉에 "晉人에
　　馮婦라는 이가 있는데 호랑이를 잘 잡았다. 마침내 좋은 선비가 되었는데, 하
　　루는 들로 나가니 군중이 호랑이를 쫓다가 범이 산릉을 등지고 버티니 감히 잡
　　지도 못하다가 풍부가 오는 것을 보고 쫓아가 맞이하니, 풍부가 팔을 헤치며
　　수레에서 내리니 대중이 기뻐했다. (晉人有馮婦者 善搏虎 卒爲善士 則之野 有衆
　　逐虎 虎負嵎 莫之敢攖 望見馮婦 趨而迎之 馮婦攘臂下車 衆皆悅之)" 함이 있다.
20) 李勣: 고려 (의종 16, 1162- 고종12, 1225)의 武臣. 고종 3년, 우군병마판관으
　　로 거란군 격퇴. 다음해 다시 좌군병마사로 출전. 그 뒤 다시 동북면병마사로
　　적을 격퇴함.

三渡遼河敵始摧　　　當時戰骨亦哀哉
君王竟受窮兵責　　　好把渠家富貴來

복주역의 밤 비
復州驛夜雨

점점 고향 국경 가까워 기쁨 견딜 수 없어
마음 바쁜 하루 하루에 여러 역정을 거치다
빗 소리에 오늘 밤은 흰 머리 더해지고
내일 아침 산 빛은 눈빛과 함께 푸르겠지
역 마구간은 황량하여 여윈 말만 울고
나그네 마루도 적막하여 반딧불 두어 점일세
문득 여관 주인이 꾸며 주는 계획 따르려
나그네의 광기 섞인 이야기 즐겁게 들어주네.

漸近鄕關喜可勝　　　心忙日日數長亭
雨聲今夜頭添白　　　山色明朝眼共靑
驛廐荒凉鳴瘦馬　　　賓軒寂寞點流螢
却從地主[21]謀歸計　　　客子狂言肯一聽

---

21) 地主: 여관의 주인, 오고 가는 나그네에 대한 상대적 지칭. 손님을 정성으로
　　대접하는 예의적 행위를 "地主之誼"라 한다.

양주에서 비파를 먹으며
楊州 食枇杷

태어난 성품 남쪽 지방에 자라
곧은 자질은 추운 해를 견딘다
잎이 번성하니 푸른 깃털로 교차되고
열매 익으니 황금 탄환이 빽빽하구나
약으로 싸두려 거두어 수용하니
얼음 쟁반에 음식으로 바칠 만하네
초강 위에서 새로움으로 맛을 보니
씨를 품어다 동쪽 나라에 심으련다.

稟性生南服　　貞姿度歲寒
葉繁交翠羽　　子熟蔟金丸
藥裏收爲用　　氷盤獻可湌
嘗新楚江上　　懷核種東韓

복주에서 앵도를 먹고
復州 食櫻桃

5월이어도 요동에는 더운 기운이 미미하여
앵도가 처음 익어 가지 눌러 나즉하다
새것 맛보는 나그네 오히려 애를 끊으니
우리 임금께 천신하는 사당에 미치지 못해서.

五月遼東暑氣微　　　　櫻桃初熟壓低枝
嘗新客路還腸斷　　　　不及吾君薦廟時

개인 날씨 기뻐서
喜晴

비 그친 처마 머리 개인 빛이 아름다워
저녁 날씨 시흥이 새와 안개에 가지런하다
역 창에 불리는 서늘함 뜰 나무에서 나고
고목의 사양 빛은 변방의 백사장을 비춘다
문득 주인이 번거로이 보내는 노자 부끄러우나
응당 나그네가 집에 가려함을 가여삐 여김이겠지
작은 채소밭에 빗물 골고루 적시는 것 상상하면
쟁기 질머지고 어느 때나 오이 심으로 갈꼬.

雨斷簷前霽色佳　　　　暮天詩興鶩齊霞22)
驛窓凉吹生庭樹　　　　古樹斜陽照塞沙
却愧主人煩送路　　　　應憐客子欲還家
想看小圃霑濡遍　　　　荷耒何時去種瓜

---

22) 鶩齊霞: 唐의 王勃의 〈滕王閣序〉에 "지는 안개는 따오기와 가즈런하고, 가을
　　물은 높은 하늘과 한 빛이라(落霞與孤鶩齊飛 秋水共長天一色)"이라 함이 있다.

경성에서 오이 먹으며
京城食瓜

생각건대, 청문에 있을 때는 물대기도 자주해
늦 봄에야 바야흐로 새 싹 자람을 보게 했거늘
강남에는 지방이 따뜻하고 생성도 일러서
사월달 중순인데 이미 오이를 먹을 수 있구나.

憶在靑門23)灌漑多　　　暮春方見長新芽
江南地暖生成早　　　四月中旬已食瓜

웅악의 옛 성
熊嶽古城

여윈 말 거친 옛 성의 길에
주저 주저 행색도 미미하구나
회오리 바람 모래 휘몰아 일고
소낙비는 구름 쫓아 날리고 있다
해 떨어지니 여우 이리 내닫고
숲 깊으니 참새 잡새 돌아온다
애닯다, 북으로 정벌 떠나는 졸병
수레 내려 서로 의지해 쉬는구나.

---

23) 靑門: 한의 장안성의 동남문. 문의 색깔이 청색이어서 붙여진 이름이다. 東陵
　　侯 召平이 여기서 오이를 심어 가꾸었다 하여, 오이를 "靑門瓜"라 한다.

瘦馬荒城路　　　低個行色微
旋風帶沙起　　　片雨逐雲飛
日落狐狸走　　　叢深鳥雀歸
哀哉北征卒　　　車下宿相依

감자
甘蔗

백옥의 살갗 섬세하여 처음엔 씹기가 좋고
신령한 액은 짙게 끓여 역시 먹을 만하구나
점점 들어가다 아름다운 경치 멀다 알았어도
세상 맛을 가져다가 저것에 비교해 보지 말라.

玉肌細切初宜啖　　　靈液濃煎亦可飡
漸入始知佳境遠　　　莫將世味比渠看

개주의 빗 속에서, 뒤떨어진 사람 기다리며
盖州雨中 留待落後人

일이 없어 오직 졸만 하기에
아침 내래 대 침상에 누웠다
비에 놀라 고향 꿈을 깨고
해는 나그네 시름과 함께 길다
뒷 말들은 구름 산으로 막혔고

갈 여정은 진흙 길이 방해한다
어느때나 개인 날씨 기뻐하며
서로 이끌고 요양 땅을 건널까.

無事唯宜睡　　　終朝臥竹床
雨驚鄕夢破　　　日共客愁長
後騎雲山隔　　　歸程泥路妨
何時喜晴霽　　　相率過遼陽

조복 하사를 받고 하례를 거행하다
蒙賜朝服行賀禮

천자 나라 문화정치 숭상하고
주변 국가는 태평을 하례하다
성상 은혜 낮은 백성 영화주고
조회의 옷으로 밝은 뜰에서 절하다
햇빛이 도포의 색깔 비추어 더하고
맑은 바람이 패물 울리는 소리 보내다
작은 신하로 어떻게 보답해야 하나
억년의 세월 황제 수령 축수하리.

上國崇文治　　　藩邦賀太平
聖恩榮賤介　　　朝服拜明庭
日照添袍色　　　風淸送佩聲
小臣何以報　　　億載祝皇齡

익주의 관가 버들
益州官柳

관사를 짓고 인해 버들을 심었으니
맞이하는 문이 마치 일산 기울이듯
봄의 뜰에는 짙은 푸르름이 가득하고
여름 책상에는 연한 서늘함이 분다
역의 말들은 와서 나무에 비비고
길손들은 사랑하여 가지를 꺾다
고을 백성은 봉한 식물 좋아하고
사신들은 여기에 놀이 즐기다.

築館仍栽柳	迎門似盖欹
春庭濃綠滿	夏榻嫩涼吹
驛騎來磨樹	行人愛折枝
州民好封植	天使此遊戲

발해의 옛 성
渤海古城

발해가 옛날엔 국가가 되었더니
어느 사이에 남은 터만 보존되다
당나라에선 서로 세습을 허락하나
요나라에선 아울러 삼켜버렸구나

우리에게 붙다른 서민은 온전하여
지금껏 자손이 있지만
남은 유민 어찌 이를 이해하랴
탄식하며 돌아가는 수레에 머물다.

渤海昔爲國	於焉遺址存
唐家許相襲	遼氏肆并吞
附我全臣庶	于今有子孫
遺民那解此	嘆息住歸軒

새벽 북소리를 들으며
聞曉鼓

밤 시간 깊어 가물가물 시름 회포 안고서
성 위에서 잠시 새벽 북 소리 재촉함 듣다
나그네 길 반년의 외로운 베개 머리에
창문은 전처럼 여전히 밝음을 보내 오다.

更深耿耿抱愁懷	城上俄聞曉鼓催
客路半年孤枕上	窓櫺依舊送明來

강남에서 도은을 생각하며
江南 憶陶隱

나그네 길 강남에서 항시 홀로 읊으니
비단 주머니의 일천 수가 바로 세월일세
다만 시의 병이 오히려 예전 같을까봐
다음 날 그대에겐 한 수의 침으로 괴롭히리.

客路江南每獨唫　　　錦囊24)千首是光陰
只嫌詩病還依舊　　　他日煩君是一針

시를 읊으며
吟詩

아치 내래 높이 읊고 또 가늘게 읊조려
괴롭기 마치 모래 헤쳐 금을 단련하려는 듯
시를 짓다가 크게 여윈 것을 괴상해 말라
다만 좋은 시구는 항시 찾기가 힘들어서.

終朝高詠又微吟　　　苦似披沙欲鍊金
莫怪作詩成太瘦　　　只緣佳句每難尋

---

24) 錦囊: 비단 주머니. 시 짓는 것을 비유함. '錦囊佳句'. 唐의 李商隱이 항시 어
린 종에게 배낭을 메고 다니게 하고 좋은 곳을 만나면 곧 시를 써서 배낭에 넣
게 하여, 저녁에 귀가하여 정리하였다 한다.

밤의 흥취
夜興

밤 기운이 공관의 관사에 이니
빈 뜰에는 비가 잠시 멈춘다
나는 반딧불엔 가을 생각 띠고
묵는 나그네는 맑은 시름을 안다
이슬 잎에 남은 빗방울 떨어지고
별 은하수 볼수록 흐르려 한다
내일 아침 북으로 되돌아가려
자주 일어나 밤 시간을 묻다.

夜氣生公館	空庭雨乍收
飛螢帶秋思	宿客抱淸愁
露葉聞餘滴	星河看欲流
明朝還北去	數起問更籌

탕의 목욕
湯浴

빗길이라 진흙으로 온통 더럽히고
더위에 달려 땀에 자주 젖었구나
기수의 목욕에는 봄 늦음 생각하고
대야의 명문에는 날로 새롭다 쓰이다

향기로이 부글부글 물 있음 기뻐
청정하고 깨끗이 먼지 없이 씻다
문득 정신이 상쾌함 깨달아
바람에 향하여 다시 두건을 벗다.

雨行泥汚遍	熱走汗霑頻
沂浴25)思春暮	湯銘26)誦日新
氤氳喜有水	清淨洗無塵
頓覺精神爽	臨風更岸巾

강남곡
江南曲

강남의 아가씨들 머리에 꽃을 꽂고서
웃으며 짝을 불러 꽃 물가에서 노닐다
노 저으며 돌아오는 길 해 주물려 하니
쌍쌍으로 나는 원앙 한 없는 수심일세.

江南女兒花挿頭	笑呼伴侶遊芳洲
蕩槳歸來日欲暮	鴛鴦雙飛無限愁

---

25) 沂浴: 공자의 제자들에게 所欲을 물었을 때, 曾點이 "봄 옷이 이루어지면 어른
   오륙인과 동자 두서넛으로 沂水에 목욕하고 기우제 터에서 춤을 추고 읊으며
   돌아오겠다(春服旣成 與冠者五六人 童子數三人 浴乎沂 舞乎風雩 詠而歸)" 하
   니, 공자는 나도 너의 욕심을 따르겠다 하였다.
26) 湯銘: 殷나라의 湯王이 자신의 세수대야에다 "날로 새롭거든 또 날마다 새롭게
   되리라(苟日新 又日新 又日日新)"함이 있다.

출정한 아내의 원망, 두 수
征婦怨　二絶

한 번 이별 햇수 길어 소식도 드무니
변방에서의 죽고 삶을 누가 있어 아나
오늘 아침 처음으로 겨울 옷 부쳐보내니
울며 보내던 때 뱃 속에 있던 아이라오.

一別年多消息稀　　　　塞垣存沒有誰知
今朝始寄寒衣去　　　　泣送歸時在腹兒

회문시를 다 짜고나니 비단 글자 새로워
봉하고 멀리 보내니 한을 의지할 곳 없네
무리 중에 요동의 나그네 있을까 두려우니
매양 나루 머리 향해 길 가는 이에게 물어라.

織罷回文錦字新　　　　題封寄遠恨無因
衆中恐有遼東客　　　　每向津頭問路人

발해에서 회고하며
渤海懷古

당나라에서 군대 일으켜 해동을 평정하니
태랑이 따라 일어 왕의 궁전을 지었다네

청컨대, 그대는 변방의 정책을 말하지 말라
옛부터 누가 시종 한결같이 보존했던가.

唐室勞師定海東   太郎隨起作王宮
請君莫說關邊策   自古伊誰保始終

임자 10월 12일, 경사를 떠나 진강부 단도역에서 자다
壬子十月十二日發京師 宿鎭江府丹徒驛

용강의 포구에서 갈 배를 풀어서
해 저물어 옛 윤주에 와 투숙하다
긴 밤 잠 없이 달빛을 바라보니
여정 혼, 고향 생각이 함께 아득하다.

唐室勞師定海東   太郎隨起作王宮
請君莫說關邊策   自古伊誰保始終

상주의 섣달 그믐, 여러 서장관에게 주다
常州除夜 呈諸書狀官

상주의 성 안에서 해는 저물었다 알리니
상주의 성 밖엔 사람들 발걸음도 없구나
집집의 밝은 등불엔 웃음 이야기 떠들썩
곳곳의 터지는 폭죽에 귀신들도 놀란다

오늘 밤이 무슨 밤이지, 바로 그믐 밤
배 안에 묵는 나그네 감정 잡기 어렵구나
나는 만리로부터 고국을 떠나
사신으로 서쪽으로 와 황성에 조회하여
봉천문 앞에서 천자를 알현했고
금릉의 저자 거리에선 가인에게 취하기도
한나라의 예악에서 다시 새로움 보았고
우임금 산천에서 옛 자취도 찾았다
남아의 의지 소원 족히 보상할 만하니
나그네 길 험난함은 말할 것이 못된다
함께 온 사신의 대 여섯 무리는
나이 젊고 재주 높아 모두가 호걸이라
배를 옮겨 서로 쑥대 창에 앉아서
깊은 밤 도란도란 그림 촛불을 사룬다
종횡으로 웅장한 달변엔 무지게 토하고
화답 수창의 아름다운 글귀엔 구슬이 진다
인생에 술이 있는데 왜 안 마시겠는가
다음 해 어느 곳에서 오늘 저녁 만날지.

常州城中日云暮　　　常州城外人不行
家家明燈笑語喧　　　處處爆竹神鬼驚
今夕何夕是除夜　　　舟中宿客難爲情
我從萬里辭古國　　　奉使西來朝紫宸
奉天門前謁天子　　　金陵市上醉佳人
漢家禮樂睹新儀　　　禹貢山川尋古跡

男兒志願足可償　　客路嶇嶮不須說
同來使臣五六輩　　年少才高盡豪傑
移船相就蓬底坐　　深夜團欒燒畵燭
縱橫雄辯吐虹蜺　　唱和佳聯落珠玉
人生有酒胡不飲　　明年何處逢今夕

과주에서(임자 4월)
瓜州(壬子四月)

배 대이고 언덕 올라 조수 돋기 기다려
양자 나루 남쪽에서 첫 번째의 여정이네
초나라 언덕 기러기 소리는 북으로 가고
바다 어구 돛 그림자는 오히려 서쪽 간다
돌 당간에 비로소 금산사임을 알고
분칠 성첩은 철옹성으로 마주 본다
약속했던 종산을 와서 바라보니
오색 구름 깊은 곳이 곧 신경이네요.

泊舟登岸待潮生　　楊子津南第一程
楚岸雁聲還北去　　海門帆影尙西行
石幢始認金山寺　　粉堞相望鐵甕城
隱約鍾山來入望　　五雲深處卽神京

강남의 버들
江南柳

강남의 버들 강남의 버들
봄 바람에 한들한들 황금의 실일세
강남의 버들 빛은 해마다 좋아지는데
강남의 나그네는 어느 때나 돌아가나
푸른 바다 아득히 만 길의 파도이고
고향의 산은 멀리 하늘의 가에 있다네
하늘 가 사람 밤낮으로 돌아오는 배 바라보다
앉아서 지는 꽃 대하고 공연한 긴 탄식
공연한 긴 탄식, 다만 서로의 생각 괴로움 아나
이 사이의 가는 길 어려움 알려 할까
사람살이 멀리 노는 나그네는 되지 말라
소년 시절 귀밑머리가 눈처럼 희었다네.

江南柳江南柳　　　春風裊裊黃金絲
江南柳色年年好　　　江南行客歸何時
蒼海茫茫萬丈波　　　家山遠在天之涯
天涯之人日夜望歸舟　　　坐對落花空長嘆
空長嘆但識相思苦　　　肯識此間行路難
人生莫作遠遊客　　　少年兩鬢如雪白

양자강 배 위에서
楊子江船上

몸이 바다 배를 따라 황실 정월 하례하려
길이 강남으로 드니 시선이 홀연히 밝아지다
땅 트이고 하늘 열려 새로운 황극이 서니
용의 서림이나 범의 웅크림 옛날 듣던 이름.

身隨海舶賀王正　　　　路入江南眼忽明
地闢天開新建極　　　　龍盤虎踞舊聞名

등주에서 바다 지나며
登州過海

지부산 성 아래에는 조각 돛 펼치더니
문득 잠깐 사이 아득해짐 깨닫게 되다
구름이 봉래산에 이어져 신선 대궐 멀고
달은 요해에 밝아 나그네 옷이 싸늘하구나
백년의 하늘 땅에 몸은 좁쌀만 하고
공명이란 두 글자에 귀밑머리 서리 되려네
어느 날 긴 노래로 돌아감 읊으랴
쑥대 창 밤새도록 마디 마음 상하다.

之罘[27] 城下片帆張　　　便覺須臾入杳茫
雲接蓬萊仙闕遠　　　月明遼海客衣凉
百年天地身如粟　　　兩字功名鬢欲霜
何日長歌賦歸去　　　蓬窓終夜寸心傷

다경루에서 계담에게 주다
多景樓贈季潭

평생의 기개 호연함 펴려 하여
모름지기 감로사의 누대 앞에 오다
철옹성의 그림 나팔은 석양 속이고
과포로 오는 돛대 가랑비의 갓일세
옛 가마솥에 아직 양나라 세월 남았고
높은 마루는 초나라 산천을 바로 눌렀다
올라 오기 반나절에 중을 만난 대화에
동쪽 韓나라의 8천 리 길을 망각케 한다.

欲展平生氣浩然　　　須來甘露寺樓前
襄城畵角斜陽裏　　　瓜浦歸帆細雨邊
古鑊尙留梁歲月　　　高軒直壓楚山川
登臨半日逢僧話　　　忘却東韓路八千

---

27) 之罘: 山東省 烟台市 북쪽에 있는 산 이름.

오호도
嗚呼島

세 호걸 한갓 수고로 한나라 공신 되었으나
한 때의 공업이 마침내 먼지가 되었네
지금껏 오호도로 남아 있을 수 있어서
길이 행인에게 눈물 수건 가득하게 하네.

三傑28)徒勞作漢臣   一時功業竟成塵
只今留得嗚呼島   長使行人淚滿巾

양자강
楊子江

용이 하루에 날아올라 신령한 공을 세워
곧바로 하늘 땅이 한나라 궁전 둘리었네
다만 장강으로 남북 한계 삼게 했으니
조조를 누가 영웅이라 이르게 하랴.

龍飛一日樹神功   直使乾坤繞漢宮
但把長江限南北   曹公誰道是英雄

---

28) 三傑: 세 걸출한 인물. 漢의 三傑은 張良 韓信 蕭何를 말함.

고소대
姑蘇臺29)

쇠잔한 풀 사양볕에 가을 저물려 하니
고소대에 오른 사람 수심스럽게 하네
앞 수레가 꼭 뒷 수레의 경계되지 않아도
예나 이제나 몇 차례나 사슴들 노닐었을까.

衰草斜陽欲暮秋　　　姑蘇臺上使人愁
前車未必後車戒　　　今古幾番麋鹿遊

탕참에서 자다
宿湯站

반평생의 호기가 다 가시지 않아
말을 타고 다시 압록의 강뚝에 놀다
홀로 들 반석에 누워 잠도 없는데
산 가득한 밝은 달에 자규만 운다.

半生豪氣未全除　　　跨馬重遊鴨綠堤
獨臥野盤無夢寐　　　滿山明月子規啼

---

29) 姑蘇臺: 吳王 夫差가 건축했다 함. 이 役事에서 오가 패망했다고도 함.

의주에 이르러 말을 점검하여 강을 건너다
到義州點馬渡江

의주는 국가의 문호이니
옛부터 중요한 변경 방비이다
긴 성은 언제 쌓았기에
구불 구불 산 능선 따랐나
넓고 넓은 말갈의 물줄기가
서쪽으로 와 국경을 한계하다
나의 걸음이 이미 천 리인데
여기에 와서는 이에 방황한다
몰던 말 중국 마구간으로 돌리고
나루에 떠서 등등한 나귀를 보다
주인이 술을 장만해 두고
피리 불어 석양까지 이르다
마침 역의 사자가 와서
손수 바치는 임금님 술 향기롭다
마시고나 자리를 내려 절을 하니
지척에서 군왕을 대하는 듯하다
내일 아침 강을 건너 가게 되면
들 학이 하늘 가 망망하겠지.

義州國門戶　　　自古重關防
長城何年起　　　屈曲隨山岡
浩浩靺鞨水　　　西來限封疆

我行已千里	到此仍彷徨
驅馬獻天廐	浮渡看騰驤
主人爲置酒	吹笛到夕陽
適有驛使至	手奉御醞香
飮已下羅拜	咫尺對君王
明朝過江去	鶴野天茫茫

일본으로 사신 가서 지음
奉使日本作[30]

바다 섬 천년에 고을들이 열려 있어
뗏목 타고 여기 오기 오래 배회했다
승려들은 항상 시를 구하려 찾아오고
여관 주인은 때때로 술을 보내온다
인정이 오히려 의지할 만함 문득 기쁘니
사물 행색을 가지고 서로 시기함 버리자
다른 지방이라 좋은 흥 없다 누가 말하랴
날마다 수레 빌려서 이른 매화 찾는데.

海島千年郡邑開	乘桴到此久徘徊
山僧每爲求詩至	地主[31]時能送酒來

---

30) 原本에 "洪武丁巳 奉使日本"으로 되어 있는데, 각주로 교정하여 "이 아래 12수
는 대체로 봄날에 지은 것인데, 丁巳라 표제한 것은 온당치가 못하니 '洪武丁
巳' 넉 자를 제거하는 것이 마땅하다. 다만 '奉使日本作'이라 함이 옳다" 하여
이 번역에서는 아예 제거한 것이다.

31) 地主: 여관 주인. 앞의 주 21) 참조.

却喜人情猶可賴　　　　休將物色共相猜
殊方孰謂無佳興　　　　日借肩輿訪早梅

더부살이 적막하게 한 해 세월 보내니
아른아른 창틀에는 해 그림자 지나간다
봄 바람 향할 때마다 나그네 됨이 오래돼
호기가 사람 그르침을 비로소 알겠구나
복숭아 붉고 오얏 희어도 수심 속 곱고
땅은 낮고 하늘 높다고 취중에 노래한다
나라 보답 공이 없이 몸 이미 늙었으니
돌아가 자연의 풍물에 노님만 못하구나.

僑居寂寞閱年華　　　　莘莘窓櫳日影過
每向春風爲客遠　　　　始知豪氣誤人多
桃紅李白愁中艶　　　　地下天高醉裏歌
報國無功身已老　　　　不如歸去老烟波

물 나라에 봄빛이 요동하나
하늘 끝 나그네는 가지 못하네
풀은 천리를 이어서 푸르고
달은 두 고향을 함께 비춘다
놀고 달래기에 황금도 다했고
갈 생각에 흰 머리만 돋는다
남아의 천하의 의지가
유독 공명을 위한 것은 아닌데.

水國春光動　　天涯客未行
草連千里綠　　月共兩鄕明
遊說黃金盡　　思歸白髮生
男兒四方志　　不獨爲功名

평생을 남쪽이나 북쪽으로
마음과 사실이 점점 어긋나
고국은 바다 서쪽 끝이고
외로운 배 하늘 한쪽편일세
매화 창에는 봄 빛이 빠르고
판자 집에는 비 소리만 많다
혼자 앉아 긴 해를 보내려니
괴로운 집 생각 어찌 견디랴.

平生南與北　　心事轉蹉跎
故國海西岸　　孤舟天一涯
梅窓春色早　　板屋雨聲多
獨坐消長日　　那堪苦憶家

꿈은 계림 땅 옛 집을 헤매돌고 있어
해마다 무슨 일로 돌아가지 못하나
평생을 괴로이 뜬 이름에 결박되어
만리 밖 다른 습속과 함께 살아야 한다
바다 가까워 물고기로 여관 음식 제공하고
하늘 멀어 기러기로 고향 소식도 못 전해

배 돌아갈 때 매화를 얻어 기지고 가서
시내 앞에 심어 놓고 성근 그림자 보리라.

夢繞鷄林舊弊廬　　年年何事未歸歟
半生苦被浮名縛　　萬里還同異俗居
海近有魚供旅食　　天長無雁寄鄕書
舟回乞得梅花去　　種向溪南看影疎

돈피 갖옷 다 헤져도 뜻은 아직 못 폈으니
마디 혀 가지고 蘇秦에 견주기 부끄럽구나
張騫의 뗏목 위엔 하늘이 바다를 이었고
徐福의 사당 앞에는 풀만 저절로 봄일세
눈은 계절 감각 느껴 눈물 흘리기 쉽고
몸은 나라에 허락해 멀리 놀기 자주한다
고향 동산에 손수 심은 새로운 버들은
응당 봄바람을 향해 주인을 기다리겠지.

弊盡貂裘志未伸　　羞將寸舌比蘇秦[32]
張騫[33]査上天連海　　徐福[34]祠前草自春

---

32) 蘇秦: 전국시대 洛陽 사람. 鬼谷子에게서 웅변을 익히고, 陰符經에서 화술을
　　터득하여, 燕 趙 韓 魏 齊 楚를 설득하여 연합하여 秦나라를 대항하니, 蘇秦이
　　6국의 수상을 겸하였다. 그 뒤 張儀에게 패하여 제나라에서 자살당했다.
33) 張騫: 漢의 漢中人. 月氏國 凶奴 등 외국의 사절을 수 십년을 해서, 서북방이
　　중국과 교통된 것이 이에서 시작되었다. 博望侯로 봉해졌다.
34) 徐福: 秦의 術士인 徐市인데 徐福이라 하기도 하나, 이는 신선전에서의 誤記로
　　인한 것임. 진시황에게 동해 중 삼신산에 신선이 살고 있어, 불사약을 구할 수
　　있다하여, 동남 동녀 3천명을 거느리고 갔다가 마침내 돌아오지 못했다.

眼爲感時垂泣易　　　　身因許國遠遊頻
故園手種新楊柳　　　　應向東風待主人

산천이나 저자 고을은 예나 이제나 같아
지방이 부상에 가까우니 새벽 햇살 붉구나
다만 신선이 동해 바다에 산다고만 말했지
누가 백성 마을 하늘 동쪽에 있을 줄 알았나
색동 옷은 진나라 아동에게서 변화됐나 상상되고
이를 염색함은 진작 월나라 풍습과 통했나 보다
머리 돌리면 삼한이 응당 멀지 않으리니
천년의 기자의 끼친 좋은 풍습이 있는데.

山川井邑古今同　　　　地近扶桑35)曉日紅
但道神仙居海上　　　　誰知民社在天東
斑染齒曾將越俗通　　　　衣想自秦童36)化
回首三韓應不遠　　　　千年箕子有遺風

나그네로서 근년에 이미 멀리 노닐어
또 바다 동쪽 머리에서 풍속을 찾다
길가다 신발 벗어 어른을 맞이하고
지사는 칼을 갈아 세대 원수를 갚다
약 밭에 눈이 깊어도 새 싹 연하고
매화 마을 달 뜨니 향기 은근히 일다

---

35) 扶桑: 아침에 해가 뜨는 곳.
36) 秦童: 앞의 주 32) 참조.

신의 미풍 우리 땅만 못함 스스로 알지만 내 땅 아니니
어느 날 돌아가려 조각 배 띄울 것인가.

客子年來已遠遊　　又尋風俗海東頭
行人脫履邀尊長　　志士磨刀報世讐
藥圃雪深新綠嫩　　梅村月上暗香浮
自知信美非吾土　　何日言歸37)放葉舟

고향에서는 소식이 없이
겨울 보내고 또 봄을 보다
응당 천리의 달은
두 고향 사람 나누어 비추리
글귀는 매화를 띠어 담담하고
수심은 풀빛에 이어 새롭구나
이 걸음은 참으로 뜻 밖이니
문득 꿈 속의 몸인가 의아하다.

故國無消息　　經冬又見春
只應千里月　　分照兩鄕人
句帶梅花淡　　愁連草色新
此行眞不意　　却訝夢中身

오늘이 무슨 날인지 알겠네
봄 바람이 나그네 옷 날려
사람은 천리를 떠서 멀고

---

37) 言歸: 돌아가다. '言'은 虛辭임.

기러기는 고향을 지나 날다
나라에 허락 마디 마음 괴롭고
계절을 느껴 두 줄 눈물 뿌리다
다락 올라 머리 돌리지 말라
꽃다운 풀 바로 다부룩하다.

今日知何日　　　　春風動客衣
人浮千里遠　　　　雁過故山飛
許國寸心苦　　　　感時雙淚揮
登樓莫回首　　　　芳草正菲菲

사신 되어 부상 지역 노닐며
사람들에게 지방 풍속 묻다
이 염색해야 곧 귀인이고
신발 벗어야 공손하다네
버들은 새해 들어 푸르고
꽃도 고국처럼 진홍빛일세
나그네 거처 특히 적막해
발작소리 울림 기꺼이 듣다.

奉使遊桑域　　　　從人問土風
染牙方是貴　　　　脫履始爲恭
柳入新年綠　　　　花如故國紅
客居殊寂寞　　　　喜聽足音跫

관음사에 놀다
遊觀音寺

들 절 봄 바람에 푸른 이끼 자라고
노닐다 종일토록 돌아갈 줄 모른다
동산 안의 수 없는 매화나무들은
모두가 사는 중이 손수 심은 것이라네.

野寺春風長綠苔　　　來遊從日不知回
園中無數梅花樹　　　盡是居僧手自栽

다시 이 절에 놀아
再遊是寺

시내 흐름 바위 도니 녹색의 배회인데
지팡이 짚고 시내 따라 동구로 들었다
옛 절은 문이 닫히고 중도 보이지 않아
지는 꽃 눈처럼 연못 축대 덮었구나.

溪流遶石綠徘徊　　　策杖沿溪入洞來
古寺閉門僧不見　　　落花如雪覆池臺

계묘 8월, 한원수의 동정길을 따라 함주에 이르니,
병마사 나공이 정병을 끌고 서북의 정벌에 도움 주다
癸卯 八月 從韓元帥東征到咸州 兵馬使羅公率精兵助征西北

안장 나란히 천리 길 멀리 군대를 따라
함주에 이르려다 또 그대를 송별하네
바로 이것 남아의 애 끊는 일이라
가을 바람에 나팔 소리 듣기 힘드네.

聯鞍千里遠從軍　　　欲到咸州又送君
政是南兒腸斷處　　　秋風畵角不堪聞

화주의 밤비
和州夜雨

화주의 나그네 집에 비로 이어 밝히는데
문 밖에는 오히려 무기 소리만 들린다
휘장 안 장군은 촛불 밝혀 앉아 있어
새벽 되니 귀밑머리 실로 변해 버렸네.

和州客舍雨連明　　　門外猶聞刁斗38) 聲
帳裏將軍呈燭坐　　　曉來仍得鬢絲成

---

38) 刁斗: 쟁개비와 징을 겸한 軍用 도구. 놋쇠로 만든 한 말 들이 그릇으로 낮에
　　는 炊事도구로 쓰이고 밤에는 陣의 경계로 두드림.

함주에 이르러 척약재의 시에 차운하여
至咸州 次惕若齋詩

낙엽이 바로 어수선한데
그대 생각에 그대 보이지 않다
원나라 군대 깊이 변방에 들고
교만한 장수 멀리 군대를 나누다
산채 가다가 비를 만나고
성루에서 일어 구름 바라보다
방패 창이 천하에 가득하니
어느 날에 이 문치를 닦나요.

落葉正繽紛	思君君不見
元戎深入塞	驕將遠分軍
山寨行逢雨	城樓起望雲
干戈盈四海	何日是修文

안변성루에서
安邊城樓

돌아갈 마음 아득히 긴 허공으로 들어
만리 길 다락 올라 모자에 가득한 바람
이미 이 몸이 정처 없음을 믿었으니
다음 해는 어느 곳에서 기러기 들을까.

歸心杳杳入長空　　萬里登樓滿帽風
已信此身無定止　　明年何處聽秋鴻

갑진년 중추의 회포
甲辰中秋有懷

지난 해는 창해의 머리에서 말에 물 먹이며
함주의 여관 집에서 추석을 만났는데
산천은 아득아득 풀 나무는 떨어졌고
밝은 달 하늘 가득 맑은 경치 흘렀다
수평 백사장 온갖 군막 조용히 말 없으나
변방 소리 사방에 일어 사람 근심스럽게 하다
장군은 홀로 누워 털 장막이 높고
장사의 슬픈 노래에 무쇠옷 싸늘하다
휘장 앞 서생도 역시 졸음이 없어
적막한 깊은 밤에 그림자와 서로 위로한다
쓸쓸히 일어나 서남쪽을 바라보니
뜬 구름 허공에 비껴 철령에 이었구나
봄 바람에 돌아가겠다는 계획 또 어긋나
부소산 앞에는 단풍 잎이 또 날린다
오늘 밤 중추에도 지난 해의 달이나
지난 해 나그네는 아직도 못 돌아가
뜰 가는 쓸쓸해 귀뜨라미의 노래이고
부엌은 썰렁하여 종놈들도 굶주리다

어제 아침엔 아우가 편지를 부쳐와서
백발의 어머니가 보기를 원하신다 했네
공명이나 부귀가 너의 일이 아닌데
나그네 여정은 해마다 무슨 기약 있는가
다음 해는 어느 곳에서 밝은 달을 만나
홀로 남창에 앉아 스스로 읊을 것인가.

去年飮馬滄海頭	咸州客舍遇中秋
山川迢迢草木落	明月滿天淸景流
平沙萬幕寂無語	邊聲四起令人愁
將軍獨臥氈帳高	壯士悲歌鐵衣冷
帳前書生亦不眠	寂莫夜深相弔影
悄然興望望西南	浮雲橫空連鐵嶺
春風歸來計又非	扶蘇山前黃葉飛
今夜中秋去年月	去年客子猶未歸
庭除蕭索蟋蟀語	廚竈凄涼童僕飢
前朝舍弟附書至	白髮慈親願見之
功名富貴非汝事	客路年年有底期
明年何處逢明月	獨坐南窓自詠詩

홍무 임술에 이원수를 따라 동정을 하다
洪武壬戌從李元帥[39]東征

이 지역은 옛날에 윤몰되어서
선왕이 오히려 개척한 곳이라
백성 드물어 이방 풍속 섞였고
지역은 수승하여 좋은 재질 많다
길은 넓은 바다 따라 회전되고
산은 말갈을 쫓아 내려왔다
짧은 옷으로 호랑이 쏘다가
해 늦어도 돌아갈 줄 모른다.

此域昔淪沒	先王還拓開
民稠雜殊俗	地勝産雄材
路逐滄溟轉	山從靺鞨來
短衣看射虎	歲晩不知回

단주성
端州城

오랜 나그네 우리 길을 슬프게 해
해가 지나도 오히려 쉬지 못하네

---

39) 李元帥: 李成桂를 말함.

봄 바람에는 요동의 길이요
가을 비에는 바다 동쪽의 어구일세
안장과 말엔 하나의 몸이 멀고
산과 강엔 천고의 가을 일세
금원 땅은 호걸의 굴인데
오늘은 다만 거친 언덕 뿐.

久客嗟吾道　　　　經年尙未休
春風遼左路　　　　秋雨海東頭
鞍馬一身遠　　　　山河千古秋
金源豪俠窟　　　　今日但荒丘

함주 동쪽에서 비를 맞으며
咸州東行冒雨

동으로 가며 내리는 비 무릅쓰며
반달만에 함주에 이르다
밤 드니 애상한 노래 울리고
가을을 지나 옛 성첩을 수축하다
피로한 백성 고생스런 뜻을
현명한 군주 근심이 없겠나
스스로 부끄럽다, 서생의 무리는
한갓 흰 머리로 늙어감이여.

東行冒零雨　　　半月到咸州
入夜哀歌發　　　經秋古壘脩
疲氓苦思理　　　明主肯無憂
自愧書生輩　　　徒然白了頭

추석에
中秋

중추절에 옛적 함주의 나그네 된 적 있어
손가락 헤아려 보니 스무 해가 지났구나
흰 머리에 다시 와 밝은 달을 대하니
남은 여생 몇 번이나 둥글 것 볼까.

中秋昔作咸州客　　　屈指今經二十年
白首重來對明月　　　餘生看得幾回圓

여진의 지도
女眞地圖

화살 촉을 명당으로 바쳤다 들은 적 있으니
숙신의 유전되는 백성이 이 한 지방일세
눈으로 서있는 장백산 남으로 달려 멀고
하늘에 닿은 흑수는 북으로 흘러 유장하다

완안 부족의 큰 도량이 요와 송을 삼켰고
세종의 풍성한 공은 한이나 당에 핍박되다
앉아 지도를 대하면서 오히려 탄식되니
옛부터 호걸들은 궁하고 거친 데서 일다니.

曾聞楛矢貢明堂	肅愼遺民此一方
雪立白山南走遠	天連黑水北流長
完顔40)偉量呑遼宋	大定41)豊功逼漢唐
坐對地圖還嘆息	古來豪傑起窮荒

독올관
禿兀關

관문을 험한 데 세워 몇 천 길이 되니
선왕들의 마음 씀이 깊었음 엿볼 만하다
점점 가슴 속으로 아득히 삼킬 수 있어 기쁘고
감히 발 아래로 높은 산 밟음을 펼치다
군사 강했음도 이러한 형세로 인함이었으니
풍속 비루함이야 누가 고금에 기록할 줄 알랴
시험삼아 산 앞으로 내려 평야를 바라보니
벼 밭 곡식 언덕에 사람 마음을 위로한다.

---

40) 完顔: 부족명. 女眞 부족의 하나. 松花江 하류에 있다. 北宋 때 여진족이 完顔
　　部가 핵심이 되어 金國을 세웠다.
41) 大定: 金의 世宗(完顔雍)의 年號.

關頭設險幾千尋　　足見先王用意深
漸喜胸中呑縹緲　　敢肆脚底踏嶔崟
兵强自是因形勢　　俗陋誰知記古今
試下山前望平野　　稻畦禾隴慰人心

이시중의 안변루시에 차운함
次李侍中[42]安邊樓詩韻

묻건대, 어느 누가 처음에 이 누대 세웠나
올라오니 애오라지 다시 또 머뭇거리게 되다
십년의 길 위에서 마음 속 일을 저버렸고
백 번을 싸웠던 산천에서 눈물 흘려야 하네
태수의 정치 명성은 맑기 물과 같고
서생의 나그네 모습은 가을보다 싸늘하다
시중이 여기 지나다 시구를 써놓았으니
우러러보며 조용히 읊어 멈출 수가 없구나.

試問何人始起樓　　登臨聊復爲淹留
十年道路負心事　　百戰山河堪淚流
太守政聲淸似水　　書生行色冷於秋
侍中過此題詩句　　仰看沈吟未肯休

---

42) 李侍中: 당시 門下侍中이었던 李成桂. 시중은 문하성의 從一品.

서도사 사호를 서울로 보내며
送徐道士師昊還京師

성주는 하늘의 운명을 받고
진인은 협조하려 했네
천자께 조회하려 여유있이 놀고
성덕을 보이려 너울 너울 내려왔네
조서 받들어 신선 경계 엿보고
배를 돌려서 황제 고향으로 가네
서생은 지금 병을 안고 있으니
어느 날에 조이 자연 관상하겠나.

聖主膺圖籙[43]	眞人欲贊襄
朝天遊汗漫	覽德下翱翔
奉詔窺仙境	回舟返帝鄕
書生今抱病	何日好觀光

항주사를 보내며
送杭州使

오왕의 사절이 하늘 동쪽에 이르니
열 폭의 돛이 날라 길이 절로 통했네
세월은 유유히 행역 속에 흘렀고

---

43) 膺圖籙: 제왕이 하늘의 운명을 받아 국가를 세우는 것. ‘膺圖受籙’

산천은 꿈결 잠결에 역력하구나
두 나라의 두터운 뜻은 넓은 바다 같으니
만리의 돌아갈 기약엔 좋은 바람 얻어야지
다른 날 고소대 위에서 바라보게 되면
봉영의 신선은 안 보여도 물은 허공에 이어.

吳王使節到天東　　　十幅帆飛路自通
歲月悠悠行役裏　　　山川歷歷夢魂中
兩邦厚意同滄海　　　萬里歸期得好風
他日姑蘇臺上望　　　蓬瀛不見水連空

을축 구월, 중국사신 장학록 부와 주전부 작을 모시고
서경의 영명루에 올라 현판의 시에 차운하다
乙丑九月　陪天使張學錄溥·周典簿俾登西京永明樓　次板
上韻

사신이 동으로 와 맑은 놀이를 하니
모두가 지금 당시의 제일류들일세
백옥 절부는 멀리 요해를 지나왔고
국화꽃을 패강의 머리에서 처음 보다
사람살이에 술 있어 사양하지 말라
객지에서 산을 대하면 휴대할 만하다
만국이 지금에 하나로 귀일되고 있으니
누대 올라 한가로운 수심은 하지 말자.

使臣東下作淸遊　　俱是當今第一流
玉節遠過遼海上　　黃花初見浿江頭
人生有酒莫辭醉　　客裏對山聊可携
萬國卽今歸混一　　登臨不用起閑愁

홍무 을축 9월, 칠참역 마상에서
강남 사신 장부의 시에 차운함
洪武乙丑九月 七站馬上 次江南使張溥詩韻

붉은 깃발 나부껴 대열도 길다
사신이 동으로 오려고 뱃길에 접했기에
길손들 내달으며 오사모를 보려 하고
역리들은 맞아들여 백옥 술잔 권하다
부끄럽게도 주머니에 좋은 글귀 없어
모셔 노는 말 위에서 가을 풍광 구경하다
학생 수재나 귀공자를 서로 기억하지 말고
변방 백성을 찾아가 바라는 바를 위로하소.

紅旆飄飄列隊長　　使臣東下接梯航
路人奔走看紗帽　　驛吏逢迎勸玉觴
慙愧囊中無秀句　　陪遊馬上賞秋光
靑衿44) 胄子45) 休相憶　　來訪邊民慰所望

---

44) 靑衿: 청색의 깃을 단 장삼. 배우는 학생이나 秀才를 지칭하여 쓰임.
45) 胄子: 제왕의 長子나, 國子監의 學生員.

을축 9월, 중국 사신 주작에게 주다
乙丑九月 贈天使周倬

중국에 우아한 선비 있어
인과 의를 입고 찾구나
조용히 요와 순을 강의하여
아침 저녁으로 천자 모시다
천자가 먼 지방도 염려하여
명을 받아 덕음을 선전하다
걸음 걸음 만여리를 걸어
말을 부상의 가지에 매었구나
펄럭이는 오사의 모자가
색깔을 동해 언덕에 비추다
온 나라가 사랑 영화 얻어
온갖 만물이 빛을 발휘하다
기울인 일산 한 번 바라보니
정의의 친함이 지기와 같구료
날마다 고상한 이론을 접하니
정성스러이 현미한 이치 다하다.

中州有佳士　　　佩服仁與義
從容講唐虞　　　旦夕侍天子
天子念遠人　　　受命宣德意
行行萬餘里　　　繫馬扶桑枝
翩然烏紗帽　　　色映東海陲

舉國被寵榮　　　萬物生光輝
傾盖一相見　　　情親如舊知
日日接高論　　　亹亹窮玄微

장학록 부의 환국을 전송하며
送張學錄溥還朝

문을 숭상하는 천자가 유가 현인을 기용하여
사람 됨과 풍류 멋이 신선인 듯 바라뵈다
한 문서 열 줄에 한나라의 조서 전해 오고
삼한 땅의 억만 년에 요임금 수명 축하하다
들 아이들은 서로 불러 오사의 모자 구경하고
나루 아전 나와 맞으려 호화선을 대이다
이별 후의 그대 생각은 어느 곳이라야 하나
태학의 가을 물은 바로 맑고 맑구나.

右文天子用儒賢　　　人物風流望似仙
一札十行傳漢詔　　　三韓億載祝堯年
野童相喚看紗帽　　　津吏來迎艤畫船
別後思君何處是　　　璧雍46) 秋水47) 正淸漣

---

46) 璧雍: 옛날에 천자가 세운 太學. ‘璧癰’‘辟雍’이라고도 함.
47) 秋水: 청정 명랑한 기질의 비유로 쓰임. 蘇軾의 시구에 “仙風入骨已凌雲 秋水
　　爲文不受塵”이라 함이 있다.

요동의 왕경력 왕도사 두 분께 부치다
寄遼東王經歷·王都事兩相公

태평성대의 뭇 현인들 다함께 분발하여
요동의 빈객은 모두가 유가의 보배일세
순임금의 벼슬아치의 쌍벽에 지기의 벗 있으니
장원급제의 공명에 바로 그 사람이 있구나
들 학은 푸른 산에 자주 꿈에 들고
압록강 밝은 달에 은근히 정신이 상한다
지금은 천하가 한 집이 되어 만나니
다음날 뒤따라 온다고 의아하지 마소.

盛代群賢共躍鱗[48]　　　　遼東賓客盡儒珍
虞卿雙璧有知己　　　　郤氏一枝[49]眞可人[50]
鶴野靑山頻入夢　　　　鴨江明月暗傷神
今逢四海爲家日　　　　莫訝他時逐後塵

---

48) 躍鱗: 고기의 뛰어 노님. 사람이 분발하여 하염이 있음을 비유함. 李白의 시
　　〈古風〉에 "群才屬休明 乘運共躍鱗"이라 함이 있다.
49) 郤氏一枝: 晉의 郤詵이 賢良對策에서 천하제일이 되어, 스스로 여기기를 "桂林
　　之一枝 崑山之片玉"이라 하였다. 그 후로 "郤詵丹桂"를 과거급제에서 공명을 얻
　　은 것의 비유로 삼았다. "郤詵桂" "郤詵高第" "郤詵第"
50) 可人: 재덕이 있는 사람. 사랑스러운 사람. 마음에 드는 사람.

영고목이 시를 가지고 와 화답을 구하여
이를 써서 책임을 벗다
英枯木袖詩求和 書此塞責

어제 강을 건너 가더니
오늘은 강을 지나 왔구료
수고로운 백년 평생에
행역이 몇 번이나 되는가
영스님은 옛부터 서로 알아
웃음 이야기 함께 어울렸지
소매 속에서 시축을 꺼내어
나그네 회포 위로할 만해
큰 고기는 어떠한 것이기에
재주와 부재를 즐겨 논하되
그대 허가한 이 적음 민망타
가슴 속엔 작은 먼지라도 끊었나
붓을 대면 구슬을 남기니
그대에게는 역시 행복이구료
나는 원래 좋은 말이 모자라
글귀 얻음에도 정신이 없으니
애오라지 이를 써서 주노니
삼가 사람들에게 전하지만 마소.

昨日過江去　　　　今日過江來
勞勞百年內　　　　行役知幾回

英師舊相識　　笑談與之諧
袖中出詩篇　　足以慰旅懷
巨鱗是何者　　肯論才不才
閔子少許可　　胸襟絶纖埃
落筆遺珠玉　　於汝亦幸哉
我本乏好語　　得句無精神
聊書此爲贈　　愼莫傳諸人

전오륜 장령이 경상도 안찰로 나가 송별함
送全五倫51)掌令出按慶尚

그대 어디로 가려 하여
싸늘한 가을 총마가 날뛰나
마음이 맑아 제사 일 대신하고
임무 무거워 풍속 노래도 채집
합천의 물은 파란 빛이 연하고
진주의 산에는 단풍잎이 지네
귀인의 수레는 옛날 애낀 것이고
백옥의 절부로 또 소요하시네요.

---

51) 全五倫: 고려의 문신. 형조판서. 고려가 망하자 두문동에 들어갔다가 태종에
　　의해 향리에 안치됨. 후에 석방되어 瑞雲山에 은거함. 安義의 西山書院에 제향
　　됨.

昨日過江去　　　　今日過江來
勞勞百年內　　　　行役知幾回
英師舊相識　　　　笑談與之諧
朱輪52)舊遺愛　　　　玉節53)又逍遙

상주의 김선치 상국에게
贈尚州金先致 相國

비 속에 나를 멈추게 하는 술잔도 깊어
반나절의 고상한 이야기 백금의 값어치
다만 중국의 조회로 갈 길이 재촉되어
석양의 꽃다운 풀에 사람 마음 괴롭히네.

雨中留我酒杯深　　　　半日高談直百金
只爲朝天促歸驥　　　　夕陽芳草惱人心

헌납 이첨의 안찰행에 부치다. 그때 김해의
연자루 앞에 심어놓은 매화가 피었기에 이르다
寄李獻納詹按行 時金海燕子樓前手種梅花故云

연자루 앞에 연자 제비 돌아오나
낭군은 한 번 가고 다시 오지 않네

---

52) 朱輪: 고대에 현귀한 이가 타던 수레.
53) 玉節: 옥으로 만든 符節. 왕의 사신들이 가지고 임무의 신표로 삼음.

당시 심어 놓은 매화 나무에는
봄바람 묻기 위해 두 차례 피었는데.

燕子樓前燕子回　　　郎君一去不重來
當時手種梅花樹　　　爲問春風幾度開

동년방의 이양이 나주판관으로 부임하는 송별
送同年李陽赴羅判

천 리의 남쪽 고을에 벼슬 하나 얻어
가을 바람 지는 해가 가는 안장 비추다
거문고 타는 누각 위엔 남은 음악 있으나
가면서는 길 어려운 노래는 부르지 마소.

千里南州得一官　　　秋風落日照征鞍
彈琴閣上有餘樂　　　歸去莫歌行路難

장수역에 자며 익양수 이용에게
宿長守驛 寄益陽守李容

흰 구름은 푸른 산에 있어도
노는 나그네는 고향 버리고 가다
해가 저물어 눈 서리도 추운데
왜 멀리 행역을 떠나야 하나

역 누정에서 한밤에 얼어나니
닭 울음 소리는 꼬끼요하네
밝는 날 앞 길을 나서야 하니
아득히도 생각 고약하구나
친구들도 날로 멀어져 가니
머리 돌려 눈물 한줌에 차다.

白雲在靑山	遊子去鄕國
歲暮雪霜寒	胡爲遠行役
驛亭中夜起	鷄鳴聲喔喔
明日赴前程	悠然懷抱惡
故人日已遠	回首淚盈掬

이수재가 안동서기로 부임함을 송별하여
送李秀才就赴安東書記

선왕이 옛날 홀연히 남쪽 순행을 할 때
행궁의 시종하는 신하들 욕되게 했으랴
지난 해 영호루 아래 지나가다가
우러러 임금님 필적 보고 눈물 적시다.

先王昔日忽南巡	也秃行宮侍從臣
去歲映湖樓下過	仰瞻宸翰涕霑巾

태백산 높아도 봄 눈은 다 녹아
영가강 불어나 푸르름이 넘실넘실
난초배 행락은 다음 날로 기약하고
술잔 앞 버들 허리에서 춤을 본다.

太白山高春雪消　　　　永嘉54)江漲綠迢迢
蘭舟行樂期他日　　　　看舞尊前楊柳腰

옛날 흥국사에서 책을 읽었기에
때때로 밤 꿈에 청산을 갔었지
옛 사귐은 당두노인이 가장 기억되니
나를 위해 한가한 틈에 한 번 오가시요.

昔日讀書興國寺　　　　時時夜夢到靑山
舊交最憶堂頭老　　　　爲我乘閑一往還

과거에 오르고 돌아와 고향을 찾는데
벼슬 놀이가 바로 좋은 봄빛에 닿았구나
영가는 옛부터 아름다운 산과 물인데
게다가 다시 시를 잘하는 백옥랑이 있네.

登第歸來訪故鄕　　　　宦遊正値好春光
永嘉自古佳山水　　　　更着能詩白玉郎

---

54) 永嘉: 安東의 옛 이름.

시와 글씨 누가 말했나, 더욱 뛰어났다고
좌부에는 내 알기로 정치 가장 훌륭해
이 날에 글하는 신하 바로 임용되었으니
그대 정작 자미랑이 되리라 기대되네요.

　　詩書誰道是尤長　　　　佐府吾知政最良
　　此日詞臣方任用　　　　期君定作紫薇郞[55]

둔촌운에 차운하여 4 군자들에게 올림
次遁村韻 呈四君子

어제 날의 총각들이 두 늙은 이가 되어
서로 따라 지팡이 집고 산 속을 그리워하네
지척으로 이웃 되었음 참으로 하늘이 주심
오고 가며 어찌 함께 휘파람 읊음 사양하랴.
　　　　　　　　　　　　　　(위는 동창에게)

　　昨日丱童成兩翁　　　　相從扶策憶山中
　　卜隣咫尺眞天賦　　　　來往何辭嘯咏同
　　　　　　　　　　　　　　　　(右東窓)

홀로 문장에 뛰어나 목은옹을 이었으니
찬연한 북두칠성이 가슴 속에 벌렸네

---

55) 紫薇郞: 紫微郞. 唐나라 中書舍人의 별칭.

거기다 육경을 가지고 창 앞에서 읽으며
손수 주사인주 갈아 같고 다름 고정하네.
(위는 도은에게)

獨擅文章繼牧翁　　　粲然星斗列胸中
更將六籍窓前讀　　　手自研朱考異同
(又陶隱)

광기 노래 여러 해 전부 노옹 짝했다가
귀밑의 붓으로 다시 간원에서 노닐어도
길 가다 서로 만나 오히려 웃었으니
풍류의 참모습은 지난 날과 똑같기에.
(위는 약재에게)

狂歌數載伴田翁　　　珥筆56)重遊諫院中
傾盖57)相逢還一笑　　　風流眞態往時同
(右若齋)

말쑥하고 시원한 행장 들 늙은 이 같고
비단 같은 새로운 시 주머니에 가득하다
한강 물은 내 발을 씻을 만하지만
어느 날이나 돌아가 그대와 함께 할까.
(위는 둔촌에에)

---

56) 珥筆: 고대에 史官이나 諫官은 항상 붓을 귀밑에 꽂고 다니며 기록에 신속하도
　　록 하였다. 그것을 '珥筆'이라 하였다.
57) 傾蓋: 길가다 서로 마주침. 길 가다 서로 마주치면 수레를 세워 포장(蓋)을 기
　　울여(傾) 잠시 의지하기 때문에 이르게 됨.

瀟灑行裝似野翁　　　新詩如錦滿囊中
漢江可以濯吾足　　　何日言歸與子同
　　　　　　　　　　　　（右遁村）

의관을 굳게 단속한 두 반백의 늙은이
더위를 무릅쓰고 불사에서 향을 올리네
어떻게 사문의 이 두서너 분을 얻어서
솔 바람 한 책상에서 이야기 같이 할까.
　　　（위는 나를 서술함—이때에 법왕사에서 불사를 하고 있었기에 한 말임）

衣冠縛束二毛[58]翁　　　觸熱行香佛寺中
安得斯文二三子　　　松風一榻晤言同
　　　　　　　　　　　　（右自敍—時在法王寺行香故云）

계묘 5월 초이틀, 비 오고 홀로 있는데
이둔촌이 마침 왔다
癸卯五月初二日 有雨獨坐 李遁村適來

문 닫고 애오라지 졸고 있는데
가랑비는 동산 숲을 뿌리고 있네
푸른 봄의 꿈을 꾸려하는데
갑자기 꾀꼬리 소리를 듣다
무 배추는 꽃에 열매 맺고

---

58)　二毛: 희끗희끗한 머리, 斑白. 노년을 지칭하는 말.

봉숭아 오얏 잎 그늘지다
때로 이웃 집의 손님이 있어
찾아와 나를 짝해 시 읊다.

閉門聊坐睡　　微雨灑園林
欲作靑春夢　　忽聞黃鳥音
蕪菁花結子　　桃李葉成陰
時有西隣客　　相尋伴我吟

둔촌의 두루마리 시에
遁村卷子詩

기자는 변방 민족 밝히려
만세에 임금 지위 가르치다
문공이 위험으로 저지하니
제후들이 진을 종주로 삼다
이에 알겠다, 옛날 사람들도
곤궁에 처해야 유익함 있음을
선생도 옛날 원수를 피하여
기구히 가시밭으로 귀양하니
보는 이는 괴로이 여겼지만
오직 당신은 자득하듯 태연해
꺾일수록 기개 더욱 거세니
뜨거운 불에야 좋은 옥 안다

하늘이 뭇 사악한 무리로
하루 아침에 자취 감추게 했다
도라와 곧 숨을 마을 찾아
여유로이 오가며 솔 국화 매만지다.

箕子以明夷	萬世訓皇極
重耳59)嘗險阻	諸侯宗晉國
乃知古之人	處困斯有益
先生昔避仇	崎嶇竄荊棘
觀者爲辛酸	惟子若自得
愈挫氣愈厲	烈火知良玉
天敎群邪輩	一朝斂蹤迹
却來尋遁村	盤桓撫松菊

의주 김병마사 지탁에게
寄義州金兵馬使之鐸

압록강 봄 물은 이끼보다 푸르니
강 가에 사람 없고 말 물 마시려 온다
막부에 지금쯤 지기의 벗이 있다면
좋이 이야기 웃음 피우려 배회하겠지.

鴨江春水綠於苔	江上無人飮馬來
幕府如今有知己	好將談笑且徘徊

---

59) 重耳: 春秋時代 晉의 文公의 이름.

호연의 두루마리에
浩然卷子

하늘이 민생을 태어날 때는
저 기운 크고도 굳세었지만
사람들 제 스스로 살피지 않고
심상하게 치부하고 말았다
기르기엔 참으로 길이 있으니
호연의 기상을 누가 당하랴
공손히 맹자의 가르침 받아
성급히 돕지도 잊지도 말라
천고에 이 마음을 함께 하면
솔개 물고기 오묘히 양양해
이 말을 아는 이가 적어서
그대를 위해 이 글 들어낸다.

皇天降生民	厥氣大且剛
夫人自不察	乃寓於尋常
養之固有道	浩然誰敢當
恭承孟氏訓	勿助與勿忘[60]
千古同此心	鳶魚[61] 妙洋洋
斯言知者少	爲子著此章

---

60) 勿助與勿忘: 助長하지도 말고 忘却하지도 말라. 〈孟子, 公孫丑〉에 맹자가 자신
　　이 浩然之氣를 기르는 방법을 이야기하는 중에, 농사꾼이 곡식을 가꿀 때 이삭
　　이 빨리 자라게 한다하여 뽑는 것도 안되고 김을 매지 않는 것도 안되듯이, 조
　　장이나 망각은 무익할 뿐만 아니라 오히려 해롭다 하는 비유가 있다.
61) 鳶魚: 〈中庸〉에 "詩云 鳶飛戾天 魚躍于淵 言其上下察也"라 함이 있다. 詩經에

국간의 두루마리에(박제학 진록)
菊磵卷子(朴提學晉祿)

사는 거처는 성과 저자에 가까우나
마음은 멀리 세속 먼지 끊었구나
꽃을 사랑하되 유독 국화를 사랑해
깊은 시내 가에다 심었네
찬란하여 해가 장차 저물려 하니
손수 딴 맑은 향기가 새롭구료
사물과 나 저절로 오묘히 합해
어느 사이 천성 진여를 즐기다
울타리 동쪽엔 진의 도연명이고
연못가 연초의 풀은 굴원이로다
천년에 누가 함께 다듬을까 했더니
오늘에야 바로 그 사람을 보네.

卜居近城市	心遠絶世塵
愛花獨愛菊	種之幽磵濱
粲爛歲將暮	手擷淸香新
物我自妙合	於焉樂天眞
籬東晉淵明62)	澤畔楚靈均63)
千載誰同調	于今見斯人

"솔개 하늘에 날고 물고기 연못에서 뛴다" 했으니, 이는 하늘이나 땅 어디에도
자연 이치가 있으니 잘 살피라는 뜻이라 함이다. 새 날고 고기 뛰는 것이 동작
은 달라도 사물의 자연이치는 같은 것이다.

62) 籬東晉淵明: 晉의 陶淵明의 시에 "採菊東籬下 悠然見南山(국화를 동쪽 울 밑에

백정의 시권에 쓰다
題栢庭詩卷

삼봉이 사람들에게 허가함이 없으니
분명히 진과 가를 구벼하는 안목이 있기에
선생 위해 은근한 애정이 이와 같았다면
백정은 반드시 헛되이 달리는 이가 아니다.

三峰[64]於人少許可　　　有眼分明辨眞假
爲師拳拳乃如斯　　　栢庭必非虛走者

이정언에게 부치다
寄李正言[65]

봄 바람에 괴로이 이 장사현감을 기억하려
남족 누대 올라 기대어 해는 기울려 한다
국가에서의 은혜이음이 응당 멀지 않으리니
석탄 여울의 밝은 달만 자랑할 필요 없네.

서 꺾다가 아득히 남산을 바라보다)″이란 시구가 있는데, 특히 잘된 시라고 칭
　　송된다.
63) 靈均: 屈原의 字. 굴원의 〈離騷經〉에 "名余曰 正則兮 字余曰靈均″이라 하였다.
64) 三峰: 鄭道傳의 호.
65) 李正言: 李存吾(1341-1371). 正言은 직함. 字는 順卿. 號는 石灘. 1366년 우정
　　언이 되어 辛旽의 횡포를 탄핵하다가 노여움을 샀으나, 李穡등의 변호로 극형
　　을 면하여 長沙縣監으로 좌천되다. 후에 石灘에 은거하였다.

春風苦憶李長沙　　　徙倚南樓日欲斜
宣室承恩應未遠　　　石灘明月不須誇

삼봉에게 부치다
寄三峰

정생이 동쪽으로 가기 길은 아득하기만 하니
철령의 관문도 드높아 나팔 소리의 가을일세
군막에 든 손님 중에 누가 제일일 것인가
달은 밝아 사람들 유공루에 의지하다.

鄭生東去路悠悠　　　鐵嶺關高畫角秋
入幕賓中誰第一　　　月明人倚庾公樓[66]

판관 송인의 두루말이에 쓰다
題宋判官因卷子

우리 무리에 좋은 선비 있어
벼슬아치 되어 한양으로 가다
어버이 묘소 그 남쪽에 있어
해 저녁으로 멀리 바라보며

---

66) 庾公樓: 누대 이름. 庾樓라 한다. 晉의 庾亮이 江州刺使 때 지었다 하나 믿을
　　수가 없다.

오가며 계절 제사를 드리면
애상의 정을 거의 위로할 수 있지
벼슬살이가 어찌 즐거운 것이랴만
이것으로라도 짐짓 애써 힘쓰다
문을 나서 갈 길을 가리키니
삼각산이 높이 파릇파릇해
길이 비록 멀지 않지만
이별에 어찌 잊을 수가 있나.

吾儕有佳士	作宦赴漢陽
親塋在其南	日夕遙相望
往來時奠薦	庶可慰哀傷
仕宦豈所樂	以此故勉强
出門指歸路	三山高蒼蒼
道途雖非遠	離別安可忘

정랑 김구용에게 부치다
寄金正郎九容

옮겨 살겠다는 약속이 있은 뒤부터
아이들에게 깨끗이 문을 쓸라 했지
시끄러우니 저자 거리를 멀리하고
적막하니 산 마을이 가까워
양웅의 집과 이웃해 있으니

오히려 유신의 동산인가 의아하다
주인은 두루 나그네를 좋아하면서
어째서 높은 수레를 굽어 내리잖나.

自有遷居約	敎兒靜掃門
喧嘩遙市井	寂寞近山村
錯比揚雄[67]宅	還疑庾信[68]園
主人偏愛客	胡不枉高軒

윤절간의 두루마리에
倫絕磵卷子

푸릇 푸릇 장대한 소나무는
저 절벽의 시내(絕磵) 가에 섰구나
바람이 불어 가지 잎을 흔들면
그 소리 비파 소리인듯하네
도인은 그 아래 앉아서
발을 들어내 맑은 물에 씻으며
혼탁한 세상을 굽어 보며
기름 불이 끓는다고 상상하네.

---

67) 揚雄: 漢의 成都 사람. 자는 子雲. 박학다식하여 著書에 太玄 法言 方言 등이
있다.
68) 庾信: 北周 사람. 자는 子山. 문장이 아름다워 徐陵과 함께 알려져 徐庾體라
한다 항시 고향 생각이 있어 〈哀江南賦〉를 지어 그 뜻을 들어내다.

青青長松樹　　生彼絶磵邊
風來掀柯葉　　聲作瑟瑟然
道人坐其下　　露脚濯淸泉
下視濁世內　　膏火正想煎

일본의 무상인이 벼루를 선사하여 시로 사례하다
日東茂上人惠以石硯 以詩爲謝

바다 돌이 교묘히 갈고 닦임을 거쳤거늘
스님은 저 하늘 끝에서부터 가져왔구나
후 불면 표면 그득히 찬 구름이 일고
물방울 지면 못 가득히 조각달 비끼다
부딛치면 정한 쇠가 쟁그랑 소리나고
씻으면 둥근 구슬 미끄러워 티가 없다
맑은 새벽 붓을 적신 가을 산 아래에
문득 시의 정열 배나 더해짐 깨닫다.

海石曾經巧琢磨　　上人持贈自天涯
噓呵滿面寒雲起　　涓滴盈池片月斜
觸處精金鏗有響　　洗來團璧滑無蝦
淸晨點筆秋山下　　頓覺詩情十倍加

목은 선생 시운에 차운하여 일본 무상인에게 주다
(당시 일본 중 영무가 오대산에 놀고자 하여)
次牧隱先生詩韻 贈日東茂上人(時日本僧永茂欲遊五臺山)

삼한 땅에도 불교가 올바로 유행하거늘
다시 왕사성에서 찾을 필요가 있겠나
만리의 구름 자취 의탁할 바가 없고
오대산의 산 빛을 멀리서 와 맞이하다
봄 깊어 골짜기 새 한 소리로 대답하고
밤 고요해 솔 바람이 꿈에 들어 맑다
상인이 법의 경지 참득함 부럽지 않음은
붓 끝에서 응당 시로써 울려 줄 수 있기에.

三韓佛教正流行　　何用更求王舍城
萬里雲蹤無所托　　五臺山色遠來迎
春深谷鳥同聲應　　夜靜松風入夢清
不羨上人參法界　　筆端應得以詩鳴

암방 일본 중 영무에게, 두 수
贈嵒房日本僧永茂　二絶

한 칸의 절집이 층층의 산마루를 압도하고
그 안에는 고상한 스님이 조용히 앉아 있다
산 아래 온갖 집엔 꽃이 바다 같으니
진짜로 이 몸이 도솔천에 앉아 있구나.

一間蘭若壓層巓　　　　中有高僧坐默然
山下萬家花似海　　　　眞成身在率陀天

동으로 바라뵈는 고향 동산은 바다 물결 막혀
봄 지난 높은 재실에서 홀로 가부좌를 틀다
해는 대낮 마파람에 문은 저절로 열리며
날아 온 꽃 잎이 가사 옷에 점을 찍는다.

故園東望隔滄波　　　　春盡高齋獨結跏
日午南風自開戶　　　　飛來花片點袈裟

일본의 홍장로에게
贈日本洪長老

흰 구름은 무슨 일로 푸른 산 위에서 돋는가
다만 억조창생의 오랜 가뭄을 위해서이지
한 지팡이로 오고 감에는 응당 의미가 있으니
옆 사람들은 등한히 보아넘기지 말아다오.
(이 때 홍장로가 우리나라 사람의 포로들을 데리고 왔다)

白雲何事出靑山　　　　只爲蒼生久旱乾
一杖往來應有意　　　　傍人莫作等閑看(時洪僧率還我國被擄人口)

백운헌에게
贈白雲軒

구름이 산에서 솟아남은
만물 적실 생각 있지만
스님은 산에서 내려와
헛되이 세월만 소비하오.

雲從山中出　　　爲有澤物心
師從山中來　　　浪走費光陰

무변 스님에게
贈無邊僧

대천 세계의 저 밖에
또 몇 개 대천이 있어
한 귀로 마치려 하니
그래서 무변이라 했나.

大千世界外　　　又有幾大千
一句卽便了　　　故名曰無邊

지리산 지거사 주지 각경상인을 보내며
送智異山智居寺住持覺冏上人

남쪽 놀이 어느 곳에서 시내 소리 듣나
지리산이 높고 높아 일만 길로 맑구나
봄 정원엔 해는 길고 아무 일 없으니
사미승은 와서 묘법연화경을 배운다.

南遊何處聽溪聲　　　智異山高萬丈淸
春院日長無箇事　　　沙彌來學妙蓮經

자휴상인의 일본 나들이에 송별하며
送自休上人遊日本

스스로 쉬다면서(自休) 어느 날에 쉴꼬
또 일동의 나라로 향하고 있으니
몸은 스스로 인연 따라 가지만
마음은 바로 당처에서 찾아야 해
석장은 날아 구름 밖에서 젖고
잔은 건너려 바다 속에 떠있다
부끄럽다, 나는 먼 놀이도 끝나
돌아온 부질없는 흰 머리이니.

自休何日休　　　又向日東州
身自隨緣去　　　心從當處求
錫飛雲外濕　　　杯渡海中浮
愧我遠遊罷　　　歸來空白頭

고암의 두루마리에
古嵒卷子

하늘 땅이 이미 묵은 자취이니
태고의 처음 아득히 찾기 어렵다
내 이에 생각을 하나로 거두어
억겁의 세월을 오늘로 보이고
바위 돌이 만 길로 높지만
위로 푸른 하늘 어루만질 수 있다
내 이에 한 번 발을 들면
대천세계도 손바닥 안에 있는 듯
산승의 이러한 말은 역시 놀랄 수가 있어
필경은 사람들에게 이해하기 어렵겠으니
다만 다음 날 누헌에서 묵으면서
부드러운 말로 함께 지는 달이나 봅시다.

俯仰已陳迹　　　古初邈難尋
我乃一攝念　　　億劫猶視今
嵒石萬仍高　　　上可摩蒼穹

我乃一擧足　　　大千如掌中

山僧此說亦可愕　　畢竟令人難摸索

但思他日宿軒中　　軟語與之看月落

우스님의 야운헌 시권에 쓰다
題牛師野雲軒詩卷

한 조각 무심한 물건이

나부끼듯 태허 공중에 있다가

때로는 비를 지어 내리고서는

어느 곳으로 바람 따라 간다

아득히 소나무 위에 서식도 하고

바쁘듯이 물 속을 비추기도 하니

스님이 진리를 행하는 곳과

기개와 멋이 더불어 같구료.

一片無心物　　　飄然在太空

有時來作雨　　　何處去隨風

漠漠栖松上　　　營營照水中

上人行道處　　　氣味與之同

스님께 주다
贈僧

솔 바람 강 달이 태허에서 상접할 때가
바로 산승이 선정에 드는 초기이리니
가소롭도다, 어지러이 도를 배운다는 이
소리와 빛 밖에서 진여를 찾겠다 함이여.

松風江月接冲虛　　　　正是山僧入定初
可唉紛紛學道者　　　　色聲之外覓眞如

성에는 동이 없다
性無動

정정은 백년의 결박도 될 수 있지만
동작은 터럭 끝만도 차이로 치닫는데
산의 스님들은 힘을 잘 활용하여
활발한 움직임이 뱀과 용 같으니.

靜爲百年縛　　　　動向一毫差
山僧善用力　　　　活潑如龍蛇

첨성대
瞻星臺

첨성대가 반월성에 오뚝히 솟고
옥적의 소리는 만고의 풍성을 머금다
문물은 시대 따라 신라대와 다르나
오! 산과 물은 예나 이제나 같다.

瞻星臺兀月城中　　　玉笛聲含萬古風
文物隨時羅代異　　　嗚呼山水古今同

익양의 새 정자에 쓰다
題益陽新亭

산이 가까워 저녁 그름과 만나고
풀도 자라서 가을 비가 깊구나
등불 하나에 외로운 나그네 꿈은
천 리를 내닫는 친구의 마음.

山近暮雲合　　　草長秋雨深
一燈孤客夢　　　千里故人心

중양절에 익양수 이용의 명원루에 쓰다
(이 때 이 누대를 새로 짓다)
重九日 題益陽守李容明遠樓(時新造此樓)

맑은 시내 돌 벽이 고을을 안아 돌고
다시 세운 새 누대 시선이 탁 트인다
남쪽 이랑 누런 구름에 풍년 됨 알겠고
서쪽 산의 상쾌한 기색 아침 된 줄 깨달아
풍류로운 태수의 2 천 석의 추수에
우연히 만난 친구의 3 백 잔의 술
곧바로 밤 깊어 불어보는 옥 피리에
높이 밝은 달을 당겨 함께 배회하려네.

淸溪石壁抱州回　　更起新樓眼豁開
南畝黃雲知歲熟　　西山爽氣覺朝來
風流太守二千石　　邂逅故人三百杯
直欲夜深吹玉笛　　高攀明月共徘徊

여흥루에 쓰는 두 수
題驪興樓二絶

안장 말 동쪽 서쪽에 무슨 일 이루나
가을 바람에 급급히 또 남쪽 나들이
여강의 하루 밤 비 속에 묵으며
누워서 듣는 어부가의 장단의 노래.

鞍馬東西底事成　　　秋風汲汲又南行
驪江一夜雨中宿　　　臥聽漁歌長短聲

안개 비 자욱히 아득한 강 한 줄기
누대에 묵는 나그네 밤에 창을 열다
내일 아침 말에 올라 진흙 뚫고 가노라면
머리 돌린 창파엔 흰 새들의 쌍쌍이겠지.

烟雨空濛渺一江　　　樓中宿客夜開窓
明朝上馬衝泥去　　　回首滄波白鳥雙

　전에, 재상 야은 전선생이 계림판관이 되었을 때, 김해
기생 옥섬섬에게 준 시에 "바다 워 신선 산은 일곱 접
이 푸르고 / 거문고 속 흰 달은 한 바퀴의 밝음이냐 /
세상 사이에 섬섬 옥수가 없었다면 / 누가 능히 태고의
정을 타낼 수가 있겠나." 하였다. 그 뒤 10여년에 합포
진무사로 오니 섬섬은 이미 늙었지만, 불러다 죄우에
두고 거문고를 타게 시켰다 한다. 내가 듣고 그 운에
화답하여 벽 위에 쓰다. 네 수
昔宰相埜隱田先生爲鷄林判官時　有贈金海妓玉纖纖云　海
上仙山七點靑　琴中素月一輪明　世間不有纖纖手　誰肯能彈
太古情　後十餘年　埜隱來鎭合浦　時纖纖已老矣　呼置左右
日使之彈琴　予聞之追和其韻　題于壁上　四絕

이 생에서 어느 날에 눈이 다시 파래지랴
태고의 끼친 소리에는 의미 절로 분명해
10년 전의 옥인과 넓은 바다의 달은
다시 놀아도 어찌 유독 정이 없는 것인가.

此生何日眼還靑　　　太古遺音意自明
十載玉人滄海月　　　重遊胡得獨無情

수로왕릉 앞에는 풀 빛이 푸르고
초현당의 아래에는 바다 파도 밝다
봄 바람은 흘러 떠난 집에 두루 들어
매화를 활짝 피워 나그네 정 위로하네.

首露陵前草色靑　　　招賢堂下海波明
春風遍入流亡戶　　　開盡梅花慰客情

옛날 가야 나라 풀빛 봄을 찾으니
흥망이 몇 번 변해 바다가 진토 되다
그 당시 애끓은 곡조 시객을 머물게 해
이로부터 마음 맑아 물 같은 사람일세.

訪古伽倻草色春　　　興亡幾變海爲塵
當時腸斷留詩客　　　自是心淸如水人

칠점산 앞에는 안개 노을 비끼고
삼차 포두에는 푸른 물결이 일다

봄 바람 2월 달 금주의 나그네는
바로 강남 땅의 길 위를 걷는 듯.

七點山前霧靄橫   三叉浦口綠波生
春風二月金州客   正似江南路上行

정사 3월, 빗 속에 의성의 북루에 올라
(그때 서울로 가려하여)
丁巳三月 雨中登義城北樓(時將如京)

의성의 군루의 아름다운 곳
비 피하여 와서 오른 해저녁
풀 빛 청색으로 이은 역의 길
복사꽃 따사로이 덮은 인가
봄 시름은 바로 술처럼 짙고
세상 멋은 점점 비단처럼 얇다
애 끊는 강남 땅 가는 나그네
저는 노새로 또 서울로 향한다.

聞韶69) 郡樓佳處   避雨來登日斜
草色靑連驛路   桃花暖覆人家
春愁正濃似酒   世味漸薄如紗
腸斷江南行客   蹇驢又向京華

---

69) 聞韶: 義城의 옛 이름.

명원루에 다시 올라
重登明遠樓

현판 위에 남긴 이름은 지금도 또렷하고
누대 앞 흐르는 물은 역시 유유하구나
이 생에 다시 낯하기가 굳이 어려운 일이라
홀로 사장의 갈매기와 짝해 두번 놀았구나.

板上留名今的的   樓前流水亦悠悠
此生重面固難事   獨伴沙鷗又再遊

안동의 영호루에서, 일본에서 돌아와 짓다
安東映湖樓 回自日本作

동남의 군현들을 돌아보기 허다히 했지만
안동은 경개 뛰어나 깨달음 더욱 많다
민가들은 가장 산수의 형세를 터득했고
인물도 풍성하여 장수 재상의 집이다
농장 포전엔 한해 정성 풍요한 곡식이고
누대의 봄 꿈은 꽃과 새들로 둘려 있다
곧바로 술에 취해 오늘 저녁을 마치니
만리의 바다 뗏목에서 처음 돌아와서일세.

閱遍東南郡縣多   永嘉70)形勝覺尤加
邑居最得山川勢   人物紛然將相家

場圃歲功饒菽粟　　樓臺春夢繞鶯花
直須酩酊終今夕　　萬里初回海上槎

봄
春

봄비 가늘어 방울지지 않지만
밤중에는 가늘게 소리 들린다
눈 다 녹아 앞 시내 불어나면
많은 풀의 새 싹이 돋아나지요.

春雨細不滴　　夜中微有聲
雪盡南溪漲　　多少草芽生

신축 시월, 뜰 앞 국화의 노래
辛丑十月 庭前菊花嘆

여름에는 비가 그치지 않더니
가을 되어 일찍 서리 내리다
만물은 괴로이 말라 가고
흐르는 해 분망히 내닫다
국화는 어찌 너무 늦어서

---

70) 永嘉: 安東의 옛 이름.

중양절까지도 피지 않는가
바로 시월이 되려 하여
바람이 점점 추워지더니
찬란히 옛 자태를 발하여
유유히 맑은 향을 안았구나
가지 잎 아직 푸름 남았고
꽃술에는 황금이 산란하구나
내가 병으로 문을 나서지 못해
떨기를 맞아 홀로 방황하다
사랑스러우나 먹을 수는 없어
세 번 냄새 맡고 당으로 돌아오다
사람들과 비록 대화할 수 있어도
나는 그 거친 마음을 싫어하고
꽃은 비록 말을 이해하지 못해도
나는 그 꽃다운 마음을 사랑한다
평생에 술을 마시지 않더라도
그대를 위해 한 잔 들어야 하고
평생 이빨을 보이지 않았더라도
그대를 위해 한바탕 웃어야 해
국화는 내가 사모하는 것이지만
복사 오얏이 풍광은 더 많아.

夏月雨不止	秋來天早霜
萬物苦憔悴	流年劇奔忙
菊花何太晚	開不及重陽
正當十月交	風日漸寒涼

粲粲發舊態	悠悠抱淸香
枝葉綠未歇	花藥亂金黃
我病不出門	遶叢獨彷徨
可愛不可澆	三嗅臨垂堂
人雖可與語	吾惡其心狂
花雖不解語[71]	我愛其心芳
平生不飮酒	爲汝擧一觴
平生不啓齒	爲汝笑一場
菊花我所思	桃李多風光

동지의 노래, 두 수
冬至吟　二首

하늘 이치는 쉬는 적이 없지만
땅의 수효는 순수한 음기이니
하나의 양기가 움직이는 곳에
하늘의 마음을 볼 수가 있어.

乾道未嘗息	坤爻純是陰
一陽[72]初動處	可以見天心

---

71) 解語花: 언어를 이해하는 꽃. 唐의 玄宗이 楊貴妃를 일컬은 말. 미녀를 비유하
는 말이 됨. 〈開元天寶遺事〉에 "秋八月　太液池有千葉白蓮數枝盛開　帝與貴戚宴
賞焉　左右皆歎羨　帝指貴妃示於左右曰 '爭如我解語花'(팔월달에　태액지에　일천
잎의 흰 연꽃 두어 가지가 왕성히 피어 있는데, 황제와 귀비 및 여러 비척들과
감상하다가, 현종이 좌우들에게 귀비를 지칭하여 '나의 말을 이해하는 꽃과 어
떠하냐)" 하였다. 그 뒤로 '解語花'가 美人을 지칭하는 말이 되었다.

자연조화에는 편향된 기가 없지만
성인은 그래도 음을 억제했으니
하나의 양기가 움직이는 곳에
내 마음을 시험해 볼 수가 있어.

造化無偏氣　　　聖人猶抑陰
一陽初動處　　　可以驗吾心

중서문하에서 숙직하며 취하여 읊다
入直中書門下省醉賦

지난 해에는 낭사의 늙은 馮唐으로
어눌하게 조정에 앉아 있음 부끄럽더니
옛날처럼 다만 시흥이 있음은 알아서
봉황 연못 물에서 봄 빛에 물들고 있다.

去年郎舍老馮唐73)　　　自愧含糊74)坐廟堂
依舊只知詩興在　　　鳳凰池水染春光

---

72) 一陽: 땅 속의 陽氣가 동지에서 솟기 시작하여 立春에 제 자리로 돌아온다 한
　　다. 冬至에 一陽始生하고 立春에 三陽回泰라 한다.
73) 老馮唐: 漢의 馮唐이 세 조정을 역임하였다. 武帝 때에 賢良으로 천거되었으
　　나, 나이가 이미 90여세여서 다시 나아갈 수가 없었다. 그래서 "馮唐易老"란 시
　　대를 만나지 못함이나, 또는 나이가 늙었음을 비유하는 말이 되었다.
74) 含糊: 언어나 음성이 분며하거나 확실하지 못함. 또는 사리의 판별이 명확치
　　못함.

인일날 조회에 눈이 내림
人日[75]朝會雪

궁전의 깊이 깊이에 상서로운 눈이 날려
바람 따라 입시의 신하들 옷에 날려 들다
재주도 없이 감히 양원의 시부를 올리니
붉은 뜰에 절하고 마셔 취해 돌아오지 못하다.

宮殿深深瑞雪飛   隨風飄入侍臣衣
不才敢獻梁園賦   拜飮丹墀醉未歸

저문 봄
暮春

가을 바람 지나더니 또 봄 바람이니
백년의 세월이 한바탕 꿈 속일세
쓸쓸한 창 앞엔 밤에 내린 비로
성 안 가득히 진 꽃의 붉음도 많다.

秋風過了又春風   百歲光陰一夢中
惆悵簷前夜來雨   滿城多少落花紅

---

75) 人日: 정월 초이레를 말함. 하루에서 엿새까지는 짐승들이 점치는 날이고 이렛
   날은 사람이 점치는 날로 정함. 東方朔의 〈占書〉에 歲正月一日占鷄 二日占狗
   三日占羊 四日占猪 五日占牛 六日占馬 七日占人 八日占穀, 皆清明溫和 爲蕃息
   安泰之候 陰寒慘烈 爲疾病衰耗라 하였다.

꾀꼬리를 듣고
聞鶯

나그네 길 홀연히 들리는 꾀꼬리에
우러러 보니 하늘은 맑구나
두어 소리 달과 섞여 떨어지고
점 하나가 그름에 들어 비끼다
먼 소식이 연경 가에서 돌아오니
새로운 수심은 낙성에 가득하구나
성긴 등불 외로운 여관 밤에
어찌 고국 정원의 정 다하랴.

行旅忽聞雁　　　仰看天宇淸
數聲和月落　　　一點入雲橫
遠信回燕塞　　　新愁滿洛城
疎燈孤館夜　　　何限古園情

주역을 읽다가 자안 대림 두 선생에게,
세도에 느낌이 있어 이른다.　두 수
讀易寄子安　大臨76)兩先生　有感世道故云　二絶

어지러이 간사한 말들이 백성 영혼 그르치니
먼저 제창하는 누가 불러 일깨우는 이 될까

---

76) 子安　大臨: 子安은 李崇仁의 字. 大臨은 河崙의 字.

들건대, 그대 집에 매화 피려고 한다하니
서로 좇아서 다시 세심경이나 읽을까.

紛紛邪說誤生靈　　　首唱何人爲喚醒
聞道君家梅欲動　　　相從更讀洗心經77)

진실로 이 마음이 비고도 영특함을 아니
씻어내면 다시 온전히 깨어남을 깨닫는다
자세히 간괘의 여섯 획을 살펴보니
화엄경 일부를 읽는 것보다 낫구나.

固識此心虛且靈78)　　　洗來更覺已全醒
細看艮卦79)六畫耳　　　勝讀華嚴一部經

주역을 읽고　두 수
讀易　二絶

돌 가마솥에 물이 처음 끓고
풍로에는 불이 진홍빛 돋다
감괘 이괘로 천지가 활용되니
여기에 나아가면 뜻이 무궁하구나.

---

77)　洗心經:〈周易〉의 代稱.〈易 繫辭〉에 "聖人以此洗心"이란 구절이 있어 그렇게
　　부르게 됨.
78)　虛靈: 마음의 정의를 "虛靈不昧 以具衆理 而應萬事"라 하였다.
79)　艮卦: 艮下艮上이 간괘인데, 풀이를 "艮止也 時止則止 時行則行 動靜不失其時
　　其道光明(간은 그친다는 뜻이니 때가 멈추게 되면 멈추고 때가 행하게 되면 행
　　하여, 움직이고 멈춤에 있어 때를 잃지 않으면 그 도가 광명하리라)"하였다.

石鼎湯初沸　　　風爐火發紅
坎离[80]天地用　　卽此意無窮

나의 작은 마음으로 건곤을 포용하니
삼십육궁의 궁전의 봄을 넉넉히 노닌다
시선 앞에서 획 앞의 주역을 인식하고 나니
돌아보면 포희씨의 자취도 이미 묵은 것일세.

以我方寸[81]包乾坤　　優遊三十六宮[82]春
眼前認取畫前易　　回首包羲[83]迹已陳

추석의 달
中秋月

오래도록 답답하게도 비 속에 품었다가
추석을 향하여 달은 아래로 열렸구나
다행히 서풍 있어 구름을 쓸어가버리니
백옥 같은 모습 친구가 온 듯이 나타나다.

久將鬱鬱雨中懷　　擬向中秋月下開
賴有西風掃雲去　　玉容如見故人來

---

80) 坎离: 坎卦는 물이고 离卦는 불이다.
81) 方寸: 마음을 이르는 말.
82) 三十六宮: 三十六은 극히 많음을 상징하는 표현. 三十六宮은 많은 궁전을 지칭
　　하는 말.
83) 包羲: 伏羲를 포희라고도 함. 伏羲氏가 八卦를 창안하였다 함. 팔괘는 〈주역〉
　　의 기본 원리.

돌 솥에 차 다리며
石鼎煎茶

나라 보답에도 효험 없는 늙은 서생이
차 마시기 병이 되어 세상 정도 없다
깊은 재실 홀로 누운 눈보라의 밤에
돌 솥에서 이는 솔 바람 소리 애청한다.

報國無效老書生　　　喫茶成僻無世情
幽齋獨臥風雪夜　　　愛聽石鼎松風聲

겨울 밤에 읽는 춘추
冬夜讀春秋

중니께서 필삭하여 의리가 정일 미세하니
눈 밤 푸른 등에 자세히 읽는 때이다
일찍이 내 자신이 중국으로 나아왔으니
옆 사람들은 동이에서 산다고 알지 못하네.

仲尼筆削義精微　　　雪夜靑燈細玩時
早抱吾身進中國　　　傍人不識謂居夷

배를 타고 서울을 떠남
乘舟別京

조수 밀려가고 밀려오기에 점점 멀리 떠나
머리 돌려 송경 서울 바라보기 감내 못해
바다 어귀 천리까지 따라와 송별하는 것은
다만 푸른 산이 있어 가장 정이 있구나.

潮落潮生漸遠行　　　不堪回首望松京
海門千里來相送　　　只有青山最有情

둔촌의 운에 차운하여
次遁村韻

나라 보답 공이 없으면서 나라 떠나기도 더딤은
애오라지 이 몸으로 밝은 세대 의탁하려 함일세
배 속의 만 권 책이 전혀 쓸 데가 없어서
다만 집어 내어 작은 시나 짓고 있다니.

報國功微去國遲　　　聊將身世托明時
腹中萬卷渾無用　　　只可拈來作小詩

성주에 머물며 설날의 목욕
成州留元日沐浴

옛날에 성주읍에 따뜻한 냇물이 있다 들었기에
말을 달려 바위 고개 앞 마을 찾아왔구료
옛날은 역의 먼지에 있어 세탁만 생각했는데
다행히 설날에 여기 머무르게 되었구나
불용이 물을 뿜어내면서 땅 속에 숨어 있어
작은 마을에 봄을 머금으니 별다른 천지일세
목욕 끝나 몸과 마음이 깨끗이 때가 없으니
기우제 터에서의 돌아갈 흥이 참으로 유연하다.

昔聞成邑有溫川	走馬來尋石嶺前
舊在驛塵思洗濯	幸因元日此留連
火龍吐水潛藏地	小洞含春別有天
浴罷身心淨無累	舞雩歸興[84] 信悠然

목은선생의 9일시에 차운하여
次牧隱先生九日韻

세월은 출렁출렁 냇물 흐르듯 하니
부와 귀에 누가 그리 철저하려나

---

84) 舞雩歸興: 曾點이 孔子의 물음에 대하여 기수에서 목욕하고 기우제터에서 바람
 쏘이고 시를 읊으며 돌아오겠다 한 고사에서 유래된 말로 유유자적한 의지를
 말한다. 「論語」〈先進〉에 '春服旣成 冠者五六人 童者六七人 浴乎沂 風乎舞雩 詠
 而歸'여기 '舞雩歸興'도 이를 말함이다.

기쁨은 노숙한 분과 우연히 만나 함께 하고
적합이란 신세로 뜨고 잠김에 맡겨 두는 것
누런 꽃 푸른 술로 아름다운 계절 보상하고
흰 머리 검은 오사모로 늦 가을을 비춘다
모이고 흩어짐 원래 운수 있음 안다면
명년은 어느 곳에서 다시 만나 노닐 것인가.

光陰袞袞似川流　　　富貴何人是徹頭
喜共耆賢成邂逅　　　合將身世信沈浮
黃花綠酒償佳節　　　白髮烏紗照暮秋
聚散固知元有數　　　明年何處得重遊

난파의 네 노래, 도은 양촌운에 차운하여
(분에다 솔 대 난초 매화를 심다)
蘭坡四詠 次陶隱 陽村(盆種松竹蘭梅)

솔　松

용의 서림이 겨우 한 자쯤인데
의기는 구름 헤쳐 자란 것보다 낫다
봉해 심기야 비록 오늘이지만
아스라이 몇 성상을 지났구나
저것의 산 중 자태에 굴복하고
내 북창의 서늘함에 동반한다

진실로 비범한 물건임을 알아
서로 책상 가에서 참여하였다.

虬蟠才尺許	意勝拂雲長
封植雖今日	摩挲閱幾霜
屈渠中谷態	伴我北窓凉
固識非凡物	相叅几案傍

대　竹

난초 언덕에 참 깨달음 있고
대 심기는 북쪽 창의 갓일세
사랑 공경은 군자에 견주고
읊는 노래 속부를 지휘하네
물을 새 순 자라도록 대이고
모래 짧은 뿌리 살도록 덮다
마디는 이렇듯 곧아 있으니
부축하지 안하도 될 것 알겠다.

蘭坡有眞覺	種竹北窓隅
愛敬比君子	吟哦麾俗夫
水澆新筍長	沙覆短根蘇
節自如斯直	知渠不賴扶

매화 梅

담담한 매화 꽃 나무는
봉사꽃 따라 피기 싫어해
외로운 신하 충성으로 귀양가고
요조숙녀는 불러도 오기 어려워
스스로 향기로운 덕을 품었으니
눈 바람이라 꺾이기 걱정하랴
누가 더불어 함께 조화할까.

淡淡梅花樹	惡隨桃李開
孤臣忠見謫	淑女喚難來
自抱馨香德	肯愁風雪摧
伊誰與同調	步繞日低徊

난초 蘭

손수 깊은 시내 가에다 심었더니
아름다이 멀리서 향기 들려 주다
백어도 꿈에 준 적이 있지만
중니 아버지는 마음이 상하다
잡아 가면 몸이 막 청결해지고
꾀어 오면 패물로 절로 길어져
맑은 의미를 알고자 하여
잎을 들어내 바람 빛에 떨리네.

手種幽蘭畹　　猗猗遠有香
伯魚曾夢與　　尼父爲心傷
握去身方潔　　紉來佩自長
欲知清意味　　露葉轉風光

金九容

惕若齋學吟集

〈해 제〉

본 시는 『惕若齋學吟集』에서 가려 뽑은 것이다.

1. 저자

金九容 : 1338(충숙왕 복위 7)-1384(우왕 10). 초명은 齊閔, 자는 敬之, 호는 惕若齋이다.

16세에 진사가 되고 그 후 문과에 급제하여 德寧府主簿를 거쳐 民部議郎 兼成均直講이 되었다. 1367년(공민왕 16) 成均館이 다시 경영되자, 鄭夢周 朴尙衷 李崇仁등과 함께 程朱學을 부흥시키며 斥佛의 선봉이 되기도 했다.

1375년(우왕 1) 三司左尹으로 있을 때 李崇仁 鄭道傳 權近 등과 北元의 사신의 영접을 반대하다가 竹州로 유배되었다. 1381년(우왕 7) 석방되어 左司議大夫가 되고, 이듬해 大司成 典校寺判事가 되었다. 고려가 明과의 국교가 난관에 봉착하자, 1384년 行禮使로 명나라에 가던 중 遼東에서 붙잡혀 南京으로 압송되어 代理로 유배되던 중 병으로 중도에 사망했다.

2. 원전

『惕若齋學吟集』은 상 하권으로 이루어져 있고, 外集이 있어 文 몇 편이 수록되어 있다. 그러니 거의가 시로 되어 있는 셈이다. 여기서 學吟集이라 한 이유를 알게 한다. 河崙은 서문에서 "牧隱이 우리의 시에

許可하는 이가 그리 많지 않으나, 유독 척약재의 시에는 平澹精深하여 及庵 閔思平과 흡사하다 하였으니, 시에 있어서 평담정심이 어찌 쉽게 될 수 있느냐(牧隱先生其於東人之詩 少有許可者 獨於先生之作 有所嘆賞曰 平澹精深 絶類及庵 詩而至於平澹精深 亦豈易哉)"하여 인정하고 있다.

北元의 사신 영접사건으로 유배되어 자신의 고향인 驪興에서 자연을 벗삼아 스스로 驪江漁友라 호하고 당호를 六友堂이라 하여 계절을 즐기기 7년이었으니, 그의 시도 이때에 많이 이루어졌으리라 짐작된다.

몇 해의 비 바람에 괴로이 생각하며
홀로 오른 누대 기약이 있을 듯도 하오
해 저물고 구름 비껴 사람도 보이지 않으니
강에 가득한 가을 빛은 푸르름이 어슷비슷.

幾年風雨苦相思　　獨上高樓似有期
日暮雲橫人不見　　滿江秋浪碧參差

「驪江樓上寄高達眞上人」

하루 밤을 누대에서 자니
삼년동안 이별한 정일세
강산은 스스로 온갖 경치이고
바람 달은 다시 다 맑구나
들 학은 예나 이제를 날고
백사장 갈매기 영화 굴욕 떠나다
서로 만나 또 이별하는 손으로
머리 돌려 송경을 바라보노라.

一夜樓中宿　　三年別後情
江山自萬景　　風月更雙淸
野鶴飛古今　　沙鷗任辱榮
相逢又分手　　回首望松京

「驪江淸心樓上 送李子安赴官上京」

　위의 두 제목의 시들은 아마도 여주의 유배생활 중에 지어진 것으로 보이는 시들이다. 앞의 시는 한 승려의 기다림으로 주제가 되어 있다. 이 기다림에는 외로움이 있는 것이다. 중앙의 무대를 떠나 향리의 고독에는 대화자 역시 세속과는 거리가 있는 승려가 적합했을 것이다.

　홀로 오른 누대가 마치 기약이라도 해서 오른 것 같은 착각을 일으키고 있다. 그러나 사람은 보이지 않는다. 세월의 흔적으로도 변하지 않는 구름만이 비껴 있고, 강에 가득한 가을 물의 푸르름이 기다림을 더 무겁게 하고 있다.

　뒤의 시는 지금도 중앙의 정객으로 있는 친구를 보내며 짓는 시이다. 하루 밤의 동석은 3년을 헤어졌던 그리움을 안고 있다. 이제는 세상의 명예 이욕을 떠나 저 갈매기의 자재로움에 나의 운명을 맡기고, 저 고금의 시간적 차이가 없는 들학이 부럽다. 이것이 바로 스스로 온갖 풍경을 이루는 강산의 자연이건만 우리는 또 손 놓아 이별해야 한다. 그대가 가고 있는 송경을 나는 머리나 돌려 바라보아야 한다. 子安은 동문수학한 李崇仁이다.

다시 고향에 돌아온지 열 여섯 해인데
사군은 오늘 꽃다운 잔치 자리 벌렸네
평상시는 몸이 늙어감을 깨닫지 못하다
너의 쇠약한 얼굴 보니 한결같이 쓸쓸하다.

重到桑鄕十六年　　使君今日設華筵
常時不覺身將老　　見汝衰顔一慘然
「席上有老妓有感」

　시인의 술 자리에는 기생이 있는 것도 하나의 풍류이니, 유배길이던 지나가는 도중이던 이런 자리가 없을 수 없다. 여기서도 고향에 내려왔다가 지난날 만났던 여인을 보고 시간의 무상을 느끼는 한 장면이다.
인간적 정취를 느끼게 하는 시이다.

> 열 폭의 구름 돛폭 바람에 맡겨 두니
> 강과 산 모두가 다 그림 속일세
> 누가 알랴, 만리의 서쪽 가는 나그네
> 마음은 물결과 함께 밤낮 동으로 가는 것을.

十幅雲帆一信風　　江山都是圖畫中
誰知萬里西征客　　心寫滄波日夜東
「感懷」

사신 길에 정치적 오해로 인해 代理로 귀양 가던 길에서 지은 것이
아닌가 느껴지는 시이다. 돛폭 하나에 맡겨 놓고 만리의 머나먼 길을
향하고 있다. 가면 갈수록 고향과는 멀어지는 길이다. 아무리 아름다운
자연풍경이라 하더라도, 유배객의 길손에게는 저 동으로 달려가는 물길
에 마음이 透寫되어 있을 뿐이다.

마음만 동으로 달리는 강물에 투사시키고 육신은 끝내 돌아오지 못
한 한 시인의 그림자를 오늘도 보는 듯하다. 牧隱이 말한 平澹精深이
바로 이런 점을 이른 말인 듯도 하다.

惕若齋學吟集

박판서 국간에게
朴判書 菊磵

곱고 곱게 아름다운 국화 피고
출렁출렁 그윽한 시내도 깊구나
향기로써 덕을 삼고
청결로써 마음을 비유하다
선생을 홀로 마주 대하여
편히 앉아 종일 읊으시다
흥이 나면 좋은 술 불러서
즐거이 손수 자작하시다
이 한 몸 가고 멈춤 잊었으니
세상 일이 침입할 수가 없다
누가 알랴, 달 밝은 밤에
오히려 줄 없는 거문고 있음을.

鮮鮮佳菊發	瀰瀰幽磵深
馨香以爲德	淸淨喩其心
先生獨相對	宴坐終日吟
興來呼美酒	怡然手自斟

此身忘去就　　　世故不能侵
誰知明月夜　　　還有無絃琴

객지살이에 병을 얻어
僑居 病中

하늘 가득한 바람 이슬에 북두성도 싸늘하니
병으로 누운 객지 생활에 사물의 정 느끼다
나무 사이 밝은 달은 어둠 틈탄 그림자이고
섬돌 밑 추운 벌레는 밤을 지새는 울음 소리
평생의 뜨고 잠김이 저대로 운명이 있으니
십년의 공든 일들이 끝내 이루어짐 없구나
어찌 알았으랴, 떠돌이가 돼 때 만나지 못할 줄
매양 술과 시를 가지고 평생을 소통시킬 수밖에.
나그네로 병이 많아 띳집에 누웠으니
종일 문 열어도 책 읽기엔 게으르다
글 과거에 마음 있어 자주 천거했지만
올바름에는 운명이 없는데 욕심이 무엇
강과 산 적막하여 세 갈래 거친 길인데
바람 달은 처량하니 저는 나귀 한 마릴세
가을 하늘 빗대어 다시 길을 떠나려 하나
문 앞의 시냇물이 고기를 잡을만하네.

滿天風露斗凄凉　　臥病僑居感物情
樹間明月乘昏影　　砌下寒蛩徹夜聲
百歲升沈渠有命　　十年功業竟無成
豈料飄飄逢轗軻[1]　　每將詩酒豁平生
客中多病臥茅廬　　終日開門懶讀書
文擧有心雖屢薦　　正平無命欲何如
江山寂寞三荒徑　　風月凄凉一蹇驢
擬向秋天還發軔　　門前溪水可叉魚[2]

금강원사가 출가하자, 조정의 선비들이
시를 짓기에 나도 10운시를 짓다
金剛院使出家 朝士詩之 予作十韻

부귀는 끝까지 보존하기가 어려워
돌아와 고향 산천에 누웠다
그래도 세속의 잡무에 이끌릴까봐
항시 인간의 테두리를 벗어나려 하다
머리를 깎고 승려의 집에 의지하여
마음을 찾으려 부처의 문을 우러르다

---

1) 轗軻: 어려워 뜻을 얻지 못함. 杜甫의 〈詠懷〉시에 "슬프다, 내가 끝내 때를 못
　만나, 늙어서 어려움을 당하네(嗟余竟轗軻 將老逢艱危)"라 함이 있다.
2) 叉魚: 叉는 찌르다〔刺〕, 또는 낚아 취하다〔札取〕의 뜻. 叉魚는 고기를 잡다 이
　다. 唐의 李群玉의 〈仙明州口號〉시에 "포구의 밤노래가 노 젓는 노래로 들리
　니, 별이 그윽한 불빛으로 고기잡이 비춘다(半浦夜歌聞盪槳 一星幽火照叉魚)"
　가 있다.

친한 벗은 지조지키는 이 많아서
임금님께서도 얼굴 모습을 고치시네
무쇠 바리는 비록 새로 내리시나
황금의 관복은 오히려 거두지 않으시다
자취는 먼지 흙 속에서 거둬 버리고
몸은 물과 구름 사이에 의탁했구료
대나무 책상에 향기 실로 피어오르고
소나무 창에는 달이 활등 같구나
지팡이 도움 받아 높은 산도 밟고
돌을 베개삼아 잔잔한 물소리 듣다
여유작작한 그대의 여유를 아니
구구한 나의 어리석음이 부끄럽네
어느 때나 굴레 묶임 떨쳐버리고
사물 밖에서 맑고 한가함 짝할까.

富貴終難保	歸來臥故山
猶嫌牽俗務	常欲出人寰
薙髮依僧舍	求心仰佛關
親朋多志操	君主改容顏
鐵鉢雖新賜	金章3)尚未還
跡收塵土裏	身托水雲4)間
竹榻香如縷	松窓月似彎
扶節凌崒岯	枕石聽潺湲

---

3) 金章: 고대 고급 官吏의 복장. 또는 금으로 만든 官印.
4) 水雲: 雲水. 雲水僧. 行雲流水와 같이 行脚하는 뜻에서 나온 말.

綽綽知公裕　　　區區愧我頑
何時謝羈束　　　物外伴淸閑

최복하, 함승경, 두 동년방 친구에게 보냄
寄崔卜河 咸承慶兩同年 雜言

경포대 한송정에는
바람도 맑고 달도 더욱 밝아
손 끌어 놀며 서로 대해 마시다
해당화의 꽃 자고새의 울음
어느 때 한 필의 저는 노새로
시 읊으며 아득한 바다 볼까
오래 되어 알겠다, 부귀와 공명은
뜬구름의 가벼움을 아주 닮았다고.

鏡浦臺寒松亭　　　風更淸月更明
携手游相對飮　　　海棠花鷓鴣聲
何時一蹇驢　　　　吟嘯瞰滄溟
久知功名富貴　　　恰似浮雲輕

관물재의 매화, 裏자를 얻어서
觀物齋梅花 得裏字5)

훌쩍 벗어남은 화정의 노인이고
위대하기로는 황산곡이라 하네
사랑스러워 이름으로 얻었지만
저의 마음이야 어찌 기쁘겠는가
어찌해서 다시 더 곱고 고와서
서실 창 안(裏)에서 서로 대했나
한 잔 술에 또 한 잔을 하니
맑은 향기를 때때로 보내네
시를 지어 얼음 영혼에게 보내니
스스로 응당 아는지 모르는지.

飄然和靖6)老　　　偉矣山谷7)子
愛之得爲名　　　渠心安足喜
何如更嬋姸　　　相對書窓裡
一盃復一盃　　　淸香時送似
題詩寄氷魂8)　　　自應知是否

---

5) 得裏字: 시를 지으려면 韻字가 있어야 한다. 여기서는 그 운자를 '裏'자로 하게
　　되었다는 것이니, 운을 裏자의 운에 해당하는 글자로 한다는 말이다. 이 시에
　　서 子, 喜, 裏, 似, 否는 모두 같은 운이다.
6) 和靖: 송나라 林逋의 諡號 和靖先生. 西湖의 孤山에 집을 짓고, 가정을 이루지
　　않고 매화를 심고 학을 기르며 살아, 사람들이 梅妻鶴子라 하였다.
7) 山谷: 宋 黃庭堅의 自號. 山谷寺의 石牛洞에 놀며 산수의 승경을 즐겨, 스스로
　　山谷道人이라 자호했다. 蘇軾의 문하에서 시로 이름나 '蘇黃'이라 칭한다.
8) 氷魂: 梅花나 연꽃과 같이 청정 순결의 품질을 형용해 쓰는 말. 宋 蘇軾의 〈松

포은 상공께서 벼루를 구하시기에 노래로 보내드리다
圃隱相公求硯 歌以贈之

옛날 황려강 강가의 집에 살 때에
다행히 영월의 산중 돌을 얻어서
깎아서 벼루를 만들어 손수 갈고 다듬어
매끄럽고 단단하고 광택에 윤이 나서
마음 속으로 사랑하기 보석보다 더하니
비록 백금을 가지고도 바꾸려 하지 않다
지난 해 봄바람에 붉은 꽃 언덕에서 온
신세가 유유자적한 하나의 광객이라
외형을 잊은 친구로서의 정씨의 驛使이니
형제로서 벗삼는 마음으로 기뻐함이라
선이나 악이나 서로 경계하여 역사를 삼고
있고 없음 서로 도와서 아끼는 바가 없다
동쪽 서쪽 어명을 받아 바다로 드날리니
연기 물결 구름 파도로 만 리가 푸르다
공을 이루고 명예 다해 벼슬도 지척이고
높고 높은 장편거작에 문장도 으뜸이다
봉하고 묶어 은근히 편지를 보내되
물건이야 작지만 마디 마음 붉게 표하다
먹 갈아 붓을 적셔 가슴을 써내면
요순 같은 임금 백성 옛날과 같으리

風亭下梅花盛開〉시에 "羅浮山下梅花村　玉雪爲骨氷爲魂　紛紛初疑月桂樹　耿耿獨
與參橫昏"이라 함이 있다. '氷魂雪魄'.

나도 표연히 스스로 적당히 내쳐서
취해서 읊으니 하늘은 천막 땅은 좌석.

昔在黃驪江上宅	幸得寧越山中石
斲成書硯手磨琢	溫潤堅確光潔澤
中心寶愛重奎璧	雖以百金不願易
去歲春風來紫陌9)	身世悠悠一狂客
忘形故人是鄭驛10)	友于兄弟心悅懌
善惡相規以爲役	有亡相資無所惜
東西御命揚海舶	烟浪雲濤萬里碧
功成名遂官咫尺	巍巍鉅作文章伯
緘縢慇懃寄書籍	物微聊表寸心赤
磨沿滋筆瀉胸臆	高舜君民如古昔
我亦飄然自放適	醉吟天地寬幕席

김생원 한보의 강릉 귀성 길 보내며
送金漢寶生員歸江陵

강릉의 산과 물은 천하에 으뜸이라
천태나 나부도 참으로 버금일세

---

9) 紫陌: 화려한 거리. 서울 근교의 거리.

10) 鄭驛: 鄭夢周를 절친한 친구로 여기니, 거기에서 온 소식이라는 뜻으로 '驛'을
   '驛使'인 소식의 전달자로 쓴 것이 아닌가. 〈驛使梅花〉란 숙어가 있는데, 이는
   남북조 때 陸凱와 范曄이 서로 친하여, 范曄이 강남에서 장안에 있는 陸凱에게
   매화를 보낸 고사로, 친구간의 우정과 문안을 의미하는 말이 되기도 하였다.
   본 시에서도 이러한 내면적 상징의미로 쓴 듯하기도 하다.

큰 파도는 땅을 걷어올려 봉래 영주가 가깝고

높은 산마루는 하늘에 닿아 태산 화산인가 의아해

한송정 위에는 맑은 바람이 가냘프고

경포대 앞에는 밝은 달도 잠겼구나

나도 옛날 관광으로 고삐 잡고 나들이해

바닷가 천리 길을 준마로 내달렸었지

큰 솔 괴상한 바위 황금 안장 비추고

변방 피리 가는 노래에 옥 술잔 기울이다

이제와 십 년이 꿈 속과 같으니

서울의 먼지 흙에 험한 길만났구나

물 어구 동쪽 가의 늙으신 선생님이요

풍류롭고 순진한 선비의 참 어른이신데

그 손자 보한은 성균관에 유학하여

배움이 정하고 분명해 상사에 거하다

표연히 하루 아침에 어버이 뵈러 가니

머리 돌리면 가을 구름이 또 쌀쌀하구료

아름다운 기약을 오래 머뭇거림이 한스러우니

만약 신선을 보거든 나 대신 사과라도 하소.

江陵山水甲天下　　　　天台¹¹⁾羅浮¹²⁾誠可亞

洪濤卷地近蓬瀛¹³⁾　　峻嶺磨天疑泰華¹⁴⁾

---

11) 天台: 산의 이름. 浙江省 天台縣 북쪽에 있음. 산이 北斗와 牽牛의 갈림에 있
　　어 台星과 상응하여 천태라 했다 함. 불교의 天台宗이 여기서 발원했다.
12) 羅浮: 산의 이름. 광동성 東江 북쪽에 있음. 풍경이 수승하여 奧지방의 명승지
　　임. 道敎에서 "第七洞天"으로 삼는다. 隋나라의 趙師雄이 여기 있다가 꿈에 梅
　　花仙女를 만났다 하여 "詠梅"의 전형으로 삼는다(羅浮夢).
13) 蓬瀛: 蓬萊와 瀛洲. 신선의 산 이름. 신선이 사는 곳이라 전해지고 있다.

寒松亭上淸風微　　　鏡浦臺前明月鎖
我昔觀風攬轡行　　　汀洲千里馳駿馬
長松怪石照金鞍　　　羌笛纖歌傾玉斝
只今十年如夢中　　　京華塵土逢轞軻[15]
水門東畔老先生　　　風流儒稚眞長者
其孫漢寶遊成均　　　學業精明居上舍
飄然一朝覲親歸　　　回首秋雲更蕭灑
佳期空恨久蹉跎　　　若見神仙爲我謝

스님께 주다
贈僧

이 마음이 선정에 들지 못하면
비록 산림에 처하더라도 오히려 들레어 시끄럽고
이 마음이 이미 선정에 들면
비록 저자 거리에 살아도 오히려 적적 고요해
진실로 알겠다, 온갖 형상은 외계의 인연이니
다만 이 마음에 있어서는 원래 흔들리지 않음
그대 보지 못했나, 이조 혜가가 달마를 만나
뜰 앞에 오래 서 있어 눈이 허리까지 닿았음
또 보지 못했나, 혜림사의 단하선사는
날씨 춥자 손수 나무 부처로 불을 땐 것을.

---

14) 泰華: 산의 이름. 泰山과 華山.
15) 轞軻: 길이 울룩불룩하여 수레가 잘 나가지 못함. 사람의 불행을 비유함.

此心未能定	雖處山林反喧囂
此心旣能定	雖居城市還寂寥
固知萬象皆外緣	只在此心元不憭
君不見二祖[16]大師逢達磨	庭中久立雪齊腰
又不見彗林寺裏丹霞師[17]	天寒木佛手自燒

늦가을 밤, 기약한 달가 정몽주가 오지 않아서
暮秋夜 期達可不至(鄭夢周)

한 점 등불이 불빛을 내어서

이에 경전을 홀로 펼치다

기약을 둔 것이 가소롭구나

무슨 이유로 오지 않는가

달 섬돌에 벌레 젖기 시작하고

서리 하늘에 기러기 이미 애처롭다

밤은 깊어 맑기 물과 같으니

높은 휘파람에 의기 아득하구나.

---

16) 二祖: 선종의 제2조 慧可, 이름은 神光. 40세에 숭산 소림사로 菩提達磨를 찾
  아갔으나, 달마가 허락지 않으니, 왼팔을 잘라 의지를 보이며 눈이 내려 허리
  에 차도록 움직이지 않으니 달마가 허락하였다.
17) 丹霞師: 丹霞禪師가 겨울에 낙양의 혜림사에 이르렀을 때였다. 그는 법당에서
  목불을 끌어내온 불을 때고 있었다. 원주가 크게 놀라 "어찌하여 목불을 태우
  느냐" 하니 "사리를 얻으려 하오" 하였다. 원주가 "목불에 무슨 사리가 있는가"
  하니, "사리가 안 나오면 나무토막이지 무슨 부처냐" 하였다.

一點燈生暈　　　遺經乃獨開
有期眞可笑　　　何故不云來
月砌蟲初澁　　　霜天雁已哀
夜深淸若水　　　高嘯意悠哉

이존오에게 부치다
寄李存吾[18]

밤 깊어 남헌에 앉아 있자니
뜰 그늘에 이슬이 함초롬하다
반딧불 날아 발 밖으로 지나고
벌레 울음은 침상 앞에 가깝다
기상이 고요하니 인해 꿈도 없고
마음 맑으니 끝내 잠 못 이루어
누가 알랴, 이러한 경지에 이르면
스스로 이것이 바로 오만한 신선임을.

夜久坐南軒　　　庭陰露泫然
螢飛度簾外　　　蟲泣近床前
氣靜仍無夢　　　心淸竟不眠
誰知到如此　　　自是傲神仙

---

18) 李存吾: 고려(1341-1371)의 문신. 자는 順卿, 호는 石灘, 孤山. 1366년 右正言
　　이 되어 辛旽의 횡포를 탄핵하다가 長沙監務로 좌천되었다. 뒤에 石灘에서 은
　　둔생활을 하다 울분으로 병사하다.

충주를 지나는데 한판관이 없어 한 수 남겨 희롱하다
過忠州 韓判官不在 留一絶爲戲

봄바람의 수레 아래에서 친구를 생각하다가

여기 지나며 만나지 못한 수심 어찌 감내하랴

비록 나비 눈썹이 있어 다투어 소매 잡는다 해도

주인이 없는 강산에서 누구 위해 머물 것인가.

春風輦下憶荊州[19]　　　過此那堪不見愁

縱使蛾眉[20]爭挽袖　　　江山無主爲誰留

중서성에서 숙직하며
西掖夜直[21]

비단창에서 꿈이 깨어 밤 시각도 쇠잔해

황금 향로에 향을 사르니 새벽빛도 차갑구나

정차가 이것이 태평할때는 폐단스런 일 없으니

다만 바람 달이나 거두어 붓 끝에 담아 두자.

---

19) 憶荊州: 唐의 韓朝宗이 荊州刺使를 지내며 명망을 얻어 사람들이 그를 만나보
　　기를 원했다 하여, "願識韓荊州"라는 故事가 생겼다.
20) 蛾眉: 나비의 촉수가 가늘고 구부러져, 여자의 아름다운 눈썹을 비유하는 말.
　　여자의 아름다운 용모의 비유로 美女의 代稱.
21) 西掖: 궁궐의 서쪽으로, 中書省의 別稱.

紗窓夢罷漏聲²²⁾殘　　金鴨²³⁾香燒曙色寒
政是明時無弊事　　只收風月入毫端

한림인 달가 정몽주가 한정당의 군막으로 종군함에 부쳐
寄達可翰林從軍韓政堂幕

사해 천하가 아직도 어지러운데
다락에 올라 홀로 그대 생각하다
갑자기 청정한 궁궐지기 사직하고
멀리 북방의 군무에 내달아 간다네
옛 변방엔 밝은 달이 달렸고
긴 성에는 상서로운 구름이 일다
아득히 황금 갑옷에 의지하고 있으니
누구와 자세히 글을 의논해야 하나.

四海尙紛紛　　登樓獨念君
忽辭淸禁直　　遠赴朔方軍
古塞懸明月　　長城起靄雲
悠然倚金甲　　誰與細論文

---

22) 漏聲: 물시계(漏壺)에서 물방울 지는 소리. 곧 시간을 알리는 소리.
23) 金鴨: 鍍金한 오리 형태의 香爐. 唐 戴叔倫의 〈春怨〉시에 "金鴨香消欲斷魂 梨
　　花春雨掩重門"이라 함이 있다.

기해년의 홍건적에　두 수
己亥年紅賊　二首

감개로운 호걸들의 이야기꽃에
그윽한 재실에 맑은 밤이 깊구나
슬픈 바람은 썩은 나무 울리고
괴로운 달은 성근 숲에서 돋다
칼 어루만지며 세 번 길이 탄식하고
잔을 멈추어 한 번 크게 읊조리다
압록강에는 호랑이 시랑이 가득하니
건장한 남아의 마음 어떠할까.

慷慨豪談笑	幽齋清夜深
悲風嘶朽木	苦月上疎林
撫劍三長嘆	停盃一浩吟
鴨江豺虎滿	何似健兒心

검은머리 백성들 승평이 오랬는데
붉은 머리 도적은 깊이 들어왔구나
깃발은 나부껴 불꽃같은데
군사 무기는 모이기 숲과 같다
장정 병사는 창을 메고 내닫는데
한심한 서생 팔짱끼고 읊고 있다
난리야 오늘에서 시작되었지만
머리 돌려보면 평생의 한스런 마음.

黔首昇平久	紅頭入寇深
旗旌飜似火	兵甲會如林
壯士荷戈走	寒生袖手吟
亂離今日始	回首百年心

신축년의 홍건적　두 수
辛丑年紅賊　二首

시랑이 호랑이 서울을 함락해도
뭇 신하는 도무지 알지 못한다
허둥지둥하다 아내 자식 잃고
엎어지고 자빠져 어린 아이 버리다
연기와 불꽃은 구름 치받쳐 오르니
산과 강이 보이는 끝까지 서글프다
무쇠城池 이미 지키지 못했으니
달아난들 어디로 갈 것인가.

豺虎陷京國	群臣摠不知
蒼黃[24] 失妻子	顚倒棄嬰兒
烟焰衝雲起	山河滿目悲
金湯[25] 已未守	奔走欲何之

---

24) 蒼黃: 허둥지둥 당황하는 모양. '蒼黃罔措'.
25) 金湯: 험한 성과 못. '金城湯池'의 준말. 무쇠로 만든 성이고 끓는 물의 연못으로, 방어의 튼튼함을 이름.

어찌 우리 삶이 괴롭다 말하는가
앞 뒤 없음이 깊이 서글프구나
천년의 문화 인물이었던 땅이
하루에 개나 양의 공간이구나
백성은 거의 다 산으로 올랐고
임금님은 바닷가로 내달으셨다
누가 죽음을 아끼지 않을 수 있으랴
머리 돌리니 눈물만 주르륵 흐른다.

豈謂吾生苦	深嗟不後先
千年文物地	一日犬羊天
民庶登山上	君王走海邊
誰能莫愛死	回首淚潸 然

송경에서 새벽에 바라보다
松京曉望

안개 비끼고 아지랑이 엷어 누대를 가리니
말쑥한 산과 강이 활발한 그림으로 열린다
첫 햇살이 구름으로 솟아 올라 빛이 빛나고
개인 구름은 땅에 나즉해 그림자 배회한다
동으로 달리고 서로 내닫는 의관들이 풍성하고
일만 집 일천 문엔 자주색 비취색이 쌓였다
국가에 얼마간 많은 호걸의 선비들은
가련하구나, 누가 세상 구제할 재질을 펴는가.

烟橫嵐嫩隱樓臺　　瀟灑山川活畵開
初日上雲光照耀　　晴雲低地影徘徊
東馳西走衣冠盛　　萬戶千門紫翠堆
王國幾多豪傑士　　可憐誰展濟時材

밤에 앉아서
夜坐

밝은 달은 좋은 나무 숲 뚫고
서늘한 기운은 뜰에서 일어나다
이슬 깊어 모자의 무게에 놀라고
그늘 짙으니 옷 가벼움 두렵다
놀란 까치는 숲 사이에서 외치고
추운 벌레는 풀 밑에서 울다
진리 마음은 원래 아득하니
조용한 잠김에 여유 맑음 있다.

明月透嘉樹　　微凉生戶庭
露深驚帽重　　陰密怕衣輕
怖鵲林間叫　　寒蟲草底鳴
道心元杳杳　　沈寂有餘淸

어느 낭관이 원나라로 사신 갔다가
궁녀에게 유혹되었다기에 희롱 삼아 시를 주다
有一郎官奉使元朝　爲宮人所惑　戲贈唐律

계수나무 궁전에 가을 옴이 놀라워
蓂莢의 뜰에 이슬 싸늘함 겁나다
난간 의지하면 원앙 휘장이 싸늘하고
베개 기대면 봉황 비녀가 나직하구나
처지 가까워도 몸은 이르기 어렵고
구름은 깊어 꿈도 혼미 하려 한다
서로 생각하는 한 조각의 달만이
만 리에서 외로운 안방을 비추고 있네.

桂殿26)驚秋至　　　蓂階27)怯露凄
倚欄鴛帳冷　　　欹枕鳳釵低
地密身難到　　　雲深夢欲迷
相思一片月　　　萬里照孤閨

---

26)　桂殿: 왕후나 비빈이 거처하는 깊은 궁전, 또는 月宮.
27)　蓂階: 蓂莢의 뜰, 蓂莢고대 전설의 일종의 瑞草. 매달 초하루 초부 한 잎이 돋
　　아 15일 까지 돋고 16일부터 30일 까지 한 잎씩 떨어져 잎의 多少로 날짜를 알
　　았다함.

여름날 달가와 함께 영통사에서 자다
夏日 同達可宿靈通寺

더위 피하여 산 속에서 자니
서늘함에 흥은 점점 새로워
솔 마루는 깨끗한 물에 임했고
이끼 길에는 섬세한 먼지도 끊기다
바위에 앉아 그윽한 새 소리 듣고
지팡이 짚으니 이 몸이 부끄럽다
흰 구름이 먼 골짜기에 깊으니
깃옷의 신선이 있을까 두렵구나.

避暑山中宿	凄凉興轉新
松軒臨淨水	苔逕絶纖塵
坐石聞幽鳥	扶笻愧此身
白雲深遠谷	恐有羽衣人

산 생활
山居

탁 트인 하늘땅에 하나의 광기 서생
홀로 푸른 산에 누워 달 밝음 희롱하다
스스로 우습구나, 요사이 세상맛은 없어도
대 뿌리 흐르는 물이 마음을 씻어 주는 소리.

浩然天地一狂生　　　獨臥青山弄月明
自笑邇來無世味　　　竹根流水洗心聲

해스님을 보내며
送海上人

용암의 옛 주인을 보지 못하였더니
새 울고 꽃 지니 또 푸른 봄일세
영남의 어느 곳에서 참선 거처 온당한가
맑은 꿈에는 응당 도시 먼지 희박하겠지.

不見龍巖舊主人　　　鳥啼花落又青春
嶺南何處接禪穩　　　清夢應稀紫陌[28] 塵

이 판관을 서도의 임무로 보내며
送李判官之任西都

꽃 지는 계절에 그대를 보내고 돌아오니
붉은 언덕 맑은 바람이 소매 살짝 휘젓는다
보드랍고 아름다움이 웃음의 뺨을 열지 않아도
낭관이야 이제부터 장미꽃을 저버리지 않겠지.

---

28) 紫陌: 도시 근교의 거리. 앞의 주 9) 참조.

落花時節送君歸　　　　紫陌淸風弄袖微
未用嬌嬈開笑瞼　　　　郎官今不負薔薇

보주의 최총랑에게 부치다
寄甫州崔摠郎

꽃 사이에 취한 꿈 아직 다 깨지 않아
낭관이 봉성을 떠나는 것도 살피지 못했소
문득 양양 땅의 애끊는 곳이었으니
그대 생각에 머리 돌려 다시 정을 담으오.

花間醉夢未全醒　　　　不省郎官出鳳城
却是襄陽腸斷處　　　　憶君回首更含情

조염사를 보내며
送趙廉使

고삐 잡은 풍광 구경 이는 벼슬 놀이이니
구름 안개 천리에 가을은 바로 높다
그대에게 번거로이 살펴본 곳을 묻는다면
어느 곳 강과 산에서 홀로 누대 의지하나.

攬轡觀風是宦遊　　　　雲烟千里正高秋
煩君問訊許監察　　　　何處江山獨倚樓

거리에서 느낌 있어
街上有感

열 십자 네거리엔 석양볕이 기울어
떠들썩한 수레 말 또 번화하구나
태평한 기상은 송산에 있어서
옛처럼 푸르름은 채색 노을에 꽂혔네.

十字街頭夕照斜　　　喧闐車騎又繁華
太平氣像松山在　　　依舊蔥瓏[29] 揷彩霞

유시중 댁의 매화에 차운하여
柳侍中宅梅花次韻

일만 잎 일천 꽃술 한결같이 향기로워
서리 누르고 눈 업신여겨 봄을 둘린 술잔
아리따운 여인의 국 맛 맞추는 손에 들려 않고
어찌하여 서호처사의 광기를 사랑하였나.

萬藥千葩一樣香　　　凌霜傲雪繞春觴
嬋妍欲入調羹手　　　豈愛西湖處士[30] 狂

---

29) 蔥瓏: 蔥蘢. 초목이 푸르게 무성함을 형용함.
30) 西湖處士: 송의 林逋. 西湖의 孤山에 집을 짓고, 가정을 이루지 않고 매화를
　　심고 학을 기르며 살아, 사람들이 梅妻鶴子라 하였다.

달가(정몽주)에게 주다
贈達可

복사꽃 따스한 햇살 버들 가벼운 바람에
사람은 강과 산의 비단 속에 있구나
가장 좋기는, 밤사이에 가랑비가 지나가
가련하게도, 늦은 녹색 요염한 진홍 질투함이지.

桃花暖日柳輕風　　　人在山河錦繡中
最好夜來微雨過　　　可憐慢綠妬妖紅

유합포에게 올림
上柳合浦

합포께서 지금 엄한 장군이 되었으니
우리 나라 천 리는 만리의 장성을 얻었네
멀리 알겠다, 달은 희고 창파 고요하면
누워서 가인의 옥 피리 소리 듣게 되었구나.

合浦今爲細柳營31)　　　東韓千里得長城
遙知月白滄波靜　　　臥聽佳人玉笛聲

---

31) 細柳營: 漢의 文帝 때에 周亞夫가 장군이 되어 細柳에 주둔하였다. 문제가 몸
　　소 군영을 위로하려 세류영에 이르렀는데, 軍令이 없어 영에 들 수가 없었다.
　　이에 사자를 시켜 節符를 가지고 장군을 부르니, 이에 군문이 열려 들어갔다.
　　문제가 말을 나란히 하여 행진하여 周亞夫를 군례로 접견하고 돌아가게 되었
　　다. 문제는 "이것이 바로 참다운 장군이다" 하였다. 그 뒤로 "細柳營"이란 말이
　　군기가 엄격한 장군을 말한다.

임무를 받아 행궁으로 가다가 짓다
赴官上行宮有作

산이나 연못에 뜻을 내친 지가 십여 년이니
평생의 사업이라야 한 푼의 가치도 없다
성인 시대 지금처럼 버려진 물건 거두시니
흰 구름 밝은 달도 역시 기뻐하는 듯.

放懷山澤十餘年　　　事業平生不直錢
聖代如今收棄物　　　白雲明月亦欣然

취해 쓰다
醉題

천 년의 사문인 유학 오래 적요하여
일생의 가고 머묾 고기잡이 나무꾼 즐기다
봄바람 이르는 곳마다 꽃이 바다 같으니
통음하며 미친 노래로 성한 조정에 기탁하다.

千載斯文久寂寥　　　一生行止樂漁樵
春風到處花如海　　　痛飮狂歌託盛朝

여강루 위에서 고달진 스님에게
驪江樓上 寄高達眞上人

몇 해의 비바람에 괴로이 생각하며
홀로 오른 누대 기약이 있을 듯도 하오
해 저물고 구름 비껴 사람도 보이지 않으니
강에 가득한 가을빛은 푸르름이 어슷비슷.

幾年風雨苦相思　　　獨上高樓似有期
日暮雲橫人不見　　　滿江秋浪碧參差

느낌이 있어
有感

푸른 시내 새로 넘치는 복사꽃 물결이고
푸른 언덕엔 처음 이는 버들솜 바람이다
쓸쓸한 서로의 생각은 천 리로 막혔으니
피리 소리 속에 머리 돌리기도 어렵구나.

碧溪新漲桃花浪　　　綠岸初生柳絮風
怊悵相思隔千里　　　不堪回首笛聲中

사암 유숙에게 올림
寄呈思菴 柳淑

공을 이루고 용감히 물러나 강천에 늙으니
선비로 우아한 풍류는 땅 위의 신선일세
헤아려 알겠다, 자연에서의 일없는 가운데
맑은 꿈이 경연 자리 맴돎을 금치 못하리.

功成勇去老江天　　　儒雅風流地上仙
料得烟波無事裏　　　未禁淸夢繞經筵

가을 흥취
秋興

북쪽 대궐 남쪽 산엔 가을 기운도 높아
거울같은 하늘은 끝없이 가는 터럭도 사절타
어지러움은 모두가 원나라로 조회 가는 나그네
백옥 울리고 쇳소리 내며 비단 도포 입었구나.

北闕南山秋氣高　　　鏡天無際絶纖毫
紛紛盡是朝元客　　　鳴玉鏘金着錦袍

이천 안흥사에 쓰다
題利川安興寺

연년 해마다 이 절 문 앞을 지나며
마음속으로 남쪽 창에서 하루 밤 잤으면 했지
오늘은 해도 한나절이고 중도 있지 않아서
다시 파리한 말 몰아 층층의 고개를 넘다.

年年每過寺門前　　　心欲南窓一夜眠
今日日高僧不在　　　更驅羸馬陟層巓

우연히 짓다
偶題

버들 빛은 일천 가닥이 푸르고
복사꽃은 일만 나무에 붉구나
우연히 작은 술자리 이루었는데
봄비가 바로 아물아물하네.

柳色千株綠　　　桃花萬樹紅
偶然成小酌　　　春雨正濛濛

궁전 봄날의 시 두 수
殿春帖子[32] 二首

붉은 궁궐에는 은하수 기우는 새벽
청사 비단 창에는 시간을 알리는 소리
봄바람이 바야흐로 호호 질탕하니
나무의 덕이 다시 꽃을 피운다.

絳闕銀河曙　　　　紗窓玉漏[33] 聲
春風方浩蕩　　　　木德[34] 更敷榮

햇빛은 원앙의 기와를 비추고
향기는 비취빛 발에 응축되었다
의관 갖춘 선비 다투어 북으로 이받고
풍성과 교화는 동으로 무젖음 상상하네.

日照鴛鴦瓦　　　　香凝翡翠簾
衣冠爭北拱[35]　　　聲教想東漸

---

32) 帖子: 立春날에 翰林院 學士들이 지어 올리는 시. '帖子詞'.
33) 玉漏: 옥으로 장식한 물시계.
34) 木德: 하늘이 생물을 기르는 덕. 특히 봄날의 덕을 지칭하니, 만물을 변화 육
성시키기 때문이다.
35) 北拱: 拱北. 뭇 별이 北極星을 중심으로 모이듯이, 군왕을 중심으로 群臣이 이
받이함. 〈論語, 爲政〉에 "정치를 하되 덕으로 하는 것이 비유컨대 북극성이 제
자리에 있으면 뭇 별이 이받는 것과 같다(爲政以德　譬如北辰居其所　而衆星拱
之)"라 함에서 유래되었다.

기유년 팔관의 대회에
己酉年 八關大會

깃발들은 팔랑팔랑 북 소리는 둥둥
모셔 따르는 선관들은 만종록의 벼슬아치
예절 음악 끝나기도 전에 하늘은 기뻐하여
잠시 사이에 흰 눈이 곡령의 소나무에 가득하다.

旌旗獵獵鼓逢逢　　　扈從仙官祿萬鐘[36]
禮樂未終天有喜　　　須臾雪滿鵠峯松

속리사의 선당
俗離寺 禪堂

달마도의 그림 가에 하나의 등불 밝아
문 닫고 향을 사르니 생각 다시 맑아져
홀로 앉아 밤은 깊고 잠 꿈도 없는데
창 앞의 흐르는 물은 솔 소리와 섞였네.

達摩圖畔一燈明　　　閉戶燒香思更淸
獨坐夜深無夢寐　　　窓前流水雜松聲

---

36) 祿萬鍾: 鍾은 고대의 數量 단위. 祿萬鍾은 매우 많은 祿俸을 말함.

박재중을 보내며
送朴在中

십년 동안 붉은 먼지 속에서
총총히 聖上 밝음 위했지
밤 서늘하니 가을 기운 이르고
바람 거세어 나그네 혼 놀라다
솟은 뫼 하늘 가지런히 고요하고
차가운 못 땅에 닿아 맑구나
저는 노새로 갈 길은 멀지만
충효로 한결같은 유생이외다.

十載紅塵裏	悤悤爲聖明
夜凉秋氣至	風動旅魂驚
秀岳齊天靜	寒潭到地淸
蹇驢歸路遠	忠孝一儒生

초저녁
初夜

지난 밤 가을 바람에 백옥경에 들렀더니
여나문 집 문발 틈에서 서늘함 돋아나다
길거리 수레 말의 먼지도 처음 걷히고
누대 위의 풍류 노래에 달은 홀로 밝구나.

昨夜秋風入玉京　　　十家簾幕嫩凉生
街頭車馬塵初斂　　　樓上笙歌月獨明

서해염사에게 부치다
寄西海廉使

깃발도 아득아득 바다 물결 비추니
풍속 살펴 이르는 곳마다 노래 소리일세
서로 생각 나 다시 서루에 기대 바라보니
아득한 국경 끝 산에는 채색 구름 막혔네.

旌旆悠悠照海波　　　觀風到處遍謳歌
相思更倚西樓望　　　迢遞關山隔彩霞

일본 사신 잔치에서 짓다
宴日本使有作

사절 일행 봄 따라 바다 건너 왔으니
매화 한 가지도 그대 위해 피었구나
서로 맞는 예절 끝나 딴 일이 없으니
노래 음악 소리에 한잔 술을 기울이다.

使節隨春渡海來　　　梅花一樹爲君開
交通禮畢無餘事　　　歌管聲中倒酒盃

일본사신을 보내며
送日本使

만 리의 아득한 물결 바다 끝도 넓어
급히 서쪽 사행으로 삼한 땅에 이르다
돌아가 만약 보고 살핀 일 묻거든
주상 성스럽고 신하 현명, 덕화 춤 춘다 하소.

萬里滄茫海宇寬　　　亟珍西覲到三韓
還歸若問觀光事　　　主聖臣賢政舞干[37]

들 절
野寺

가을 기운은 내 마음을 슬프게 하고
가을빛은 내 눈을 어지럽힌다
산이 차가우니 잎은 저절로 붉고
들 고요하니 벼가 처음으로 익는다
옛 나무는 뜰 앞의 잣나무이고
그윽한 꽃은 울 밑의 국화이다
한가한 놀이는 날짜 따지지 않으니
오늘밤은 중의 집 창가에서 잔다.

---

37) 舞干: 文德의 감화를 말함. 〈書經, 大禹謨〉에 "帝乃誕敷文德 舞干羽于兩階(황
　　제 이에 문덕을 펴사 두 뜰에서 간우의 춤을 추다)"라 함이 있다.

秋氣惻我心　　秋光亂我目
山寒葉自赤　　野靜禾初熟
古樹庭前柏　　幽花籬下菊
閒遊不計日　　今夜僧窓宿

임인년 이월, 안동부사를 모시고 영호루에 오르다
壬寅二月　陪安東府使　登映湖樓

높은 누각 강가에 다다랐고
푸른 산이 앞뒤로 옹위했네
마루 가득한 꽃은 물을 비추고
나직한 언덕 버들 연기로 드리우다
새는 노여운 파도 위로 날고
까마귀 지는 해 따라 투숙한다
뽕나무 삼베 봄 일이 급하니
오히려 이에 태평한 시대를 본다.

高閣臨江渚　　靑山擁後前
滿軒花照水　　低岸柳垂烟
鳥起驚波上　　鴉投落日邊
桑麻春事急　　還見太平年

납일에 느낌이 있어
臘日[38]有感

올해도 납일을 당하여
푸른 산 아래서 머리를 긁다
서울에 시랑이 범이 주둔했으니
조상신들의 일곱 사당 어이하나.

今年臘日至　　　　　搔首碧山阿
京國屯豺虎　　　　　其如七廟[39]何

개천경장로에게 주다
贈開天景長老

바다 동쪽 천 리에 바람 먼지 일어
허둥지둥 길 잃은 사람들 허다하구나.
오직 개천산 아래에 늙은 이 있어
졸음 끝에 넉넉히도 태평의 봄 누리네.

海東千里起風塵　　　　多少蒼黃失路人
唯有開天山下老　　　　睡餘仍占太平春

---

38) 臘日: 음력 12월 8일, 조상이나 여러 신에게 제사하는 날.
39) 七廟: 천자의 태조와 동서의 세 사당. 일반인에게는 四代(父 祖 曾 高)와 시
　　조.

밤비에 취하여 짓다
夜雨 醉題

가을 뒤 비 기운은 더욱 쓸쓸하여
석 잔으로 취함을 가져와 갈포 안고 졸다
곧바로 깊은 밤 되어도 오히려 깨어나지 않아
파초 잎이 창 앞 가까이 있음도 몰랐구나.

秋來雨氣轉凄然　　　取醉三杯擁葛眠
直到夜深猶未醒　　　不知蕉葉近窓前

생각 없이 짓다
漫成

크게 참되거나 크게 어긋남이 먼지 속에 뒤섞여
흥하고 망함 얻음과 잃음이 자주 눈앞을 지나다
부자라도 어찌 다시 周公의 부자를 말하며
가난에는 또 顔子의 가난을 말할 필요 없다
공경을 주로 하고 의를 행하면 군자이고
거짓을 꾸며 이름을 낚으면 참으로 소인
달 둥글고 눈 깊어 산 집이 조용하니
자신의 봄은 원래 다만 호연한 봄이지.

太眞大謬混埃塵　　　得喪興亡過眼頻
富何更道周公富　　　貧又休論顔子貧

主敬行義乃君子　　　飾詐釣名眞小人
月滿雪深山閣靜　　　自春元只浩然春

향림의 절
香林蘭若

골짜기 어구 길은 희미하고 나무 어우러져
허공 가득한 푸르름에 개일 때가 없구나
참선의 창은 적막하여 종일 앉아 있으니
수 없는 봄 새들은 각기 제 소리일세.

谷口路迷山木合　　　滿空蒼翠不曾晴
禪窓寂寞坐終日　　　無數春禽各種聲

가야산 법수사에 쓰다
題伽倻山法水寺

종일토록 잡목 헤치며 말에 맡기고 가니
산 그득한 누대 집이 구름에 닿아 열렸구나
오래 들어봐야 몸이 처음 이르름 알겠고
한 걸음에도 머리 아홉 번 돌리기 어렵구나
아득하구나, 어느 누가 어지러운 세상 피해
담담히 아무 것도 없는 곳 신령 누대 더럽혔나

최고운은 옛날 여기에서 신선으로 올라갔으니
불러 일으켜 한 잔 술 함께 할 길이 없구나.

終日披榛信馬來　　滿山樓閣接雲開
久聞始得身初到　　一步難堪首九廻
邈矣何人逃世亂　　淡然無物汚靈臺
孤雲40)昔此登仙去　　呼起無由共一盃

생각 없이 짓다
漫成

어린 나이 부지런히 옛 사람을 사모하여
장차 儒術을 가지고 국가 민중 위하려 했는데
지금처럼 강 마을 속에서 떠돌이 하면서
한결같이 세월에 맡겨 놓고 늙는 이 몸이라니.

早歲孜孜慕古人　　欲將儒術致君民
如今流落江村裏　　一任光陰老我身

지정 26년 3월 17일, 직장김 군필과 항상인이 우연히
함께 내방하여, 둘러앉아 시를 논하다 좋은 것을 얻으

---

40) 孤雲: 신라 崔致遠의 호. 孤雲 崔致遠이 만년에 가야산에 들어 소식이 없었다.
　　그래서 신선이 되어 갔다고 전한다.

면 문득 서로 읊으니, 즐거움이 지극하여 마침내 앉아 있는 곳에서 의자와 함께 땅에 떨어졌다. 두 사람이 붙들려 했으나 미치지 못하니 박장대소를 하였다. 이에 붓을 잡아 시를 지어 다음날의 웃음거리로 삼는다
至正 二十六年 三月 十七日 金直長君弼 恒上人偶同來訪 鼎坐論詩 得其佳處 輒相諷詠 喜樂之至 遂與所坐床俱墜 于地 二君救之不及 相與拍手 於是援筆題詩 以爲他日之 笑

복숭아꽃 흐드러져 정원 가득히 향기로운데
가랑비도 아른아른 하루해도 참 길구나
다행히 선생의 좋은 시구의 논평이 있어서
높은 읊조림에 의자에서 떨어지는 것도 몰랐네.

桃花爛漫滿園香　　　小雨濛濛日正長
賴有先生論好句　　　高吟不覺誤飜床

병진년 구월 구일, 박소윤과 술을 마시다
丙辰年 九月九日 與朴少尹飮酒

영화 치욕 뜨고 잠김이 어찌 기약이 있겠나
술잔 들고 시를 읊는 것만 같지 못하지
좋은 계절 이르는 곳마다 그대 맞아 취하지

녹이 많은 그 누가 나와 즐거워하겠나
천 리의 파란 구름이 해를 가려 쓸쓸하고
일만 산의 누런 단풍은 가을을 당겨서 서글퍼
올해는 구월 구일을 넉넉히 맞았으니
뜰 밑의 차가운 꽃도 스스로 더디 피려 하네.

榮辱升沈肯有期　　　不如擧酒賦新詩
良辰到處邀君醉　　　厚祿何人與我嬉
千里碧雲含日慘　　　萬山黃葉控秋悲
今年剩得兩重九　　　籬下寒花開自遲

책 읽을 기름을 빌리다
借讀書油

열 다섯에 과거 마당에 노닐어
살아감이 글귀 책에 매달리다
어물어물 항시 말을 하려 하고
외우고 읽다 잠을 이루지 못한다
가을 다했으니 반딧불도 없고
겨울은 와도 아직 눈 내리지 않아
이웃집도 조금 멀리 있어서
벽을 뚫어도 불빛 끌기 어려워.

十五遊場屋　　　生涯寄簡編
囁嚅常欲語　　　誦讀不能眠

秋盡無螢夜　　　　冬回未雪天[41]
隣家稍相遠　　　　鑿壁[42] 火難牽

강릉 가는 길에
江陵 途中

파란 물결 곧은 길에 나무 그늘도 성글은
일만 폭의 붉음 푸름 구월 달도 초순인데
수레 탄 길손 차림은 오히려 멋이 있어
좋은 곳 만날 때마다 문득 수레 멈추다.

碧波修路樹陰疎　　　　萬幅丹靑九月初
乘駟行裝還有味　　　　每蓬佳處便停車

깃발은 너울너울 바다 물결 비추니
파도에 놀란 자고새 해당화에 키질한다
백사장 푸른 대나무 모래 섬 가에는
이것이 바로 松喬의 제자 집인가 의아해.

旌施央央照海波　　　　鷓鴣驚簸海棠花
白沙翠竹汀洲畔　　　　疑是松喬[43] 弟子家

---

41) 無螢夜 未雪天: 옛날 車胤이라는 이는 여름에는 반딧불에 책을 비추어 읽고 겨
　　울엔 눈빛에 책을 읽었다 했으니, 여기서는 이러한 반딧불도 눈도 없어 글읽기
　　가 어렵다 해서 한 말임.
42) 鑿壁: 漢의 匡衡이 어려서 가난하여 촛불을 얻지 못하니, 이웃집의 벽을 뚫어
　　그 불빛을 당겨 책을 읽었다 함. "鑿壁偸光"은 어렵게 공부하는 표본을 말함.

산에 의지하고 바다 접한 여나문 마을에
한없이 기묘한 경관에 곳곳에 누대
어찌하면 백옥 선녀 서넛을 함께 해서
봄바람 가을달에 한가한 놀이 읊을까.

依山傍海十餘州　　　　無恨奇觀處處樓
安得玉人44)三四輩　　　　春風秋月賦閒遊

9월 16일에 통주의 이사군과 삼일포에서 배를 띄웠다.
때마침 비도 개고 산 빛도 영롱하며 호수 빛도 깨끗하
니 인간 세상이 아닌 듯하다. 술에 취하여 사선정 기둥
에 쓰다(이사군은 李詹)
九月旣望　與通州李使君泛舟遊於三日浦　時方雨晴　山色葱
籠　湖光瀲灩　顧非人世也　酒酣題四仙亭柱上(李詹)

서른 여섯 봉우리에 가을비도 개어
신선 경계 한 구간이 십분은 맑아졌구나
해 저물어도 가벼이 배 돌리지 못함은
단풍 언덕 솔 물가에 달 밝기 기다려.

三十六45)峯秋雨晴　　　　一區仙境十分淸
日斜未用輕回棹　　　　楓岸松汀待月明

---

43) 松喬: 신화 전설 속의 신선인 赤松子와 王子喬를 함께 일러 말함.
44) 玉人: 선녀의 비유.
45) 三十六: 대략 계산하는 말로 극히 많음을 指稱. 道家의 數詞에 자주 쓰인다.
　　'三十六宮'‘三十六天'‘三十六洞天' 등.

물 마음 정자〔水心亭〕 고요하고 세상 정은 희미해
구름 사이에 깃옷 신선을 부르는 듯하구나
다행히 지방 관장 마음이 달과 같아서
난간 기대어 종일토록 담담히 돌아가기 잊어.

水心亭靜世情微　　　彷彿雲間喚羽衣[46]
賴有使君心似月　　　倚欄終日憺忘歸

의주 동정에서 이원수 시운에
宜州東亭 李元帥韻

사신 재상이 바닷가 정자에 새로 시를 지어
바다 산 구름 사물들도 역시 정을 머금었구나
긴 성이 빙 둘려 군사 위용도 엄숙한데
오랑캐들은 한심스러이 북 나팔 울리네.

使相新題海上亭　　　海山雲物亦含情
長城邐迤軍容肅　　　胡虜寒心鼓角聲

만 리의 넓은 파도, 하나의 초막 정자
삭풍은 철령의 변방 정취 불러 일으켜
백년의 시랑이 호랑이 주둔했던 곳엔
예나 이제나 닭 울고 개 짖는 소리일세.

---

46) 羽衣: 새 깃으로 옷을 만들었다 하여 신선이 나는〔飛翔〕 뜻을 취하여, 道家에
　　서 道士를 代稱함.

萬里滄波一草亭　　　朔風吹起鐵關情
百年豺虎成屯處　　　依舊鷄鳴狗吠47)聲

사선정의 차운
四仙亭次韻

사선정이 가장 아름다워
사흘을 짐짓 더디 돌아가
뛰어난 경치 응당 견줄 데 없고
봄바람은 다시 불어옴 만나다
얼음 두드리며 돌 사다리 오르고
눈을 쓸어내 바위 이끼에 앉다
서른 여섯의 봉우리 그림 같아
술잔 멈추고 머리 다시 돌리다
붉은 잎 누런 꽃 구월의 계절
사선정 위에서 취해 시를 쓰다
오늘 다시 오니 사방이 얼음이라
파란 유리들이 하얀 유리로 변했네.

四仙亭最好　　　三日故遲回
勝景應無比　　　春風得再來

---

47) 鷄鳴狗吠: 닭이 울고 개가 짖는다 함은 사람살이의 평화로움을 상징함. 이 시
　　에서는 앞 구의 豺虎屯處라는 도적의 살벌했던 곳에 이원수가 와서 평화로웠음
　　을 상징적으로 쓴 구절임.

敲氷攀石磴　　　掃雪坐岩苔
六六峯如畫　　　停盃首更回
赤葉黃花九月時　四仙亭上醉題詩
今日重來氷四合　碧琉璃化白琉璃

화녕부 희우루에서 차운하다
和寧府喜雨樓次韻

구월의 변방 성곽엔 눈 올 뜻 희미하고
누대 올라 술잔 들고 가는 구름 바라보다
동남쪽 들이 트였으니 주렴이 걷혔고
서북쪽 산은 높아 그림 기둥이 나는구나
싸늘한 가을빛은 변방 햇살을 머금었고
텅빈 바다 기운은 숲의 아지랑이에 섞였다
시선에 드는 천리 밖 농사 일 풍족하니
옛날의 강경했던 이도 거의 잘못 후회했지.

九月邊城雪意微　　登臨擧酒看雲歸
東南野闊珠簾捲　　西北山高畫棟飛
慘淡秋光涵塞日　　空濛海氣雜林霏
望中千里農桑富　　疇昔强梁48) 幾悔非

---

48) 强梁: 굳세고 힘이 있음. 武勇. "물을 끊는 나무가 다리(梁)이고, 기둥을 바치
　　는 나무가 도리(梁)이라서 이르게 됨. '强良' 또는 '彊良', '彊梁'이라고도 함.
　　이 시구는 앞의 평화스러운 농촌과 대비하여 국경의 강한 군사들도 이 평화스
　　러움에 자신들의 군사적 행위가 잘못임을 알았을 것이라는 暗喩이다.

임자년 구월, 소주성 아래에서 느낌이 있어
壬子九月 蘇州城下有感

가랑비 부슬부슬 주막 깃발 적시고
강 언덕 누각에는 배 더디 띄운다
동에서 온 만 리에 물을 사람도 없으니
龍巒山 돌아보며 또 기약을 어기다.

小雨聯綿濕酒旗	夾江樓閣解船遲
東來萬里無人問	回首龍巒又負期

밤에 양자강에 정박하다
夜泊楊子江

달 가득한 장강에 가을밤도 맑아
남쪽 언덕 배 매고 조수 돋기 기다리다
쑥대 창에 졸음 깨어 어느 곳인가 했더니
오색 구름 깊은 곳에 바로 제왕의 성일세.

月滿長江秋夜淸	繫船南岸待潮生
蓬窓睡覺知何處	五色雲深是帝城

달가와 함께 고향의 승려 오상인을 보내다
同達可 送鄕僧悟上人 歸金陵

바다 건너 불이문을 찾아와서는
백두로 장산의 구름에 높이 누웠다가
강남에서 나그네 된 봄바람 속에
차마 누대 올라 다시 그대 보낼 수 있나.

度海來尋不二門　　　　白頭高臥蔣山雲
江南爲客春風裏　　　　可忍登樓更送君

윤주 감로사의 다경루시에 차운함
潤州甘露寺 多景樓次韻

놀이에 지쳐 다시 이 누대에 오르니
하늘 트이고 바람 잔잔하여 가을 되려나
남과 북 산과 강에 구름이 절로 일고
예나 이제의 흥하고 망함에 물만이 흘러
전당에서 천 년 전의 문물 상상해 보고(양무제의 고도)
옥 피리 부니 만 리 길 수심이 돋아난다
다행히 높은 승려 惠遠 같은 이 있어
석양에 돌아가며 다시 머리 돌려 보다.

倦游聊復此登樓　　　天豁風微意欲秋
南北江山雲自起　　　古今興廢水空流
錢塘想見千年物　　　玉笛吹笙萬里愁
賴有高僧如惠遠　　　夕陽歸去更回頭

또하나
又

강물은 아득하고 새는 날아 돌아오고
하늘 가까워 구름 안개 손에 잡힐 듯
비로소 알겠다, 이 누대의 값없는 보배
시선 안이 모두가 그림 되어 보임일세.

江流漠漠鳥飛還　　　天近雲霞手可攀
始信此樓無價處　　　望中相作畵圖看

금산사
金山寺

강 중앙에 우뚝 솟은 일만 길나마
문득 하늘 대궐이 허공에 걸렸나 의아해
아른아른 탑 그림자는 조수 밀린 뒤이고
은은한 종소리는 해가 지는 처음일세

북쪽엔 누대 높아 구름이 빙 둘렸고
중원은 길이 멀어 나무만 성글었구나
조각배 몇 차례 문 앞을 지나가도
창가의 스님은 경각간에도 머물지 않다.

屹立江心萬丈餘　　　却疑天闕跨淸虛
粼粼塔影潮生後　　　隱隱鍾聲日落初
北固樓高雲繚繞　　　中原路遠樹扶疎
扁舟幾度門前過　　　未得窓僧頃刻居

기주를 지나다 시백기판관에게 주다
過沂州　贈施伯起判官

만 리 동으로 온 나라
수레 기수 가에 멈추다
나의 나그네 괴로움 위로하며
그대 판관의 현명함 감사하네
홀을 잡으니 산이 그림 같고
거문고 타니 하루가 일년에 해당해
曾點의 목욕을 하려고 바라지만
온천을 물어 볼 겨를도 없구나(기수 북쪽은 모두 온천이다).

萬里東歸國　　　停車沂水邊
慰予行客苦　　　感子判官賢

柱笏⁴⁹⁾ 山如畵　　　彈琴日抵年
欲希曾點浴⁵⁰⁾　　無暇問溫泉 (沂水北地皆溫泉)

길 가다가
途中

밤에는 모기에게 괴롭고 낮에는 등에에게
사람 물고 말도 물어 피가 흐늘흐늘하구나
풀섶은 깊고 샘 마르고 더위 불과 같으니
누가 알랴, 요동 땅 유월의 나그네길을.

夜困飛蚊晝困蝱　　　嘬人咬馬血盈盈
草深泉渴炎如火　　　誰識遼東六月行

---

49) 柱笏: 柱자는 拄자의 잘못임. '拄笏'은 '拄笏看山'의 준 말. 〈世說新語〉에 "王徽
之가 桓溫의 參軍이 되었는데도 전혀 공무에 힘쓰지 않으니, 하루는 桓溫이 王
徽之에게 '그대가 관부에 오래 있었으니 요즘은 정치 요리를 할 수도 있지 않
나' 하니, 처음에는 대답도 없이 똑바로 올려보다가 笏로 뺨을 치면서 '서산을
아침에 지나오는데 확실히 상쾌한 기분이 있습디다(西山朝來 致有爽氣)'였다."
하였다. 이후로 "拄笏看山"이 관리로 있으면서 한가한 흥취가 있음을 말하게 되
었다.

50) 曾點浴: 공자가 제자들에게 희망을 물었는데, 曾點이 "어른 대여섯과 어린이
서넛으로 沂水에 목욕하고 기우제 터에서 춤추고 돌아왔으면 좋겠다 하였다"
공자는 "나도 너를 따르겠다" 하였다.

원주의 하공 정성이 서울로 가니, 도경의 감상인이 사
모하여 시로 보내 오다. 하공이 그 시의 운을 나누어
고관들에게 지어 올리고 제공들도 지었다. 내가 달가와
마침 강남에서 돌아 왔는데 하공이 짓기를 청하고 南자
를 얻어 소시 두 수를 짓다(박공 상충이 서를 쓰다)
原州　河公政成上京　道境鑑上人思慕之餘　以詩見寄　河公
分韻其詩　爲贈縉紳諸公皆賦　予與達可方回自江南　河公請
賦得南字　作小詩二首(朴公尚衷序之)

치악산 속에서 초가집을 짓고
일천 봉우리 적적하여 안개에 잠겼다
하공이 간 뒤로는 민요가 두루 퍼져
역시 산승으로 하여금 소남을 짓게 했네.

雉岳山中結草菴　　　　　千峯寂寂鎖煙嵐
河公去後謳謠遍　　　　　且使山僧賦召南[51]

흰 구름도 깊은 곳에 작은 암자
도경과 속세에는 파란 아지랑이로 막혔구나
선창의 한가로운 기미 알려 한다면
둥근 바퀴 가을달이 시내 남쪽에 있네.

白雲深處小卍菴　　　　　道境人寰隔翠嵐
欲識禪窓閑氣味　　　　　一輪秋月在谿南

---

51) 召南: 〈詩經〉 國風의 편명. 周나라가 岐周의 땅을 나누어 周公과 召公에게 주었
　　다. 이 시들은 소공의 치하에 있던 남방 제후국들의 민요를 채집한 것이다.

대제 권근의 집 홍도에 친구들의 운에 따라
權近待制家紅桃 用儒朋韻

한 가지의 소상강 복숭아 아리따워
의연히 阿嬌를 대하는 듯하네
비 뒤에는 이슬 무거울까 염려되고
햇살 따뜻해 봄도 넉넉히 얻었다
섬섬옥수 물들이기에 적합하고
구름 머리에 꽂아 불타는 듯하네
난간에 기대 감상하기 만족하니
사신들 선전의 부르심에 보답하네.

一樹緗桃嫩	依然對阿嬌52)
雨餘嫌露重	日暖得春饒
玉手捼應染	雲鬢揷欲燒
倚欄看未足	中使報宣招

병 중에
病中

해마다 봄이면 병으로 누워
문을 닫으니 손님도 드물어
나라 보답 참으로 힘이 없고

---

52) 阿嬌: 漢武帝의 陳皇后. 또는 일반적으로 기녀나 총애 받는 여인을 지칭함.

어버이 생각에도 아직 가지 못해
산 푸르니 꽃도 풍성하고
강 파라니 버들은 하늘하늘
어느 날 黃驪의 마을에서
고기 잡고 또 고사리 캘까.

年年春臥病　　　　門掩客來稀
報國誠無力　　　　思親尙未歸
山靑花菁菁　　　　江碧柳依依
何日黃驪縣　　　　叉魚又採薇

소식 전하며
有寄

천 리의 서로 생각에 달도 함께 밝고
처마 곁 높은 나무엔 이슬도 맑구나
머리 돌리니 아득히 아지랑이밖에는
홀연히 남으로 나는 기러기의 외마디.

千里相思共月明　　　　傍簷高樹露華淸
回頭縹緲煙霞外　　　　忽有南飛雁一聲

산으로 가는 스님을 보내며
送僧入山

푸른 산 일만 구비 흰 구름은 깊어
석장 표연히 날려 이 마음 가다듬다
선사가 주로 머물려 하는 곳 알려면
달 밝고 바람 잔잔한 줄 없는 거문고이지.

靑山萬疊白雲深　　　振錫飄然鍊此心
欲識禪師存主處　　　月明風細沒絃琴

충주 한판관에게 부치다
寄忠州 韓判官

봄바람에 필마로 충주를 지나니
가는 버들 아른아른 부드러이 희롱하다
상상컨대, 우는 꾀꼬리 숨지 못하리니
몇 사람이나 한강 어구에서 꺾어서일까.

春風匹馬過忠州　　　細柳依依弄煞柔
想見嘯鶯藏不得　　　幾人攀折漢江頭

야당 허금에게
寄許野堂 錦53)

황려현에 높이 누워 흥도 여유가 있으니
강과 산도 광기 거친 한 사람 배척치 않다
조용히 몸이 맞도록 늙기에 적합하니
이미 어옹과 더불어 고기 낚기 짝했네.

高臥黃驪興有餘　　　江山不斥一狂疎
從容耐可終身老　　　已與衰翁伴釣魚

자안 이숭인에게 부치다
酬子安見寄次韻(李崇仁)

멀리 이별 한 해 이미 막혔으니
서로 생각 한스러움도 많구나
어리석음 고쳐도 다시 그렇고
가난과 졸렬에 딴 것 알지 못해
흠뻑 마심이 세상사 잊음이고
길이 읊음이 이에 마땅한 노래
궁하고 통달 거기 운명 있으니
어긋난다 해서 탄식할 필요 없지.

---

53) 許錦: 고려(?-1388)의 문신. 자는 在中, 호는 埜堂.

遠別年仍隔　　相思恨更多
砭愚聊復爾　　艱拙莫知他
痛飮眞忘世　　長吟乃當歌
窮通渠有命　　未用嘆蹉跎

발길 돌리자 사귀는 정도 바뀌니
머리 돌리면 지난 일도 아득해
문득 한갓 잘난 체 했음 부끄럽고
떳떳한 주견 없음 깊이 한스럽구나
밝은 달에는 피리 소리 듣기가 좋고
긴 강가엔 홀로 누대에 의지하다
친구는 항시 생각 속에 있지만
어느 날에 우리 고을을 지날 것인가.

旋踵交情改　　回頭往事悠
却慙徒骯髒[54]　　深恨未伊優[55]
明月宜聞笛　　長江獨倚樓
故人常在念　　何日過吾州

---

54) 骯髒: 잘난 체하여 굴하지 않는 모양.
55) 伊優: 말에 논리가 없이, 남의 意見에 迎合하려는 사람.

연탄 위에서 달가에게
燕灘上 寄達可

강 머리 봄 물은 참으로 출렁출렁
낚시대로 한가이 읊는 버들 그림자 속
서로의 생각 천 리의 글자 보내려 해도
문득 한 쌍의 잉어도 통달하지 못할까 염려돼.

江頭春水正溶溶	把釣閑吟柳影中
欲寄相思千里字	却嫌雙鯉未能通

지난 해 가을 바람에 한 번 이끌림 놓친 후로
몇 차례나 밝은 달 강 다락에 가득 했었나
어느 때 한 번 웃음으로 다시 만나 보게 될까
강풀만 더부룩하게 수심을 부르는 듯하니.

去歲秋風一解携	幾回明月滿江樓
何時一笑重相見	江草萋萋似喚愁

규헌 권주선생에게
寄葵軒56)先生(權鑄)

일평생의 궁하고 통달함은 하늘에 부쳐 두니
어렵고 졸렬한 강 마을에도 온갖 잡념이 비었다

---

56) 葵軒: 고려말의 서예가 權鑄(?-1394)의 號. 字는 希顔.

햇살 길어도 띳집에는 사람 오지 않아
다시 경전을 찾아서 아이들을 가르치다.

一生窮通付蒼穹　　　艱拙江村萬慮空
日末茅茨人不到　　　更尋經籍敎兒童

누대 위의 차운, 국헌 상국에게 올림
樓上次韻 奉呈菊軒相國

봄바람에 끝없는 나그네의 시름
반나절 머무른 현인들 다 흩어가다
문득 한스러움은, 누대 아래 물이
출렁출렁 넘실넘실 서쪽 향해 가다.

春風無限客中愁　　　散盡賢侯半日留
却恨不如樓下水　　　溶溶漾漾向西流

삼척의 심중서가 시로써 부쳐 와 차운하여 올림
三陟沈中書以詩見寄 次韻奉呈

일찍이 갈매기와의 맹세 바다에서 늙자 하였으니
일평생의 가고 멈춤이 다시 표연했구려
공명이나 부귀란 모두가 한가로운 일이라
버려둔 것이 진작 껍질 벗은 매미이지요.

早與鷗盟老海天　　　一生行止更飄然
功名富貴渾閑事　　　棄置曾同脫殼蟬

시선 안의 외로운 새는 긴 하늘로 숨고
한 점의 봉래 신선산은 아득히 막혀 있다
가장 사랑스러움은 그대 집엔 젓대가 많으니
만약 이웃과 함께 우는 매미 물음이 어떨까.

望中孤鳥沒長天　　　一點蓬萊隔渺然
最愛君家多笛竹　　　若爲隣竝瘂含蟬57)

우연히 쓰다
偶題

저녁에는 넓은 강 달을 낚고
아침에는 푸른 들 구름을 갈다
홀연히 서울 수레 꿈에 놀라니
아직도 스스로 임금 잊지 못했구나.

暮釣滄江月　　　朝耕綠野雲
忽驚京輦夢　　　猶自未忘君

---

57) 瘂含蟬: 未詳. 혹 '含'이 '吟'의 誤字로 보아 '읊는 매미를 묻는다' 하여 그대의
대피리가 매미의 울음보다 낫다는 의미로 해석될 수 있을까 하는 조심스러움이
다. 여하튼 석연치 못한 점이다.

단암에게 올림
呈丹嵓

잡목 헤치며 길 찾아 단암을 찾으니
솔과 대 그늘 속에 하나의 작은 암자
사흘을 머물러도 오히려 만족하지 않아
꿈결에도 응당 파란 아지랑이 맴돌겠네.

披蓁覓路訪丹嵓　　　松竹陰中一小菴
三日留連猶未足　　　夢魂應繞翠煙嵐

송계의 하원에서
松溪下院

일천 바위 쌓인 눈이 바람에 긴장되어
일만 구렁 층층의 구름에 해도 더디 돋다
애석하구나, 산 마을 백성은 아직도 흙에 묻혀
채소 국 나물밥으로 배고픈 아침을 달랜다.

千巖積雪風吹緊　　　萬壑層雲日出遲
可惜山民猶土着　　　荣羹蔬飯慰朝飢

병진년 칠월 예규대로 서울로 가다 한강정에서 쓰다
丙辰 七月 隨例赴京 題漢江亭

한강정 위에서 생각도 아득아득
구름 사물 산 강에 또 하나의 가을
옛날 가고 지금 오는 것도 꿈과 같으니
올라와서는 강 갈매기에 부끄러워 어쩌지.

漢江亭上思悠悠　　　雲物山川又一秋
昔去今來還似夢　　　登臨愧煞　水中鷗

원흥주지에게 희롱 삼아 주다
戲寄元興住持

매죽헌 누대 앞에 달만이 밝으니
도인의 마음 바탕이 얼음처럼 맑구나
세상의 온갖 일이 모두 쓸 데 없어도
다만 維摩詰의 법 있어 기쁨의 정일세.

梅竹軒前月獨明　　　道人心地似氷淸
世聞萬事渾無賴　　　只有維摩法喜情

달가(정몽주)에게 부치다
寄達可

여윈 말 피곤한 아이와 영주로 향하여
한 잔의 술로 해 묵은 수심 씻으려 하다
산 넘고 물 건너 어려이 관문에 다다라
버들 묻고 꽃 찾아 정처없이 노닐다
무협에 구름 깊으니 넋은 아득하고
낙천에 고기 끊겼으니 한은 유유하구나
돌아와 머리 뽑으며 오히려 서로 기다리려니
달 가득한 긴 강에 홀로 누대에 의지하다.

瘦馬疲僮向永州　　一尊將洗隔年愁
穿山凌水艱開到　　問柳尋花放浪遊
巫峽58)雲深魂杳杳　　洛川59)魚斷恨悠悠
歸來矯首猶相待　　月滿長江獨倚樓

壽郡에서 약속을 어기고
商山에서도 또 기약을 어겼네
멀리 이별하기 어려움 알지 못하고
괴로운 생각만을 허비하고 있구나

---

58) 巫峽: 長江 三峽의 하나. 전국시대 宋玉의 〈高唐賦〉에 楚襄王이 雲夢의 臺舘에
　　노닐었던 일을 기록하면서, 楚懷王이 꿈에 巫山 선녀와 노닌 일을 말하였다.
　　그 뒤로 "巫峽"은 남녀가 조용히 만나는 일을 일컫게 되었다.
59) 洛川: 洛水. 낙수의 여신이 유명함. '洛神'이라 하기도 한다. 낙신은 곧 '宓妃'
　　이니, 曹植의 〈洛神賦〉가 유명하다.

달을 대하여 함께 술을 기울이고
꽃을 보며 함께 시를 짓는다
평생에 통쾌한 일도 많건만
일을 저버린 지 이미 많은 시간일세.

壽郡曾違約　　　　商山又失期
未知難遠別　　　　虛費苦相思
對月同傾酒　　　　看花共賦詩
平生寬快事　　　　事負已多時

丹嵒과 하루 밤 차 끓이자 약속해 놓고
다만 豊干이 된 것이 곳곳에 많구나
일찍이 그대 말에 믿기가 어려움 알았다면
말을 돌려서 그대 집으로 간 것만 못해.

丹嵒一夜約烹茶　　　　只爲豊干[60]處處多
早識君言差未信　　　　不如四馬到君家

말 한 필로 남쪽 나라 노닐어도
어찌 그대 보지 않으리라 기약했나
사람살이 뜻을 잃음이 많아
머리 돌려 만산의 구름을 보다.

匹馬游南國　　　　何圖不見君
人生多失意　　　　回首萬山雲

---

60) 豊干: 중국의 승려. 원래 天台山의 國淸寺에 있다가 만년에는 서울에 들어 교
　　화를 펴, 사대부들이 그를 경례하였다. 寒山 拾得을 길러냈다.

벗을 사랑하기 나만한 이도 없고
마음 알아주기 오직 그대가 있지
봄 바람이 동해 바다 위에 부니
손을 이끌고 진홍 구름을 밟다.

愛友無如我　　　知心獨有君
春風東海上　　　携手踏紅雲

청주 판관이 전주로 근친 간 시권에 차운함
次韻清州判官覲省全州詩卷

가을 바람 다섯 필 말로 비단 입고 고향에 가
수를 받치는 고당 앞엔 색동옷이 빛난다
술 가득한 황금 술잔은 물결 잔잔하고
노래 이는 호화한 집은 울림이 어떠할까
즐거움은 바로 完山 아래에 흡족하고
취한 술도 금강의 물가에서 처음 깨다
머리 돌리니 아득한 이별의 여한에
흰 구름은 땅에 나직하고 눈에 꽃이 피리.

秋風五馬錦還家　　　獻壽堂前綵服華
酒滿金尊波瀲灔　　　歌起畫屋響那何
歡娛正洽完山下　　　酩酊初消錦水涯
回首綿綿離別恨　　　白雲低地眼生花

사람살이 도처에 취할 만한 집이 있으니
어찌 문장을 가지고 나라 빛내려 해야 해
이미 밭 언덕을 찾아 桀溺을 찾았고
다시 강 바다를 따라 詹何를 찾다
높은 재주 빛나고 빛나 광채가 많고
큰 도량은 넘실넘실 끝이 없구나
상상컨대, 풍류 노래로 노는 벼슬자리엔
술잔 앞의 분칠한 얼굴들 꽃처럼 찬란해.

人生到處醉爲家　　　　安用文章占國華
已向田原尋桀溺[61]　　　更從江海覓詹何[62]
高材赫奕多光焰　　　　大度汪洋絶涘涯
想見笙家遊官地　　　　尊前粉面爛如花

충주의 제군들이 수창한 시에 차운함
次忠州諸君酬唱詩韻

모든 것이 백성에게 다가감이 제일의 흐름이니
높은 풍모 웅장한 절개 그 기개 가을로 비꼈다
스스로 흘러 떨어져 분간이 없을까 두려워

---

61) 桀溺: 春秋시대의 隱者. 일반적으로 은자의 泛稱으로 쓰임. 〈論語, 微子〉에
　　"長沮 桀溺耦而耕 孔子過之 使子路問津焉"이라 함이 있다.
62) 詹何: 戰國시대의 哲學家. 전하는 말에 "詹何가 수레에 가득할 만한 큰 고기를
　　낚아도, 낚싯줄이 끊기지 않고 낚시가 펴지지도 않고 낚시대가 휘지도 않는다"
　　하여, 낚시를 잘하는 典故로 삼는다.

승려들의 창에서 촛불 밝혀 노닒 함께 못하다.
(위는 충주 군수에게)

摠是臨民第一流	高風壯節氣橫秋
自嫌流落仍無分	未共僧窓秉燭游

(右呈淸州倅)

나무는 구름과 어울려 깊어 푸른빛이 흐르고
발을 거문고 누대에서 걷으니 여름도 가을일세
왜 꼭 일천 산이 에웠다 하여 괴로워하랴
준마 타고 때때로 골 밖을 나가 노니는데.
(위는 단양 군수에게)

木合雲深翠欲流	捲簾琴閣夏猶秋
何須苦厭千山擁	乘駟時時出谷游

(右呈丹陽守)

한 잎의 조각 배 푸른 흐름을 거슬러
두 해를 일 저버린 붕어 살찐 가을
알겠다, 그대 두 언덕에 명승지가 많으니
모름지기 봄바람 맞아 술 싣고 노닐세.
(위는 최전주에게)

一葉扁舟漾碧流	二年事負鯽魚秋
知君兩岸多奇勝	須辦春風載酒游

(右呈崔全州)

옛날 서경에는 특별한 승경이 있어
석양의 새로운 노래 온 산의 가을이지
지금 적적한 강 마을 속에는
쓸쓸히도 나를 불러 노닐 사람 없구나.
　　　　　　（위는 황영광에게）

憶昔西原別勝流　　　夕陽歌斷萬山秋
如今寂寞江村裏　　　怊悵無人喚我游
　　　　　　　　（右呈黃靈光）

한 곡조 비파 소리에 두 눈물 흘리니
서로 생각함이 어찌 삼년만 되랴
서원의 땅은 중원 고을과 닿았으니
다만 원하건대, 낭군은 항시 취해 노소.
　　　　　　（위는 청주 판관에게）

一曲琵琶雙淚流　　　相思奚啻曰三秋
西原地與中原接　　　但願郎君每醉游
　　　　　　　　（右呈淸州判官）

안밀직을 축하하여
賀安密直

아버지 높은 벼슬에 들고 아들은 대언이니
한 시대의 영화와 총애가 높은 가문에 속해

근재선생의 공업이 끝없이 전하니
구름으로 내리는 자손이 꼭 있음을 믿겠다.

父入鴻樞63) 子代言64)   一時榮寵屬高門
謹齋65) 功業傳無極   須信雲來66) 必有孫

박간의에게 부침
寄朴諫議

버들 그늘 단풍 그림자가 강에 가득한 가을
한 곡조 뱃노래에 한 잎의 조각 배
낚시 끝나자 돌아와도 사람들 적막하니
달은 밝아 오히려 백구의 물가에 자다.

柳陰楓影滿江秋   一曲漁歌一葉舟
釣罷歸來人寂寞   月明還宿白鷗洲

---

63) 鴻樞: 鴻은 鴻臚寺와 樞는 中樞院을 합쳐 이른 듯, 곧 높은 벼슬자리를 지칭
    함.
64) 代言: 고려시대 密直司의 제 3품. 왕명의 出納을 맡았다.
65) 謹齋: 고려의 문신 安軸(1287-1348)의 號. 字는 當之. 安密直은 그의 후손임.
66) 雲來: 구름처럼 멀리 이어지는 자손을 말함. '雲仍'이라 함.

서원의 최주판에게 희롱 삼아 부치다
寄西原崔州判爲戲

여강 강가의 누대에서 하루를 머무는데
가을 바람이 하늘하늘 神州에서 불어오다
응당 비단 창가를 불려 지나리라 이해하니
아리따움이 풍족한 두 곳의 근심을 보는 듯하네.

一宿驪江江上樓　　　秋風嫋嫋自神州
了應吹過紗窓畔　　　似見嬌饒兩地愁

희안 어른께 올리는 두 수
呈希顏[67]丈 二首

땅이 궁벽하니 들리는 일도 없고
가을 그늘은 쉽게 저녁때가 된다
이 마음을 누구와 말할 수 있나
홀로 앉아 있는 깊은 밤의 비일세.

地僻事無聞　　　秋陰日易暮
此心誰與言　　　獨坐夜深雨

---

67) 希顏: 고려말의 서예가 權鑄(?-1394)의 자. 호는 葵軒. 앞의 주 56) 참조.

延昌과 驪江이
서로의 거리가 백 리도 안 되지만
한 번 이별에 열에 열 날이니
산림에 역시 끌리는 일이 있는가.

延昌68) 與驪江　　　相去無百里
一別十旬餘　　　山林亦牽事

원주목사에게 부치다
寄原州牧使

치악산은 높고 가을비도 개었는데
누대 올라 동으로 바라보니 구름이 돋다
누런 꽃 붉은 잎 시냇가 길에는
말쑥한 신선 관원 말에 맡겨 가고 있다.

雉嶽山高秋雨晴　　　登樓東望看雲生
黃花赤葉溪邊路　　　瀟灑仙官信馬行

---

68) 延昌: 경기도 竹山縣의 딴 이름.

희롱삼아 강릉의 이부사에게
戱寄江陵李使君

五袴歌의 노래 소리 곳곳에 드날렸으니
3년 동안 관인을 차고서 강릉에서 취했네
봄바람도 이별을 애석해 하는 산간의 길에는
붉은 단장의 아름다운 여인 구슬 눈물 엉기네.

五袴歌[69] 聲處處騰　　　三年佩印醉江陵
春風惜別丘山路　　　紅粉佳人玉筯[70] 凝

어은선생 동정상공에게 올림(염흥방)
呈漁隱先生東亭相公(廉興邦)

강머리 늙은 버들에 고기 배 매었는데
해 저문 드넓은 물결 출렁출렁 흐른다
머리 돌린 용문산은 아지랑이 막막하니
金沙 땅 어느 곳에서 다시 누대 오를까.

---

69) 五袴歌: 五袴謠. 五絝와 같음. 〈後漢書, 廉范傳〉에 "염범이 建初중에 蜀郡태수
　　가 되었다. 국법이 옛부터 밤에는 작업을 못하게 하여 화재를 예방하였다. 그
　　러니 백성은 몰래 불을 피게 되고 이로 인해 화재가 더 있었다. 염범은 이 법
　　령을 고치고 다만 물의 저장을 철저히 하게 하니, 백성이 편하여 이에 노래하
　　기를 '염범은 왜 늦게 왔나 불을 금하지 않으니 백성이 편안히 농사하네 평생
　　바지가 없더니 지금은 다섯 벌일세(廉叔度 來何暮 不禁火 民安作 平生無襦今五
　　袴)"라 하였다. 따라서 '五袴'를 지방 장관의 선정을 칭송하는 말이 되었다.
70) 玉筯: 눈물의 비유.

江頭老柳繫漁舟   日暮滄波袞袞流
回首龍門煙漠漠   金沙何處更登樓

듣건대 공께서 목란의 배 사시려 한다니
어느 날에나 돛을 올려 푸른 물 거스를까
좋은 경치 가을 산 빛을 다 보고 나면
다시 밝은 달을 맞아 강 다락에서 잡시다.

聞公欲買木蘭舟   何日揚帆泝碧流
窮覽勝山秋色好   更邀明月宿江樓

동정상공의 침류정시 네 수에 화답하여 여덟 수 짓되 차운함
奉和東亭相公枕流亭四絶 足成八首次韻

멀리 남쪽 나라 노닒이 이미 삼년이니
예천에서 깃발을 금사로 옮기셨구나
다행이 伊庵의 유적이 남아 있어서
枕流亭 위에서 책을 베고〔枕〕 눕다.

遠游南國已三年   移斾金沙自醴泉
賴有伊庵遺迹在   枕流亭上枕書眠

부귀와 공명이 젊은 나이에 있어서
옷을 떨친 오늘은 평지 샘에 누웠네

산 가득한 가을비를 바람이 불어가니
달도 하얀 남헌에서 이불 함께 잔다.

富貴功名在妙年　　　拂衣今日臥平泉
滿山秋雨風吹去　　　月白南軒共被眠

연못 파고 버들 심고 띳집 정자 지으니
푸르름이 아른아른 즐겨 개려 하지 않다
홀연히 은빛 누대 꽃과 달의 꿈을 깨치니
녹음 속 때때로 꾀꼬리 소리가 있구나.

鑿池裁柳構茅亭　　　蒼翠濛濛不肯晴
忽破銀臺花月夢　　　綠陰時有一鶯聲

나무 그늘 깊이 퍼져 시내 정자 걸치고
싸늘한 강과 들엔 장마비도 개였구나
달 희롱 바람 읊는 가을밤도 고요하니
난간 앞 흐르는 물도 절로 소리 죽이다.

樹陰深布跨溪亭　　　瀟灑江郊積雨晴
弄月吟風秋夜靜　　　檻前流水自无聲

꿈 영혼은 오히려 봉황 연못 맴돌지만
집을 묻고 밭을 구하려는 푸른 물가
구구히 성명 삼자 숨기려는 것 아님은
새나 물고기나 초목들도 이미 아는 일일세.

夢魂有繞鳳凰池[71]　　問舍求田碧水湄
不用區區藏姓字　　禽魚草木已曾知

더부룩한 봄 풀은 謝氏 집의 연못이고
잔잔히 맑은 가을 물결은 葛天氏의 우물일세
시의 멋 신선 풍채 모두 절로 얻었으니
들 정의 참다운 멋을 누가 있어 알겠나.

萋萋春草謝家池[72]　漾漾秋波葛井[73]　湄
詩味仙風俱自得　野情眞趣有誰知

조각 배 짧은 돛대로 사립문을 찾으니
비오는 밤 오히려 강가 마을이 혼미롭다
금사 땅이 어디냐고 물어 보았더니
등 하나 깜박이는 숲 건너 언덕이라네.

扁舟短棹疑柴門　　雨夜還迷水上村
爲問金沙何處是　　一燈明暗隔林原

거지 궁벽하여 띳집은 문도 두지 않은
긴 강의 서쪽 구비 하나의 외로운 마을
나그네 길이라 가을 흥이 많은 줄 아니
상수리 밤은 산에 흩어지고 곡식은 들판에 가득.

---

71) 鳳凰池: 궁정이나 秘苑 안의 연못.
72) 謝家池: 南朝때 宋나라 謝靈運의 집 연못으로 후대에 시인의 집 연못을 泛稱하
　　는 말이 되었다.
73) 葛井: 葛天氏의 우물이란 말일 듯. 葛天氏는 고대의 전설적 제왕으로 無爲의
　　다스림을 했다 함.

地僻茅茨不置門　　長江西曲一孤村
客中秋興知多少　　芋栗漫山稼滿原

원통사에 쓰다
題圓通蘭若

산마루에 절도 자그마한데
구름 창에서 하루 밤 자다
달 밝아 종소리도 끊겨
세간과 이 몸 둘 다 망연해.

山頂招提[74]小　　雲窓一夜眠
月明鍾聲絶　　身世兩茫然

흥법사에서 자며 하렴사 륜에게 부치다
宿興法寺 寄河廉使 崙

화려 누각 침침하고 풍류 가락 울리니
한 잔 술 서로 권하며 이야기 이어지다
돌아와 열어 젖힌 승창의 아래에서
홀로 찬 등불 대하니 하루 밤이 한 해인 듯.

---

74) 招提: 원래 사방의 승려를 통칭하는 말로, 사방의 승려가 머물 수 있는 승방을
　　말함.

畫閣沈沈奏管絃　　　一盃相屬話纏綿
歸來衍閴僧窓下　　　獨對寒燈夜似年

김군필선생에게 답함
酬金君弼先生

조각 배 이미 떠나 안개 강에서 낚시하니
날마다 서로 따르는 백로 한 쌍
홀연히 옛친구의 시 한 수가 있어
소리 내어 읊다 다시 쑥대 창에 기대다.

扁舟已分釣煙江　　　日日相隨白鷺雙
忽有故人詩一首　　　朗吟時復倚蓬窓

양헌 부원군에게 올리다
上陽軒府院君

장강으로 내려가 백구와 짝하려 하여도
돈이 없으니 목란주를 사지 못하네
어느 때 다시 양헌 노인을 만나 뵙고
연경에서 노닐던 옛날을 실컷 들을까.

欲下長江趁白鷗　　　無錢未買木蘭舟75)
何時更謁陽軒老　　　飽聽燕都昔日遊

큰 눈에 정정과 함께 동정 상공을 뵙다(권호, 염흥방)
大雪 同靜亭謁東亭相公(權鎬 廉興邦)

옛친구의 집 푸른 강 서쪽에 있어
눈이 억누른 일천 산의 나무들은 나직하구나
늙은 말이 만약 옛 길을 알지 못했다면
침류정 가에서 바로 길을 잃었을 것이다.

故人家在碧江西　　　　雪壓千山樹樹低
老馬若非知舊道　　　　桃流亭畔定應迷

정정 권공에게 올림
上靜亭權公

봄바람에는 술을 차고서 꽃 사이에 앉고
겨울날에는 담요를 펴 눈 속으로 간다
오직 가을빛만은 눈으로 볼 수가 없기에
산 가득한 붉은 잎이 정을 머금은 듯하네.
(공이 아직 좋은 산의 가을 풍경을 보지 못했다 하기에 말함)

春風携酒花間坐　　　　冬日投氈雪裏行
唯有秋光看未得　　　　滿山紅葉似含情(公恨未見勝山秋景故云)

---

75) 木蘭舟: 배를 미화시켜 이르는 말.

박간의가 감귤을 보내오고 또 고당에 드리라는
말이 있어 감사한 나머지 이를 부쳐 웃으려 함
朴諫議以傳柑見惠 且有獻高堂之語 感謝之餘 寄此談笑

열 개의 서리 귤이 황금처럼 누러니
응당 이는 옥황의 자리에서 온 것이라
깨쳐서 헌수의 잔에 띄우니 향기 코를 찔러
동정호의 봄빛이 고당에 가득하다.

十枚霜橘似金黃　　　應是來從玉座傍
破泛壽盃香擁鼻　　　洞庭春色滿高堂

김부령이 중원에 더부살이하며 문서를 수찬하고 있어서
생각나도 만날 수가 없더니 먼저 시로 부쳐 와서 차운
하여 받들어 답함
金副令寓居中原 修撰文書 相憶未見 先寄以詩 次韻奉答

서로 바라보는 백 리의 좋은 산천을
오고 가는 풍류엔 흥이 호연할 텐데
스스로 부끄럽다, 한가로움이 게으름 되어
강을 거스를 일이 있어도 아직 인연이 없네.

相望百里好山川　　　來往風流興浩然
自愧閑中成懶慢　　　沿江有路未夤緣

족암상인이 남으로 간다기에 전라의 정염사와
전주의 이목사에게 부치다
足菴上人南行 寄全羅鄭廉使 全州李牧使

完山에는 경치 물색 새롭다 들었으니
매화가 눈 속의 봄을 독점했을 것이나
멀리 알겠다, 맑은 향기 속에 둘러앉아
관동 땅의 한 사람이 적다고 말하겠지요.

聞道完山景物新　　　梅花獨占雪中春
遙知鼎坐清香裏　　　說盡關東少一人

이미 벼슬 끈 버리고 일찍이 돌아와
띳집 세 칸이 강을 낮하여 열려 있구나
밝은 달이 뜰에 가득하니 공연히 쓸쓸한데
누가 나에게 매화 한 가지를 보내왔네요.

已抛珪組76) 早歸來　　　茅屋三間面水開
明月滿庭空悵望　　　何人寄我一枝梅

---

76) 珪組: 백옥의 홀과 관인의 끈. 곧 작위나 관직을 이르는 말.

충주 천림사에서 이찰방과 술을 마셔 크게 취하여
졸다가 깨어서 이를 짓다
忠州千林寺 與李察訪飮酒大醉因睡 覺而此作

여강의 고기잡이 벗들이 충주에 와서
한 곡조 가냘픈 노래에 온 시름 흩어지다
누가 기쁜 자리에 별다른 멋있음 이해하랴만
산에 사는 중은 쉽게도 놀이군을 내보내 주네.

驪江漁友到忠州　　　一曲纖歌散萬愁
誰會歡場殊有味　　　山僧容易出纏頭[77]

눈으로 억눌린 중원은 밤 기운이 맑았는데
친구들 서로 모여 다시 더 정이 많구나
취한 눈에는 그대 돌아감도 깨닫지 못해
오히려 비파가 있어 한 곡조의 소리일세.

雪壓中原夜氣淸　　　故人相會更多情
醉眼不覺君歸去　　　還有琵琶一曲聲

---

77) 纏頭: 고대에 가무의 예인들이 연희를 보이면 관객이 비단으로 답례하는 것을
　　‘纏頭'라 했다.

양양에 머물면서 안동부사 안중온에게 부치다
留襄陽 寄安東府使 安仲溫

한 번 화산 땅 이별함이 열 여섯 해
돌아오니 영혼 꿈이 다시 아득하구려
영호루 아래에서 응당 길을 잃으리니
모름지기 아이들 불러서 나 앞세워 가소.

一別花山[78]十六年　　歸來魂夢更茫然
映湖樓下應迷路　　須遣嬌童導我先

호수 위 오뚝한 누대 날개 펴 나는 듯
물가도 곱고 따뜻해 봄 날 같구나
달이 밝으면 꼭 난간 구비 의지하소
누군가 가인이 있어 옥피리 불 것이니.

湖上危樓翼似飛　　汀洲姸暖似春時
月明須倚欄干曲　　孰有佳人玉笛吹

미인의 족자에
題美人簇子

처마 머리 돋는 해가 청홍 누대 비추니
비취 빛 향내 발이 옥 갈고리에 오른다

---

78) 花山: 安東의 옛 이름.

화장 마친 미인이 웃음 머금고 서 있으니
온갖 봄빛도 일시에 부끄러워하는구나.

屋頭初日射紅樓　　　翡翠香簾上玉鉤
粧罷美人含笑立　　　百般春色一時羞

동정 상공을 뵈웠더니, 마침 법천사의 스님이 조각배에
술을 싣고 왔다. 밤 깊도록 실컷 마시고 동정이 시를
짓되, "작은 돛대 아지랑이 물결에 스님은 술을 싣고 /
저는 나귀 눈보라에 나그네는 시를 읊다 / 서로 만난
하루 밤 정도 끝이 없어 / 다시 방초의 시절에 바위 오
르자 약속하다." 하였다. 나도 차운하다

謁東亭相公會法泉　僧以扁舟載酒而來　夜深痛飮　東亭有詩
云　短棹煙波僧載酒　寒驢風雪客吟詩　相逢一夜情無極　更
約仰嵒芳草時　予亦次韻

산 속에서 처음 익은 도연명의 술이요
못 위에서 한가히 읊는 사령운의 시일세
작은 돛대 저는 나귀 모두 속되지 않으니
천천히 방초 찾을 때는 바로 언제일까.

山中初熟淵明酒　　　池上閑吟靈運詩
短棹寒驢俱不俗　　　緩尋芳草定何時

다음 날, 법천사의 스님과 돌아오며 말에 맡겨 놓고 취해
졸았더니, 말이 저절로 강에 가까워 길이 잘못됨을 깨닫
고 크게 웃었다. 인해 한 수를 지어 동정에게 올리다
明日 與法泉僧回 委轡醉睡 馬自近江 覺而迷路 相與大噱
因有一絶 奉獻東亭

조각배로 이별의 정을 금하지 못하여
모두 취해 물위의 길로 이끌려 나뉘다
늙은 말은 그래도 주인의 뜻을 알아서
조는 중에도 오히려 푸른 물결을 돌아가다.

扁舟未禁別離情　　　盡醉分携水上程
老馬也能知主意　　　睡中還繞碧波行

규헌에게 올리다
寄呈葵軒[79]

봄바람은 이미 지나고 또 훈훈한 바람
쓸쓸한 세월의 빛과 그늘은 취한 꿈 속
꽃다운 풀 지는 꽃을 모두 관여치 않고
다만 밝은 달만 대하되 그대와 함께 하리.

---

79) 葵軒: 고려말의 서예가 權鑄(?-1394)의 號. 字는 希顏. 앞의 주 56) 참조.

春風已過又薰風　　　怊悵光陰醉夢中
芳草落花都不管　　　只應明月與公同

여강의 청심루에서 이숭인을 서울로 벼슬길 떠나보내며
驪江淸心樓上 送李子安[80]赴官上京

하루 밤을 누대에서 자니
삼년동안 이별한 정일세
강산은 스스로 온갖 경치이고
바람 달은 다시 다 맑구나
들 학은 예나 이제나 날고
백사장 갈매기 영화 굴욕 떠나다
서로 만나 또 이별하는 손으로
머리 돌려 송경을 바라보노라.

一夜樓中宿　　　三年別後情
江山自萬景　　　風月更雙淸
野鶴飛今古　　　沙鷗任辱榮
相逢又分手　　　回首望松京

---

80) 子安: 李崇仁의 字.

병중에 배염사와 교주의 송염사가 함께
누대에 올랐다는 기별을 듣고 시로 부치다
病中聞襄廉使與交州宋廉使同登樓 以詩爲寄

비 그치고 구름 걷혀 가을달도 맑은데
밤 깊어 외로운 나그네 홀로 삼키는 정
긴 배도 조용히 누대 아래 매어 있는데
어느 곳에서 함께 들리는 옥피리 소리인가.

雨絶雲收秋月明　　　　夜深孤客獨含情
長舡靜繫高樓下　　　　何處同聞玉笛聲

둔촌이 시 여러 편을 보내 와 차운하여 올림(11수 중 8수)
遁村寄詩累篇　次韻錄呈(十一首中 八首)

한 번 이별로 세 번 가을 나그네 오지 않지만
신선은 오히려 매년마다 기약이 있네
그대와 모름지기 강변을 향해 살아서
문 밖의 고깃배를 버들 밑에 매어 두자.

一別三秋客未歸　　　　神仙還有每年期
與君須向江邊住　　　　門外漁舟繫柳枝

사립문에 띳집이라도 살만은 하여
가을 색깔 산 빛이 함께 눈을 부시게 해
종일토록 누구 하나 똑똑 소리도 없지만
창에 기대 한가히 호언의 시를 화답하다.

衡門[81] 茅屋可棲遲　　　秋色山光共陸離[82]
終日無人來剝啄[83]　　　倚窓閑和浩然詩

열에 질려 항상 해 긴 것이 혐의스럽더니
가을이 와도 병골에는 아직도 지리하구나
졸다가 게을리 남쪽 창 아래 향하여
韓愈의 글이나 杜甫의 시를 내리 다 읽노라.

觸熱常嫌畏日遲　　　秋來病骨尙支離
睡餘懶向南窓下　　　讀破韓文與杜詩

강을 건너오는 가을을 마음으로 알아서
아침저녁으로 까닭 없이 시를 짓는다
작은 배로 언제나 저 언덕 다 지나나
푸른 바위 어느 곳인들 그윽함 아니랴.

隔江秋日憶心知　　　朝夕無端爲賦詩
短棹何時窮兩岸　　　翠巖無處不幽奇

---

81) 衡門: 나무를 휘어서 만든 문, 곧 누추한 집을 가리키는 말. 〈詩經, 陳風, 衡
　　門〉에 "衡門之下 可以棲遲"라 함이 있다.
82) 陸離: 빛이 서로 얽히어 눈이 부시게 하는 모양.
83) 剝啄: 문을 두드리거나, 바둑을 놓는 소리의 擬聲語.

분주하기야 비록 서로 다르지만
어렵기는 역시 스스로 같구려
仲宣은 세상 어지러움 비관했고
阮籍은 길 끊겼다고 곡했다네
강과 바다 외로이 나는 기러기이고
하늘땅은 한 번 구르는 쑥대밭이지
총총히 또 이별을 해야 하니
머리 돌리면 파란 시내 바람.

奔走雖相遠　　　　艱難亦自同
仲宣84)悲世亂　　　阮籍85)哭途窮
江海孤飛雁　　　　乾坤一轉蓬
悤悤又離別　　　　回首碧溪風

동으로 내닫고 서로 달려 쉴 겨를이 없으니
王粲의 등루부가 가련하기도 하다
출렁출렁 강물은 사람의 한을 흘리고
하늘하늘 가을 바람은 나그네 시름 움직여.

東走西馳未肯休　　　可憐王粲86)賦登樓
迢迢江水流人恨　　　嫋嫋秋風動客愁

---

84) 仲宣: 三國의 魏의 王粲의 字. 박학다식하여 위에 벼슬하여 侍中까지 되었지
　　만, 한때 실의에 차 〈登樓賦〉를 지어 달래기도 하였다.
85) 阮籍: 竹林七賢의 한사람. 세상일에는 뜻이 없이 항시 술로 일삼고, 규범적 예
　　의는 白眼視하였다. 항시 혼자 수레를 타고 지름길을 가지 않고 길이 끝나면
　　통곡하고 돌아왔다 한다.
86) 王粲: 앞의 주 84) 참조.

취한 중에 이따금 하늘을 우러러 부르짖으니
동산 숲을 놀라 움직여 자던 새도 일으킨다
다행히 강과 산이 우리 무리를 용납해 주어
어부를 따르거나, 때로 나무꾼을 따르기도.

醉中往往仰天呼　　　驚動園林起宿鴉
幸有江山容我輩　　　相從漁叟與樵夫

집을 짓기 응당 물가에 가깝게 하니
문 앞의 이끼 길이 물마름과 맞닿다
난초 배 계수나무 돛대로 놀기 익숙해
순채나물 농어회로 함께 자주 먹다.

結屋應須近水濱　　　門前苔徑接青蘋
蘭舟桂棹同游慣　　　蓴菜鱸魚共食頻

정토사에서 밤에 읊다
淨土蘭若夜吟

혼미한 꿈을 깨니 부처 등불 밝고
눈길 가득한 은하수 비가 이미 개었네
홀로 뜰 안을 걸으니 사람들은 모르고
울타리 가에 오직 풀벌레 울음만 있다.

昏昏夢破佛燈明　　　滿目星河雨已晴
獨步庭中人不識　　　繞籬唯有草蟲鳴

정토사에서 둔촌이 사는 곳을 찾다
自淨土尋遁村寓居

아지랑이 숲 아른아른 비 한 줄기 지나가
새벽 되자 서늘한 기운이 십분 더하네
밤 깊어 강물 넘쳐 배도 건너기 어려워
이웃 절 찾아서 다시 차를 달인다.

煙樹濛濛一雨過　　　曉來凉氣十分加
夜深江漲舟難渡　　　隣寺相尋更煮茶

종군할 사람을 보내며
送人從軍

깃발 펄럭펄럭 구름에 나부껴 수평 지니
만리로 군중을 따르기 새 하나처럼 가볍다
가련하구나, 아리따이 화장한 얼굴에
술잔 들어 눈물 섞어 낭군 걸음 보내네.

旌旗獵獵拂雲平　　　萬里從軍一鳥輕
可惜嬋姸雙粉面　　　舉盃和淚送君行

우씨 재상에게 올림
上禹宰相

산천이 쌀쌀하게 가을 바람이 일어
머리 돌리는 푸른 구름은 천리 만리
표연히 버릇없는 한 광기 어린 서생
사 년 동안 높이 여강의 물에 누웠구나
죽음 삶 영화 곤욕 누가 시키는 것인가
알지 못하기에 때때로 하늘보고 웃는다
강 고기 마을 술에 긴 노래 부르니
눈 앞 지나는 비바람 많음 알겠다.

山川瀟瑟秋風起	回首靑雲千萬里
飄然無賴一狂生	四年高臥驪江水
死生榮辱是誰爲	不覺時時仰天笑
江魚村酒發長謠	過眼風雨知多少

백옥 한림이 서울에서 시골로 가다가 여강의 누대에서
만났다. 전송시의 두루말이를 보이기에 나도 여기에
쓰다
伯玉翰林自京還鄕 邂逅驪江樓上 出示餞行詩卷 予題此

가을도 중반이라 강산이 좋아
누대 오르니 흥은 다시 유장해

옛 친구는 고국으로 가고
좋은 계절은 중양에 가깝다
온갖 골에는 단풍 들기 시작했고
일천 바위에서는 국화 피려고 한다
고당에 수하시는 잔 드리려 하니
고기 음식에 방황할 일이야 없지.

秋半江山好　　　登樓興更長
故人歸古國　　　佳節近重陽
萬壑楓初染　　　千巖菊欲黃
高堂稱壽斝　　　魚稻莫彷徨

운곡선생이 눈 뒤에 보낸 시편에 수답해 올림
奉酬雲谷先生雪後見寄之什

초가집에 문을 닫으니 일이 점점 없어
향로에 향이 움직여 푸른 실이 날린다
구름이 북악산에 이니 첫 그림 열리고
눈이 남창에 떨어지니 홀연 시 이루어지다
성궐은 넓고 넓어 일만 기와로 메워졌고
동산 숲에 비치는 햇살 일천 가지에 피다
누가 알랴, 惕若齋 안에 있는 나그네는
袁安이 홀로 누운 때의 여유를 누린다고.

草閣開門事轉微　　　一爐香動散靑絲
雲生北嶽初開晝　　　雪落南窓忽有詩
城闕漫汗塡萬瓦　　　園林照耀發千枝
誰知惕若齋中客　　　嬴得袁安獨臥[87] 時

봄바람이 눈을 희롱하다가 다시 가랑비를
구슬 방울을 불어서 버들 실에 붙인다
미인들이 타는 보배 비파에 솔솔 뿌리고
호걸들이 새로 쓰는 시에 어지러이 날린다
만약 호탕하게 은빛 대궐 여는 것이 아니라면
응당 영롱한 구슬이 백옥 가지로 깎임일세
어찌 꼭 농사일이 이 때로부터 해야 하나
광기 어린 노래는 다시 밝은 시대에 기탁해야지.

東風弄雪更霏微　　　吹送瓊瑰着柳絲
密灑嬌嬈[88] 彈寶瑟　　　亂飄豪後俊寫新詩
若非浩蕩開銀闕　　　應是玲瓏削玉枝
何必爲農從此去　　　狂歌聊復託明時

---

87) 袁安獨臥: 袁安은 後漢 사람. 한미할 때, 洛陽에 머물러 있는데, 마침 큰 눈이
　　내렸다. 洛陽令이 순찰을 나가 도는데 원안의 집 앞에 이르니, 문이 닫혀 있고
　　출입한 흔적이 없어 이상히 여겨 눈을 치고 들어가 보았다. 원안이 반듯이 누
　　워 "큰 눈에 사람들이 다 굶주리고 있는데, 남을 왜 간섭하느냐" 한다. 낙양령
　　이 현자인 것을 알고 기용하였다.
88) 嬌嬈: 부드럽고 아름다움. 또는 미인의 이름.

흥을 즐기며, 달가와 자안에게
遣興 寄達可 子安[89]

한 번 황려현에 누운 뒤로
훌쩍 이미 몇 해 되다
재주 없어 세상 자태 어기고
일없어 강가에 늙다
술 싣고 중 집을 찾고
시 읊어 낚싯배에 올라
누가 이 그윽한 흥취 있어
바람 달에 돈 말하지 않음 아나.

一臥黃驪縣　　　居然已數年
不才違世態　　　無事老江邊
載酒尋僧舍　　　吟詩上釣船
誰知有幽興　　　風月莫論錢

안동부사 안판서에게 주다
投安東府使 安判書

한 필의 말로 다시 연못가 마을에 노닐어
부사군도 오히려 한 집안 후손이지

---

89) 達可 子安: 달가는 鄭夢周의 字. 자안은 李崇仁의 字.

서로 만나 나에게 황금 술잔 붙이니
서산에 또 날이 황혼됨 깨닫지 못해.

匹馬重游湖上村　　使君還是一門孫
相逢著我金尊畔　　不覺西山日又昏

어릴 적 영호루에 오른 적 있어
달 저녁 꽃 아침에 몇 번의 수심이었나
오늘 다시 오니 모두가 꿈 같아서
문득 눈물 흘리기 사람들께 부끄러워.

少年曾上暎湖樓　　月夕花朝幾結愁
今日重來渾似夢　　却將流落向人羞

자리에 늙은 기생을 보니 느낌 있어서
席上見老妓有感

다시 고향에 돌아온지 열 여섯 해인데
사군은 오늘 꽃다운 잔치 자리 벌였네
평상시는 몸이 늙어감을 깨닫지 못하다
너의 쇠약한 얼굴 보니 한결같이 쓸쓸하다.

重到桑鄕十六年　　使君今日設華筵
常時不覺身將老　　見汝衰顔一慘然

안동의 객사에서 고조부 상락공의 시운에 차운하여
安東客舍北樓　次高祖上洛公詩韻

선조께서 쓰신 시는 글자 글자가 맑아
다시 온 이 날에 또 정을 삼켜야 해
강과 산도 머물려는 빛이 있는 듯하여
인해서 봄바람 점쳐 즐겨 가지 못한다.

先祖題詩字字淸　　　重來此日更含情
江山似有留連色　　　仍占春風未肯行

박명아의 노래에 느껴 박대언에게 부치다
感薄命兒90) 寄朴代言

아름다운 여인 옥같아도 빈 방을 지켜
천리의 송산에서 꿈만 혼미스럽네
창자 끊는 봄바람이 원집 가에 부니
뜰 가득히 예처럼 풀만 더부룩하구나.

美人如玉守空閨　　　千里松山夢欲迷
腸斷春風吹院落　　　滿庭依舊草萋萋

---

90)　薄命兒: 명이 기박한 여인을 말함. 漢의 許皇后의 短命을 말하여 "妾薄命"이라
　　는 악부시가 있게 되었다. 文帝가 그녀의 이름을 듣고 불러들여 말을 해보고는
　　사랑하였으나, 한 달만에 죽었다. 사람들이 그녀의 기박한 운명을 슬퍼했다.
　　여기서 박명아라 함도 이를 비유해서 한 말이다.

옹천역에서 자며 차운하여 보내다
宿甕泉驛 次韻寄贈

풍류로운 공자는 가장 정이 많아서
손잡고 말없이 글귀 이미 이루어
이별 후의 서로의 생각을 누가 알랴
다만 새로운 달만 다시 분명하겠지.

風流公子最多情　　　握手無言句已成
別後相思誰料得　　　只應新月更分明

말머리 바람 연기 나그네 정 괴롭혀
시내 산 이르는 곳마다 모두가 그림
시 읊으며 더디더디 걷는 방초 길
홀연히 매화 있어 한 가지가 밝다.

馬首風烟惱客情　　　溪山到處畫圖成
哦詩緩緩行芳草　　　忽有梅花一樹明

봄바람의 이별은 감정을 이기지 못해
버들 묻고 꽃 찾아도 족히 이루지 못해
죽령의 높은 고갯마루 머리 돌려 바라보니
누대 앞 강물이 한 터럭으로 밝구나.

春風離別不勝情　　　問柳尋花未肯成
竹嶺高峯回首望　　　樓前江水一豪明

차운하여
次韻

동산에 구름이 덮인 꿈에서 깨니
어찌 거리에 은잔이 흩어짐을 알랴
금년의 봄빛은 응당 끝이 없어서
살구꽃 향기 날리나 반도 피지 않다.

夢覺東山雲忽堆　　　那知街上散銀盃
今年春色應無盡　　　杏藥飄香半未開

봄날 비를 대한 느낌
春日對雨有感

일천 꽃 일만 버들 기운만 아른해
성 북쪽 성 남쪽 녹색이 진홍을 비춘다
가장 좋기는 비 뒤에 누대 올라 봄이니
문득 걱정되네, 내일은 동풍이 있겠지.

千花萬柳氣空濛　　　城北城南綠暎紅
最好雨餘樓上見　　　却愁明日有東風

취중에
醉中

술 마신 장안에는 흥이 또한 긴데
어찌 꼭 괴로운 한으로 세월을 보내야 해
그대 핑계로 날마다 꽃을 보려 이르니
서로 대해 한가히 읊어 깃술잔에 절하다.

飮酒長安興更長　　何須苦恨過年光
憑君日日看花到　　相對閑吟揖羽觴

추흥정의 시
秋興亭詩

　봉익대부 김공이 한양의 용산에 물러나 살아 정자를 거처의 동쪽에 지었다. 내가 여강에서 돌아와 그 정자에 올라 조망하며 담소로 하루를 지냈다. 공이 나에게 이름을 지으라 명하였다. 나중에 서울로 돌아와 자안의 댁에 모여 이름을 지어야 할 의미를 상의하였다. 내가 말하기를 '용산은 땅이 심히 비옥하고 생산되는 물건이 특히 풍요롭다. 또 고기잡이나 벼농사나 놀이의 구경이 좋다. 그러기에 공이 이것을 즐겨 살고 있으니, 가을 흥치인 "추흥"으로 표방하는 것이 어떠냐' 하니 제군들이 다 '좋다' 하였다. 이에 먹을 적셔 석 자를 쓰고 이숭인에게 청하여 기를 지으라하고 제군과 함께 시를 지었다.

　奉翊大夫金公退居漢陽之龍山　構亭于居第之東　予自驪江回　上其

亭徘徊瞻眺　談笑移日　公請予名之旣入京　會于子安宅　議其所以名亭
之義　予言之曰　龍山地甚沃饒　凡所生之物　特爲豊脆　又有漁稻遊賞
之美　故公樂此而居焉　以秋興顔之如何　諸君皆曰善　於是濡翰作三字
仍請子安爲記　乃與諸君同賦云

용산의 가을빛이 사람 마음 맑혀
구름 청정 강은 맑고 나무들 깊어
하루 종일 높은 정자 누가 친구인가
한 쌍의 들 학이요 한 틀의 거문고.

龍山秋色澹人心　　　　　雲淨江澄草樹深
竟日高亭誰是伴　　　　　一雙野鶴一張琴

물고기 살찌고 벼 익은 물 구름 나라
가리라는 귀거래 노래 길고 짧은 소리 가락
安仁선생 부질없는 시가 애석하구나
우리 공이 황금의 금장을 차고 있기에.

魚肥稻熟水雲鄉　　　　　歸去來歌聲短長
可惜安仁空有賦　　　　　我公曾是佩金章

이른 나이에 은혜 입어 조정에 다다랐다가
지금의 일흔 나이에 강가에 누워 있구나
만약 소매 떨치고 공을 따라 갈 수 있다면
추흥정 정자 가에서 함께 이웃 될 터인데.

早歲承恩直紫宸　　如今七十臥江濱
若爲拂袖從公去　　秋興亭邊共作隣

규헌 어른께 올림
呈葵軒丈

구름 사이 밝은 달이 화려한 방을 비추니
새로운 시 낭랑히 읊어 작은 책상에 앉다
곧바로 깊은 밤 이르도록 잠 이루지 못하니
발을 사이한 높은 나무에서 미풍을 보내오다.

雲間皎月照華堂　　朗詠新詩坐小床
直到夜深淸不寐　　隔簾高樹送微凉

경쾌한 바람 한 줄기 가늘게 옷에 불려
홀로 의지한 남창엔 생각하는 바 있네
자하동의 연기 안개는 자물쇠가 없으니
짚신 대 지팡이로 기약을 어기지 마소.

輕風一陣細吹衣　　獨倚南窓有所思
紫洞烟霞無鎖鑰　　芒鞋竹杖莫違期

樞齋의 퉁소 피리
圃隱의 노래는 해외에도 없단다

장마비 잠시 개어 밝은 달이 좋으니
아쟁을 타면서 꼭 부녀자를 불러야 하나.

樞齋簫管人聞少   圃隱歌謠海外無
積雨乍晴明月好   彈箏須要喚奴奴[91]

천마산
天磨山

산허리 돌길에서 높은 숲을 굽어보며
말을 채찍질하는 인연에 마음 시원해
구름 골짜기 중에게 묻되 여기 어디냐고
시내 흘러 다한 곳엔 흰 구름이 깊구나.

山腰石徑俯高林   策馬夤緣却爽心
雲谷問僧何處是   溪流盡處白雲深

수정 같은 포도를 감사하다
謝水晶蒲萄

또렷또렷 포도가 익으니
영롱한 푸른 수정일세

---

91) 奴奴: 여종의 집. 또는 婦女子의 自稱.

처음 맛보니 세상 맛 아니고
다시 씹으니 단 엿인가 의아해
신선액이라 살과 뼈 적시고
감미로운 음료는 성정에 흡족하다
내년 봄엔 꼭 심으려 하니
원컨대, 긴 줄기 하나 허락하소.

的歷蒲萄熟	玲瓏綠水晶
初嘗非世味	更嚼訝甘餳
瓊液淪肌骨	天漿92)洽性情
明春須欲種	願許一長莖

윤추상 호가 한산군과 청성군 두 선생의 연회 시집의
시로 나에게 보여 주며 그 운에 화답하려 하여 나도 시
를 짓다
尹樞相以韓山君淸城君兩先生宴集詩示予 欲和其韻 予亦
賦焉(虎)93)

비 개이어 매미 우는 뒤이고
구름 걷히고 기러기 오는 처음일세

---

92) 天漿: 천상의 음료. 또는 감미로운 음료.
93) 尹虎: (?-1393) 자는 仲文. 고려조에서는 왜구를 물리친 공이 많았고, 조선에
    는 李成桂의 위화도 회군의 공이 있었다. 개국의 공이 있어 開國功臣 2등으로
    봉해졌다.

현명한 재상의 웅장한 문자이고
먼저 임금님의 오묘한 그림일세
（공민왕이 그린 추산도와 윤공이 쓴 글씨를 손님들에게 내보이다）
잔과 소반이 필요한대로 있으니
마음속도 자연스러이 펴다
사랑스러운 것은, 이웃 노인이
평생을 시와 술로 살으심이다.

雨晴蟬噪後　　　　雲淨雁來初
賢相雄文字　　　　先王妙畵圖
（玄陵所畵秋山圖　尹公所書　客室出見）
盃盤隨所有　　　　懷抱自然舒
最愛西隣丈　　　　平生詩酒娛

승상인의 지방 나들이를 보내며
送勝上人游方

우리 나라 곳곳을 두루 유람하니
뜬구름 정처 없어 한가한 적이 없다네
다시 압록강을 따라 서쪽으로 가니
만 리의 하늘땅이 걸음걸음 사이일세.

游遍東韓處處山　　　　淨雲無定不曾閑
更從鴨綠江西去　　　　萬里乾坤步武間

한산군의 운을 밟아 도원수가 개선한 것을 절하고 올리다
敬步韓山高韻 拜呈都元帥凱旋之次

적의 칼날 꺾이기 우레와 함께 했으니
제어하심이 우리 공께서 하지 않음이 없다
상서 안개 뭉게뭉게 하니 독 안개 가시고
서리 바람 싸늘하여 위엄 바람을 돕다
섬 오랑캐 담이 떨어지니 군용이 왕성하고
이웃 국경의 떨리는 마음에 사기가 웅장하다
나라 안의 선비들이 다투어 축하 배례하니
삼한의 일만 세대에 태평 이룬 공일세.

賊鋒摧剉與雷同	節制無非自我公
瑞霧葱葱鎖毒霧	霜風冽冽助威風
島夷墜膽軍容盛	隣境寒心士氣雄
滿國衣冠爭拜賀	三韓萬世太平功

수부선생의 동산 중의 네 가지 읊음
壽父先生園中四詠

이공의 맑은 덕은 우리 나라에 으뜸이라
솔 대 매화 난초가 한 집안에 함께 하다
약하고 연한 수염에 오히려 이슬을 띠니

쌀쌀한 차가운 옥이 다시 서리를 업신여기다
한가로이 읊어 곱게 열린 얼음 매우 사랑하고
고요히 앉아 때로 좋은 향기를 씹어 냄새맡다
홀로 비파를 잡으니 누가 들어 이해하나
밤이 깊으니 오직 달이 있어 방황하네.

李公淸德冠東方	松竹梅蘭共一堂
嫩弱蒼髥猶帶露	蕭騷寒玉更凌霜
閑吟酷愛開氷艷	靜坐時聞噢國香
獨把琵琶誰會聽	夜深唯有月彷徨

무설장로 자야 선생에게 부치다
寄無説長老 子野先生

괴로이 담양 고을 생각하니
가을 하늘에 기러기 울다
높은 스님 대 시내 의지하고
들 나그네는 매화 시내 숨다
달 비치니 맑은 향기 움직이고
바람 불어 푸른 그림자 나직하다
서로 따르기 열 발짝도 안돼
띳집 모옥이 절에 가깝구나.

苦憶潭陽郡	秋天一雁嘶
高僧依竹澗	野客隱梅溪

月照淸香動　　　風來翠影低
相從無十步　　　茅屋近招提[94]

꽃을 한탄함
歎花

흐드러진 녹색 요염한 붉음 몇 만의 중첩
일천 집들 날씨 따뜻하고 봄기운 아른아른
시기 혐의가 어찌 사람 사이의 일만이리오
지난 밤 동풍에 반은 비어 헛것이 되었으니.

慢綠妖紅幾萬重　　　千家日暖氣濛濛
猜嫌豈獨人間事　　　昨夜東風一半空

4월 10일, 숙직을 하면서
四月十日 入直省廬

황금 오리 향로에 봉황 향이 다 타고
달이 옮겨 꽃 그림자 동쪽 마루 오른다
어찌 알랴, 강호에 방랑하는 나그네가
오늘도 다시 비단 장막의 숙직이 된 것을.

---

94) 招提: 원래 사방의 승려를 통칭하는 말로, 사방의 승려가 머물 수 있는 승방을
　　말함. 앞의 주 74) 참조.

金鴨銷殘蠻鳳香　　　月移花影上東廊
那知放浪江湖客　　　今日重爲錦帳郎[95]

내각의 밤은 침침하여 좋은 꿈도 놀라

오경의 북과 종은 멀리 들리는 소리

다시 와선 자잘하여 한 치 생각도 없어

양웅의 長揚賦를 이루지 못함 부끄럽다.

閣夜沈沈好夢驚　　　五更鍾鼓遠聞聲
重來碌碌無寸思　　　慙愧長揚賦[96]未成

동사의 여러분께 올림
寄呈同舍諸公

다섯 해를 떠돌이로 강가에 누웠다가

다시 梨垣의 시종신이 되었구나

저녁 숙직이나 아침 조회가 아직 익숙지 않아

홀연히 만나면 서로 피해 모르는 사람이듯.

---

95) 錦帳郎: 漢나라 제도에 尙書郎이 숙직할 때에 비단 이불이나 비단 장막〔錦帳〕
　　을 내려서 이르게 된 말임.
96) 長揚賦: 長楊賦라고도 함. 漢의 揚雄이 지은 賦. 長楊은 한의 行宮인데, 孝成
　　皇帝가 여기에다 곰 호랑이 사슴 토끼 등 뭇 짐승을 잡아다 기르며, 胡人들을
　　시켜 맨손으로 잡게 하며 즐겼다. 이러한 호사로움이 잘못된 것이라고 揚雄이
　　諷諫한 賦이다.

五年飄泊臥江濱　　重作梨垣侍從臣
夕直朝衙猶未慣　　忽逢相避似閑人

궁성의 좌측 문에 살아 관아에 익숙해서
매양 높이 읊어 한 잔 들려 하나
서글프게도 동료들과 연분이 얕아서
붉은 작약이 만개하는 때를 아직 못 보다.

叨居左掖管曹司　　每欲高吟一擧巵
悒悵同僚緣分淺　　未看紅藥滿階時

여강의 승산에 느낌이 있어
驪江勝山有感

시원한 푸른 산에 들불이 침범하여
소나무 삼나무 다 사라져 또 상심하다
지난 해 철쭉꽃이 피어 있던 곳에는
도리어 잡목의 숲이 빽빽이 이루어졌다.

蕭灑靑山野火侵　　松杉銷盡更傷心
昔年躑躅花開處　　蓊鬱翻成雜樹林

신효사에 모여 정삼봉의 잔치를 열다
會神孝寺 宴鄭三峰

옛 친구 서로 만나도 오히려 소원하니
옛날 남천했던 일 기억하면 취한 꿈인 듯.
(오늘 절 누대에서 입 벌려 웃으니 구름 거리 만리에 비가 처음 개었네.)

故人相見尙狂疎	憶昔南遷醉夢如
今日寺樓開口笑	雲衢萬里雨晴初

목은 선생이 자하동에 노니는데 가지 못하여
우러러 노래로 올리다
牧隱先生游紫霞洞未赴 仰賡高韻

땀 흘리는 번거로운 회포 애써 너그러우려니
꿈 영혼은 길이 郡樓를 에워 싸늘하구나
밝은 달에 물고기 짝이 됨은 해롭지 않지만
맑은 시절 諫官이 됨은 스스로 부끄럽다
구룡 껍질 용의 수염은 푸른 회나무이고
구슬 뽑고 옥 부수는 것은 파란 시내의 여울
내 함께 산행 놀이를 즐기지 못하고
종일토록 먼지 속에 말안장을 쫓는 일 한스럽다.

揮汗煩懷强自寬　　　　夢魂長繞郡樓寒
不妨明月爲魚友　　　　自愧淸時作諫官
虯甲龍髥蒼檜樹　　　　噴珠碎玉碧溪湍
恨予未共山行樂　　　　終日塵中逐馬鞍

강릉의 장염사를 보내며
送江陵張廉使

지난 날 관동에서 술 싣고 놀던 일 생각하니
누대 어느 곳인들 풍류 아님이 없었다네
호수 산은 완연히 병 안에 있는 별천지요
몸과 시간은 계속 사물 밖에서 떠 있네
준마와 가인이 함께 하는 단풍 잎 길이고
깃발에다 일산 펼친 흰 갈매기 물가로다
시를 지어 장공자를 받들어 보내나니
만 리의 넓은 물결에 한 마리 독수리 가을.

憶昔關東載酒游　　　　樓臺無處不風流
湖山宛在壺中異　　　　身世仍從物外浮
細馬97)佳人紅樹路　　　　擁旌張盖白鷗洲
裁詩奉送張公子　　　　萬里滄波一鶚98)秋

---

97) 細馬: 駿馬 또는 작은 말.
98) 鶚: 유능한 인재를 비유해 사용함. 인재의 등용을 '鶚薦'이라 하기도 한다. "솔
　　개 수 백 마리가 독수리 하나만 못하다(鷙鳥累百 不如一鶚)"함이 있다.

승방에서 자다
釋房寓宿

샘의 수맥은 구름 뿌리에서 한 줄기로 맑아
대통 타고 흘러내려 작은 수조에 차고 넘치다
밤 깊어 붉은 먼지 세상 일 꿈꾸지 못하도록
길이 창 앞을 향하여 빗소리로 울린다.

泉脈雲根一注淸　　　連筒流下小槽盈
夜深不夢紅塵事　　　長向窓前作雨聲

임금이 감로사에 납시어 사냥을 관람하며 두 밤을 지냈
다. 사관들이 호종하여 해원에 숙직할 이가 없으니 나
를 불러 숙직토록 하였다. 27일에 숙직으로 들어가 궐
내 제군의 시에 차운함
駕幸甘露寺觀獵　凡兩宿　史官扈從　院無直者　邀予直宿　十
月二十七日入直　次禁內諸君詩韻

취한 나머지 등불 앞에 옛일 생각하니
잠시 장서관의 벼슬이 스물 여섯 해일세
오늘은 성랑에서 오히려 숙직으로 들어와
문득 옥당신선이 되지 못함이 혐의스럽구나.

醉餘懷舊一燈前　　　暫仕芸臺[99] 卄六年
今日省郞還入直　　　却嫌未作玉堂[100] 仙

여강의 강에서 언제 돌아왔는가
강에는 살찐 고기 산에는 고사리인데
장양부를 지으려다 오히려 붓을 꺾었으니
다만 응당 밝은 달이 있어 도롱이를 비추다.

驪江江上幾時歸　　　水有肥魚山有薇
欲賦長揚還[101] 閣筆　　　只應明月照蓑衣

자리에서 취하여 쓰다
席上醉題

일평생을 강가에서 늙겠다 허락했으니
오늘은 춤추는 자리에서 취할 줄 알았겠나
그대들에게 알리려면 꼭 취해야 하는데
세 줄의 분칠한 얼굴들이 생긋 웃네요.

平生自許老江邊　　　今日那知醉舞筵
爲報諸郞須酩酊　　　三行粉面更嫣然[102]

---

99) 芸臺: 옛날 책을 보관하던 곳. 곧 藏書閣을 말함.
100) 玉堂: 弘文館(고려 시대는 寶文閣)의 별칭. 提學 校理 등을 이름.
101) 長揚賦: 앞의 주 96) 참조.
102) 嫣然: 싱긋 웃는 모양. '嫣然一笑'.

백정상인을 보내며
送栢庭上人

석장 하나로 훌쩍 떠나니
봄 산은 몇 만 겹인가
솔 시내 밝은 달 비치고
띳집은 흰 구름이 감싸다
눈을 감아 몸 둘 곳 없고
마음 걷은 사물 밖 모습
깨달으면 곧 진리를 아니
청정이 바로 참다운 종지.

一錫飄然去	春山幾萬重
松溪明月照	茅屋白雲封
合眼身無着	收心物外容
覺來方悟道	淸淨是眞宗

이추상이 합포진무사로 간다기에
送李樞相出鎭合浦

재상으로 들어온 지 겨우 달을 넘겨
지휘봉 휘둘러 바닷가를 진압하네
어려운 백성 바야흐로 뜻 이루고
성명 군주 평안한 잠 필요하게 되다
도적들이야 누구인지 알랴만

사로잡음은 우리 현상에게 있네
공명이 바로 오늘의 일이니
죽을 힘으로 다시 채찍을 더하시오.

入相才踰月　　麾幢鎮海邊
窮民方注意　　明主要安眠
草竊知誰子　　生擒望我賢
功名今日事　　戮力更加鞭

고도의 두루말이에
古道卷子

옛 도가 무슨 도인지 아나
우리 스님은 홀로 행하네
몸은 높은 산처럼 빼어났고
마음은 청정수인 듯 맑구나
일 만 골짜기 가을 구름 가득하고
일 천 언덕에 새벽달이 밝다
가사 옷은 응당 반쯤은 젖었으니
단정히 앉아 샘물 소리나 듣자.

古道知何道　　吾師獨自行
身高山秀峻　　心靜水澄淸
萬壑秋雲滿　　千崖曉月明
袈裟應半濕　　端坐聽泉聲

행안사에서 놀다
遊幸安寺

산에 가득한 솔 잣나무엔 비가 촉촉이 내려
반나절 한가함 훔쳐서 조그마한 꿈속일세
사는 중이 자주 손을 끌어당김 감사하니
향을 사르는 책상에서 함께 하는 이야기 웃음.

滿山松栢雨濛濛　　　半日偸閑小夢中
多謝居僧爭挽手　　　焚香一榻笑談同

월계 둑을 지나며
過月溪坂

시내 형태가 달처럼 굽었으니
아마도 월계라는 이름을 얻었나 보다
오솔길이 산기슭으로 이어졌으니
걸음걸음이 정취가 시원하구나.

溪形如月曲　　　恐得月溪名
細路沿山腹　　　行行可爽淸

설악산 운상인을 보내며
送雪嶽雲上人

마음에는 한 점의 먼지도 전혀 없으니
눈앞의 모든 법체가 그대로 천진일세
어찌 꼭 만 리로 찾아가는 수고해야 하나
달마가 서쪽에서 와서 우리를 속인 것을.

方寸渾無一點塵　　　眼前諸法自天眞
何須萬里勞叅訪　　　達磨西來誑我人

한양에서 지어서 재상 우현보에게 올림
漢陽有作 呈禹宰相 玄寶

한양 땅이 오늘은 경성이 되었으니
물 둘리고 산이 에워 경치 기운도 맑구나
갓과 일산이 분분하여 사람들 분주하니
백성들도 이제부터 승평 세월 보겠구나.

漢陽今日作京城　　　水繞山圍景氣淸
冠盖紛紜人撲地　　　蒼生從此看昇平

군왕께서 정나라 음악내쳤다 들었으니
한양의 산과 강이 어찌 다정하지 않으랴

누가 능히 다시 경륜의 정책을 드리워
요순시대의 임금 백성이 여기에 다닐까.

聞說君王放鄭聲[103]　　漢陽山水豈無情
誰能更獻經綸策　　堯舜君民在此行

정삼봉도전에게 부치다
寄鄭三峰道傳

주인이 여러 번 술 익기 시작했다 알려오고
거기다 파릇파릇한 대나무까지 있구나
적적하리만큼 종일토록 속인도 없고
한강 강가 하나의 깊숙한 골짜기
문 나서 머리 돌려 그대 오나 바라보니
말 한 필이 높이 읊으며 빨리 오라 하네
그대와 서로 대하여 술잔을 머금으며
함께 밝은 달이 성근 나무에 걸림 본다.

主人妻報酒初熟　　窓前況有靑靑竹
寂廖終日無俗人　　漢江江畔一幽谷
出門回首望君來　　匹馬長吟來要速
與君相對坐含盃　　共看明月掛疎木

---

103) 鄭聲: 春秋戰國시대에 鄭나라의 音樂. 孔子가 사악한 음악이라고 해서, 유가
　　의 배척을 받았다. 그 뒤로 雅樂과 상반되는 음악을 "鄭聲"이라 하게 되었다.

눈 속의 매화
雪梅

동산 안의 봄을 홀로 독점하여
유연한 옥골엔 가는 먼지도 없다
만약 북쪽 손님이 와서 본다면
王昭君과 진가를 가리지 못하겠다.

獨占園中雪裏春　　　　輕盈[104]玉骨絶纖塵
若敎北客來相見　　　　且與明妃[105]未辨眞

강자야선생에게 부침
寄康子野先生

다시 아름다운 문장보고 괴로이 그대 생각해
어느 때나 서로 만나서 은근한 정 이야기하나
해마다 고향 마을엔 꽃이 바다 같을 터인데
강남 땅 해 저녁 구름에나 머리 돌린다.

---

104) 輕盈: 여인의 아름다운 자태와 경쾌한 몸가짐을 형용하는 말. 唐의 李白의 〈相
　　逢行〉에 "말에서 내리기 어찌 그리 유연한가, 표연히 마치 지는 매화꽃 같구
　　나(下車何輕盈 飄然似落梅)"함이 있다.
105) 明妃: 漢의 王昭君을 말함. 이름이 王牆이고 字가 昭君이어서 王昭君이라 칭
　　한다. 晉人들이 司馬昭의 이름을 기피하여 明君이라 하여 後人들이 明妃라 하
　　였다.

再覩佳章苦憶君　　　何時相見說懃懃
年年故里花如海　　　回首江南日暮雲

유원첨서에게 올림
呈柳簽書源

일 천 진홍 일 만 녹색이 바로 꽃다우니
꽃기운도 아른아른 해는 점점 길다
흥이 나서 아득히 갈 길 희미하니
갓 뒤짚어 쓰고 패옥 떨어뜨린 광기의 하나.

千紅萬綠正芬芳　　　花氣濛濛日漸長
乘興渺然迷去路　　　倒冠落佩一疎狂

꽃 아직 흐드러지지 않고 버들 깊지도 않아
봄바람은 응당 술 금하기 시작함 괴상하리
술통에 아직 아름다운 술 남아 있음 알겠으니
문 열고 한 잔 가벼운 수작 해롭지 않겠다.

花未繁開柳未深　　　春風應怪酒初禁
尊中美醑知猶在　　　不害開門一淺斟

강릉염사 서구사를 보내며
送江陵徐廉使九思

술 실은 동쪽 교외에 가을도 저물려 하는데
국화꽃 숲가에 그대 보내는 놀이
한 소리 기러기 푸른 하늘 밖으로 넘고
천 리의 사람은 파란 바다 언덕으로 가다
학의 머리 어머니는 응당 짜던 베 자르고
어사 옷 입은 사신은 잠시 끝채를 멈추다
멀리서 강릉 목사 분주히 내달을 때
수를 드리는 당 앞엔 기쁜 기운 떠 있다.

載酒東郊欲暮秋　　菊花叢畔送君游
一聲雁度青天外　　千里人歸碧海喲
鶴髮慈親應斷織　　繡衣使者正停輈
遙知州牧爭奔走　　獻壽堂前喜氣浮

가을 날 늦게 개어
秋日晚晴

한 곡조 긴 피리 소리 신량을 희롱하니
누대 위 가인은 애간장 끊기려 한다
머리 돌린 하늘 거리엔 개인 빛이 밝은데
푸른 괴나무 높은 버들이 바로 저물녘일세.

一聲長笛弄新凉　　　　樓上佳人欲斷腸
回首天街明霽色　　　　綠槐高柳正斜陽

절재선생에게 부치다
寄節齋先生

가을 바람은 바로 호탕해
머리 돌려 남쪽 고을 바라보다
그대 집은 어느 곳인가
나의 거처와 다시 인연 없네
구슬이 윤택하니 범려 고삐 잡고
얼음 맑으니 庾亮樓에 오른 듯
서로 만나 한 번 웃음 편다면
풍류 소리가 숲 언덕을 떨치리.

秋風正浩蕩　　　　回首望南州
君家是何處　　　　我住更無由
玉潤攬范轡106)　　　氷淸107) 登庾樓108)
相逢開一笑　　　　絲竹振林丘

---

106) 范轡: 춘추시대 越의 范蠡가 句踐을 도와 吳를 병합하고, 齊나라로 가 이름을
　　 鴟夷子라 고치고 치부하였다가 그 재물을 다 흩어주고, 다시 陶로 가 큰 부자
　　 가 되어 陶朱公이라 하였다. 만년에는 강호에 놀며 西施라는 미인과 강호에
　　 놀아 "范蠡泛湖" "范蠡載西施" 등의 칭호가 남다. 여기서는 그러한 범려가 말
　　 을 달린다는 뜻으로 "范轡"라 한 듯.
107) 玉潤氷淸: 옥의 윤택함과 얼음의 청순함으로 인물의 청순 고결함을 비유함.
108) 庾樓: 강서성 九江縣에 있는 누대. 晉의 庾亮이 江州鎭撫로 있을 때 지었다
　　 함. 京口以西에는 이 누대를 능가할 만한 곳이 없다.

방비서에게 희롱으로 올림
戱呈方秘書

아름다운 여인 불러내 술 많이 권하니
파란 하늘 가을 구름에 흥이 한없구나
풍류로웠던 이백이 오히려 우습구나
취한 중에 다만 가려진 노래만 듣다.

喚出佳人勸酒多　　　碧雲秋日興無何
風流李白還堪笑　　　醉裏徒聞隔障歌

어버이를 위해 고기를 구걸하는 시. 하나는
해주목사에게 올리고, 하나는 이당후 회에게 올림
爲親乞魚肉詩 一呈海州牧 一呈李堂後薈

대에 울어도 대순은 나지 않고
얼음을 두드려도 고기 뛰지 않다
슬프구나, 나의 효성 미진해서
눈길을 모아 鈴閣을 바라보다.

泣竹筍不出　　　叩氷[109]魚不躍
嗟予孝未誠　　　注目望鈴閣[110]

---

109) 泣竹叩氷: 어버이가 겨울철에 대순을 먹고 싶다 하여 대밭에서 우니 대순이
　　솟았고, 물고기를 원하여 못 얼음에 가 두드리고 우니 물고기가 뛰어나왔다는
　　晉나라 王祥의 효를 말함.

비록 노래자의 색동옷을 입었지만
달고 좋은 음식 갖추지 못했네
만약 고기의 은혜로움 힘입으면
어찌 크게 기뻐하지 않습니까.

雖着老萊111)衣　　　未能具甘旨
若蒙惠肉魚　　　胡不大歡喜

전규정 오륜이 진양으로 부임함을 송별하며
送全糾正赴任晉陽(五倫)

비단 옷 청총마로 남쪽 고을 내달으니
단풍 잎 국화 꽃 구월의 가을이지만
촉석루 앞에 봄물이 넘칠 때에는
응당 기생 이끌고 난간 배에 오르겠지.

繡衣驄馬赴南州　　　赤葉黃花九月秋
矗石樓前春水闊　　　也應携妓上欄舟

---

110) 鈴閣: 翰林院이나 지방 장관의 집무실.
111) 老萊子: 周나라 사람. 兩親을 지극히 섬겨, 나이 70에도 색동옷을 입어 어린
　　이처럼 하여 어버이를 즐겁게 해 드렸다 함.

여흥유명부가 임무를 마치고
영남으로 가는 것을 전송하며
送驪興柳明府罷任歸嶺南

봄바람에 다섯 말로 남쪽 고을 향하니
보내는 이별에 어찌 일단의 근심 없으랴
제일 가는 강산이 유독 적막하게 되었으니
달 밝아도 누구와 함께 높은 누대 오르랴.

春風五馬向南州　　　送別那堪一段愁
第一江山殊寂寞　　　月明誰與上高樓

박비감댁에서 꽃을 구경하다 관물재에게
희롱 삼아 올림
朴秘監宅賞花 戲呈觀物齋

해가 긴 정원에 사람이 없으니
만 송이 그윽한 꽃 홀로 봄을 펼쳤네
문득 두렵구나, 미친 바람 한 줄기 불어
고운 진홍빛이 낭자하게 모래에 버려질까 봐.

日長庭院寂無人　　　萬朵幽花獨展春
却恐狂風吹一陣　　　嫣紅狼藉委沙塵

매화 그림
畵梅

의젓하고 아름다운 백옥 같은 신선 자태
특수한 자리에 부는 봄바람 피하지 않아
은근한 향기 콧등에 와 닿는 듯하더니
새로 돋는 한 조각달이 서로 마땅하구나.

嬋姸綽約玉仙姿　　　不避東風特地吹
似有暗香來擁鼻　　　一痕新月更相宜

채석강
采石

채석강 머리에서 술집을 물었더니
누대들 끝이 없이 정녕 번화하구나
풍류로웠던 이백은 지금 어디 있나
쑥대 창에서 꿈 깨니 달만 물결에 가득.

采石江頭問酒家　　　樓臺無限正繁華
風流李白今安在　　　夢覺蓬窓月滿波

관음굴
觀音窟

조그만 감실이 푸른 바위 사이 높이 걸렸으니
물고기와 새, 연기 안개가 다 함께 한가롭구나
늙은 중이 세상을 피할 수 있음이 부러우니
창에 기대어 아침저녁 잔잔한 물소리 듣노라.

小龕高掛翠巖間　　　魚鳥煙霞共一閑
堪羨老僧能避世　　　倚窓朝暮聽潺湲

황주
黃州

齊安城 밖엔 버들 실이 드리웠으니
덩달아 다정했던 杜牧이 생각나나
의지를 읊고 회포 노래도 지금 적막하니
구름 모습 물 자태만이 홀로 희미하구나.

齊安城外柳絲垂　　　因憶多情杜紫薇112)
嘯志歌懷今寂寞　　　雲容水態獨依稀

---

112) 杜紫薇: 唐의 杜牧을 말함. 杜牧이 中書舍人이 되었고, 中書省을 紫微省(본문
의 薇는 微의 잘못)이라 하여 얻게 된 이름이다. 두목이 黃州刺史를 지낸 적
이 있다.

무창
武昌

黃鶴樓 앞에는 물결만이 출렁여
강가의 발과 장막 수천의 집들
돈 추렴 술을 사서 회포를 펴니
大別山은 푸르고 해 이미 기울다.

黃鶴樓前水湧波　　沿江簾幕幾千家
釀錢沽酒開懷抱　　大別山靑日已斜

악양루
岳陽樓

배 안에서 멀리 악양루를 바라보나
올라 서서 좋은 놀이를 하지 못했네
어느 날 동으로 갔다 다시 여기 지날지
난간에 기대어 동정호의 가을을 읊다.

舟中遙望岳陽樓　　未得登臨作勝遊
何日東歸重過此　　倚欄吟賞洞庭秋

회포를 느껴
感懷

열 폭의 구름 돛폭 바람에 맡겨 두니
강과 산 모두가 다 그림 속일세
누가 알랴, 만리의 서쪽 가는 나그네
마음은 물결과 함께 밤낮 동으로 가는 것을.

十幅雲帆一信風　　　江山都是畵圖中
誰知萬里西征客　　　心與滄波日夜東

죽고 삶이 운명인 것 하늘인들 어쩌랴만
머리를 동으로 돌려도 한결같이 아득해
좋은 말 오천 필은 어느 날 도착하나
복숭아 꽃 피어 있는 곳 풀도 더부룩.

死生由命奈何天　　　回首扶桑一惘然
良馬五千何日到　　　桃花開外草芊芊

초승달(오월 초사흗날 짓다)
新月(五月 初三日作)

집은 송산 아래에 있고
배는 강 가 따라가다

황혼에 한 조각달은
두 고을 사람을 나누어 비춘다.

家在松山下　　　舟行江水濱
黃昏一片月　　　分照兩鄕人

단오
端午

오뚝한 누대 놀란 꿈에 해는 동에서 돋아
하늘 끝에 외로운 곤궁함 누가 알겠나
강과 바다 망망한데 함께 띄운 배이고
하늘 땅 아득함이 마치 떠도는 쑥대일세
명승지에 오르니 시의 감정도 괴롭고
일로 좋은 계절 저버려 술잔도 비었구나
묻건대, 멱라강이 어느 곳이던가
용의 배는 창랑에서 올랐다 내렸다 하네.

危樓驚夢日生東　　　誰念天涯一困窮
江海茫茫同泛梗　　　乾坤杳杳若飄蓬
登臨勝地詩情苦　　　事負良辰酒盞空
爲問汨羅[113] 何處是　　　龍舟上下浪波中

---

113) 汨羅: 강의 이름. 중국 湖南省에 있는 瀟湘江의 지류. 屈原이 국사의 잘못에
　　 울분하여 오월 오일 이 강에서 빠져 죽었다 함. 그 뒤로 단옷날에 굴원을 추
　　 모하여 송편을 싸서 물에 던지고, 용의 배에서 굿을 올리는 풍습이 있다.

배를 끌고
曳船

배를 끌고 북을 치며 강을 거슬러 오르니
멀리 西川의 몇 만 겹의 산을 바라보다
하늘에선 어찌 파랑새 내리기 더디 하여
백사장 머리 백구만이 한가함 부끄럽다
별 자리 옮기고 사물 변해 해도 반이 지나니
갖옷 해지고 주머니 빈 나그네 가지 못하네
어찌하면 기묘한 승지 다 구경할 수 있어
가을 바람에 한 번 웃고 龍關으로 내려갈까.

曳船樞鼓泝江閒	遙望西川幾萬山
天上何遲靑鳥降	沙頭偏愧白鷗閑
星移物換年將半	裘弊囊空客未還
安得盡看奇勝處	秋風一笑下龍關

강물
江水

강물은 동으로 흘러 다시 돌아오지 않고
구름 돛은 곧바로 서쪽 국경 향하려 하네
갈대 부들 두 언덕엔 서늘바람 일고
양류버들 긴 둑에는 가랑비만 내린다

꿈과 넋은 멀리 箕子 나라에 희미하고
마음 속 회포는 겨우 초왕의 누대에 펴다
가는 걸음걸음에 무산이 가까움을 보니
들리는 원숭이 소리에 더욱 애절함 느낀다.

江水東流不復回　　雲帆直欲向西關
菰蒲兩岸微風起　　楊柳長堤細雨來
夢魂遠迷箕子國　　襟懷才展楚王臺
行行見說巫山近　　一聽猿聲轉覺哀

매미

蟬

강 마을 오월에 싸늘한 매미 소리 들려
배 안에서 종일 졸던 졸음 놀라서 깨다
이로부터 타향에서의 감개로움도 많아
원래 계절의 사물도 아닌데 처연하게 한다.

江村五月聽寒蟬　　驚起舟中盡日眠
自是異鄕多感慨　　元非節物使悽然

빠른 배
帆急

돛이 빠르니 산이 내닫듯하고
배가 가니 언덕이 저절로 옮기다
색다른 마을이라 자주 풍속 묻고
좋은 곳에는 애써 시를 쓰다
오나라 초나라 천년의 땅이고
강과 호수는 오월의 계절이네
한 물건도 없다 의아해 말라
바람과 달이 절로 서로 따른다
저녁에 맑은 강의 어구에 묵어
울타리 가에 작은 배 매어 두다
창을 사이 두고 학의 울음 듣고
베개 기대어 갈매기 졸음 짝하다
안개 짙으니 산은 곧 비 내리고
바람 따스해 물결 연기로 변하다
새벽에 보이는 띳집 근처에는
순박한 하나의 산과 강일세
산이 점점 둘리니 물은 점점 맑아지고
흐름 따라 배 빠르니 물결은 꽃이 되네
울창한 숲 긴 대나무 사람 없는 곳에서
때때로 들리는 그윽한 새의 두서너 곡조.

帆急山如走　　　　舟行岸自移
異鄕頻問俗　　　　佳處强題詩
吳楚千年地　　　　江湖五月時
莫嫌無一物　　　　風月也相隨
暮宿淸江口　　　　籬邊繫小船
隔窓聞鶴唳　　　　欹枕伴鷗眠
霧重山仍雨　　　　風恬浪作烟
曉看茅屋處　　　　淳朴一山川
山漸周圍水漸淸　　泝流船疾浪花生
茂林修竹無人處　　時聽幽禽一兩聲

밤에
夜

달은 긴 강에 가득하고 물은 저절로 흘러
뱃사람 잠이 깊어 밤은 유유히 흐른다
쓸쓸한 청정은 마치 가을 하늘 날씨이니
언덕 둘레 벌레 소리가 나그네 시름 달래다.

月滿長江水自流　　　舟人睡熟夜悠悠
凄淸恰似秋天日　　　繞岸蟲聲弔客愁

들 풀
野草

가냘픈 들풀이 저절로 꽃을 피우고
배 그림자는 용과 같아 수면에 비꼈다
해 저물면 항상 아지랭이 물가에 자니
대나무 숲 깊은 곳에 인가가 있구나.

纖纖野草自開花　　　樯影如龍水面斜
日暮每依烟渚宿　　　竹林深處有人家

협곡에 들어
入峽

양쪽 절벽 높고 높아 물 급히 흐르나
뱃길은 원만히 굽어 생각 아득하구나
구름 갇혀 나무 조밀하니 일 천 언덕 어둡고
바위 굽어 하늘 깊으니 일만 골이 으슥하구나
골짜기 나서니 재잘재잘 좋은 새 소리 들리고
물결 따라 호탕하니 경쾌한 갈매기 사랑하다
가련하구나, 이 막내 아이 언제 돌아가나
아직도 巴山을 향해 다시 멀리 노닐고 있으니.

兩壁崔嵬水急流　　　舟行宛轉思悠悠
雲籠樹密千崖暗　　　巖曲天深萬壑幽

出谷間關聞好鳥　　　隨波浩蕩愛輕鷗
可憐季子[114]歸何日　　猶向巴山更遠遊

황릉묘에서
黃陵廟[115]

소상강 가의 황릉묘에서
배를 멈춰 한 잔을 올리다
바로 알라, 오늘 돌아가면
어느 때 다시 돌아오랴
절하는 손 정성 응당 다하고
기울인 머리 눈물 드리우려 하다
산은 높아 구름이 에워싸고
물결 급해 흰 눈이 들렌다
서민의 집은 교목에 의지하고
사당의 창문은 푸른 괴목에 가리다
항시 청결 뛰어난 곳 만나면
올라 보고서 괴로이 갈 길 생각하다.

---

114) 季子: 戰國시대의 蘇秦을 季子라고도 한다. 蘇秦이 아직 뜻을 펴지 못하고 방
　　 황할 때는 주변 사람이나 집안에서도 멸시하다가, 六國의 宰相印을 차고 나타
　　 나니 감히 쳐다보지도 못하였다. 소진이 형수에게 "왜 전에는 거만하더니 지
　　 금은 공손하오(何前倨而後恭也)" 하니 형수가 "막내께서 지위가 높고 돈이 많
　　 기 때문이오(見季子位高而金多也)"라 하였다 한다.
115) 黃陵廟: 전설에 舜임금의 두 왕비인 娥皇과 女英의 사당이라 하여, 湖南省의
　　 湘陰縣 북쪽에 있다.

江畔黃陵廟	停舟奠一盃
定知今日去	聊復幾時廻
拜手誠應盡	低頭淚欲垂
岳高雲묘繚繞	波急雪喧豗
民舍依喬木	神窓隱綠槐
每逢淸絶處	登眺苦思歸

흥을 달래며
遣興

세상의 일 모두가 천명에서 오는 것
번거로이 생각해도 다 헛된 것이다
변방 늙은이 참으로 말을 잃었던가
莊周의 노인이 어찌 고기 놀음 알겠나
밀랍으로 천산의 나막신 만들 수 없고
포장으로 만리의 수레 다 덮기 어려워
성인에게도 오히려 재앙이 있어서
陳蔡에서도 제거하지 못했지.

世事皆由命	飜思摠是虛
塞翁眞失馬	莊叟豈知魚116)

---

116) 莊叟豈知魚: 〈莊子, 秋水〉편에 "莊子가 惠子와 濠水의 다리 위에서 놀다가 장
　　자가 말하기를 '피라미가 조용히 나와 노니 이는 물고기의 즐거움이다' 하였
　　다. 혜자가 '그대가 물고기가 아닌데 어떻게 물고기의 즐거움을 아는가' 하였
　　다. 장자가 '그대는 내가 아닌데 내가 물고기의 즐거움을 알지 못할 것을 어

未蠟千山屐[117)]　　　難巾萬里車
聖人還有厄　　　陳蔡[118)]不能除

찌 아는가' 하였다. 혜자가 '내가 그대가 아니기에 그대를 알지 못하니, 그대
도 물고기가 아니니 그대가 물고기의 즐거움을 모르는 것이 당연하다(莊子與
惠子 遊於濠梁之上 莊子曰 儵魚出游從容 是魚樂也 惠子曰 子非魚 安知魚之樂
莊子曰 子非我 安知我不知魚之樂 惠子曰 我非子 固不知子矣 子固非魚 子之不
知魚之樂全矣)"라 함이 있다.
117) 蠟屐: 어떤 사람이 阮孚라는 이가 불에 밀랍을 구워 나막신에다 바르는 것을
보고 "알 수 없다만 일생에 밀랍 나막신을 몇 켤레나 신으려느냐" 해도 신색이
태연하였다 한다. 그 뒤로 '蠟屐'이란 말이 '한가로이 하는 일이 없는 생활'의
비유로 쓰인다.
118) 陳蔡: 陳蔡之厄. 공자가 蔡에 있을 때 楚나라에 초빙되려 하는데 陳蔡의 大夫
가 헐뜯어, 이를 피해 진채의 들에 숨어 제자들이 걸식하여 면한 적이 있다.
〈論語, 衛靈公〉에 "在陳絶糧 從者病 莫能興"이라 함이 이 사실을 말함이다.

鄭摠

復齋集

〈해 제〉

본 시는『復齋先生集』에서 가려 뽑은 것이다.

1. 저자

鄭摠 : 1358(공민왕 7)-1397(태조 6) 자는 曼碩, 호는 復齋, 政堂文學 樞의 아들. 禑王 초에 문과 장원. 1385년에 司藝. 1391년(공양왕 3) 吏曹判書를 거쳐 정당문학에 이르렀다. 조선의 창업에 開國功臣一等으로 西原君으로 봉해지다. 鄭道傳 등과 고려사를 편찬하여 1395년(태조 4)에 완성했다. 이 해 藝文春秋館大學士로 明나라에 가 誥命과 印信을 줄 것을 주청하다가 表辭가 불손하다는 명제의 트집으로 大理衛로 유배되어 도중에 작고했다.

雪谷 鄭誧가 할아버지이고, 圓齋 鄭樞가 아버지이니, 3대가 문장가인 셈이다. 본 선집에 세 분의 시가 수록되었다.

2. 원전

『復齋先生集』은 상 하권 1책인데, 상권에는 시만이 수록되고, 하권은 문이다. 문은 왕의 敎書를 지은 것이거나 冊文등이며, 더욱이 태조의 考王인 桓祖의 비명을 태조의 명에 의하여 지은 것이 있다. 이런 사연으로 살펴보면, 선생의 시문은 麗末鮮初에 이미 국가적 신망을 얻고 있었던 것으로 이해된다.

현전하는 150 여수의 시는 酬唱과 旅程의 서경이 많은데, 서경적 순수한 자연미가 시흥을 돋우는 것 같다.

> 보슬 보슬 가랑비에 계절을 아니
> 가늘고 가늘어 새벽 바람을 쫓다
> 처마 사이엔 거미집이 젖고
> 섬돌 아래 제비 진흙 질펀하다
> 버들은 물방울이 달려 푸르고
> 꽃은 꽃망울을 재촉해 붉구나
> 한 보지락에 흙의 지맥을 돋우니
> 즐거운 낯빛이 농부에게 깃들다.

> 霡霂知時節　簾纖逐曉風
> 簷間蛛網濕　陛下燕泥融
> 着柳空濛綠　催花蓓蕾紅
> 一犁敷土脉　喜色屬田翁

「春雨」

봄비를 두고 읊은 시이다. 가랑비는 옷을 적시나 보아도 보이지 않는다(細雨濕衣看不見)는 시구가 있듯이 촉촉히 내리는 가랑비를 여실하게 읊고 있다. 내리는 빗방울은 안 보여도 거미줄에 매달려 있는 빗방울은 구슬이 매달려 있듯이 아름답다. 제비도 새집을 단장하려고 토방 밑의 진흙을 자주 물어나른다. 버들 눈은 누런 빛을 벗어나 이제는 제법 푸른 빛을 띠우고, 꽃봉우리는 터지려고 발그스름해 진다. 모든 것이 봄 소식의 풍성함이다. 이러한 자연의 풍성함에 가장 기뻐할 사람은 농부이다. 이제 새봄의 일터로 나가야 한다. 생명력이 약동하는 봄 들력이 시선 안에 가득히 다가선다.

철곡 마을 두 번 노닌 곳에
새 봄이 정월의 초순이구나
술잔엔 오늘의 술을 따르고
벽에는 지난 해 글씨를 본다
흰빛은 매화에 들어 터지고
청색은 버들 잎에서 펴진다
조용히 관찰하면 생물의 뜻이
아득히 하늘 땅에 넘쳐남 알겠다.

鐵谷重遊地　　王春正月初
杯傾今日酒　　壁見去年書
白入梅葩綻　　靑歸柳葉舒
靜觀生物意　　坱圠溢堪輿

「鐵谷村中早春」

　촌 마을의 이른 봄을 서술한 시이다. 여정의 길에 들렀던 마을에서
봄의 소식을 보는 것이다. 담담한 실상이다.
　그런가 하면 때로 시사의 어려움을 개탄하는 지식인의 한 단면도 여
러 편이 있어 당시의 사회상을 알게 한다. 다음은 왜적이 서울의 근교
에까지 들어왔던 실상을 보이는 시이다.

섬 오랑캐 이리저리 고슴도치처럼 날뛰고
배질에도 귀신같아 파도들이 놀란단다
지금껏 쥐새끼 같은 도적질 40여년에
바다 가 군현의 고을엔 사람 연기도 없다
흉악하고 독살스러움 이야기할 필요 없이
사람 죽이기를 삼단처럼 들에는 피가 흐른다
모든 장교 두려이 떨어 감히 앞서지 못해
어쩌다 북쪽으로 내달으면 먼지 하늘을 덮는다
적의 무리 승리 틈타 용기가 왕성하여서는
길이 내달아 마치 사람 없는 경지 들어오듯

노약자 어린이 잡고 끌며 산골에 숨으니
빈 집을 분탕질하여 곡식이나 돈을 빼앗다
나라 근본이 굳지 않아 날로 초췌해 가고
더구나 서쪽 변경에는 일이 있음이랴
오! 국가의 운명이 이 지경에 이르렀으니
백성들이 평안할 날이 언제인지 알겠나.

島夷縱橫如蝟毛	操舟若神驚波濤
邇來鼠竊四十年	濱海郡縣無人煙
頑凶慘毒不須說	殺人如麻野流血
諸將畏懦不敢前	有時奔北塵漲天
賊徒乘勝勇氣盛	長驅如入無人境
老幼扶携匿山谷	焚蕩室廬奪錢穀
邦本不固日憔悴	況復西垂方有事
嗚呼國步至於斯	黎民按堵知何時

「聞倭賊侵楊廣道州郡」

　　왜적의 드나듦이 매우 심했던 당시의 실상을 알게 하는 자료이다.
상대적으로 우리의 방비가 너무도 소홀한 것이 아니었나 하는 생각이
다.

復齋集

정월 13일, 종일 비바람이 불어 15일이 되어 하늘이 열
리고 경치 밝았다. 우연히 본 것을 써서 동년방인 대제
김섬에게 주다
正月十三日 風雨終日 至十五日 天開景明 偶書所見 戲贈
同年金待制贍

오늘 아침 비가 처음 개이니
문에 나서 나의 시선을 따르다
풀 빛은 잠시에 있는 듯 없는 듯
산의 경광은 기름으로 목욕한 듯
출렁출렁 길을 가로지르는 샘물
하늘하늘 볕을 향하는 나무 가지
만물은 각기 의기를 얻지만
내 마음은 담담히 욕심이 없다
그대는 기약대로 오지를 않아
나로 하여금 홀로 서 있게 하다
어떻게 하면 국생을 휴대하고서
은혜롭게도 가난한 집에 올까
좋은 경치에는 하늘 비밀도 다해
새로이 주옥같은 시를 읊게 하다

이런 일이 어찌 아름답지 않은가
그대 아직도 세속에 이끌릴까 염려돼.

今朝雨初霽	出門縱吾目
草色乍有無	山光如膏沐[1]
決決橫道泉	欣欣向陽木
萬物各得意	吾心淡無欲
之子期不來	使我立於獨
如何携麴生[2]	惠然來白屋[3]
勝景窮天慳	新詩詠珠玉
此事豈不佳	恐君尚牽俗

일찍 길떠나 가는 길에 짓다
早行 途中有作

새벽 밤에 아직 날은 밝지 않고
말을 몰아 앞 길을 내닫다
사륵사륵 싸랑눈 내리고
우수수 북녘 바람이 울린다
마을 지나자 개 하나 짖고

---

1) 膏沐: 목욕으로 씻음. 潤澤. 비와 이슬에 초목이 목욕한 듯함. 唐 柳宗元의 〈晨
　詣超師院讀禪經〉시에 “日出霧露餘 靑松如膏沐”이라 함이 있다.
2) 麴生: 술을 말함. 술을 의인화하여, 麴先生 또는 麴生이라 함.
3) 白屋: 흰 띳풀로 지붕을 이어 장식이 없는 집으로 평민의 거처를 말함. 곧 빈
　한한 집.

숲을 지나면 자던 새 놀란다
걸음 걸음에 높은 뫼 올라
시험삼아 처음 해 돋음 본다
임진강에는 흰 물이 둘리고
화악산에는 푸른 뫼가 높구나
요사이 대궐 문 어긴지 오라니
임 생각에 마디 마음 밝구나
아득히 나는 마디 재주도 없이
오래도록 벼슬아치를 따랐다
밝은 시절 부질없는 녹 부끄러우니
세금 되돌리고 바위산 경작 일삼자.

蓐食[4] 天未明	驅馬赴前程
霏霏微雪落	獵獵朔風鳴
村行一犬吠	林過宿鳥驚
行行登高岡	試見初日生
臨津白逶迤	華嶽靑崢嶸
向來違天闕	戀主寸心明
奧予無寸能	久矣隨簪纓
明時愧空食	反稅事岩耕

---

4) 蓐食: 새벽에 아직 일어나지도 않았는데 식사가 나오는 것. 아침 식사 시간이
　　빠른 것.

염주에서 평학령으로 가는 도중에
自鹽之平鶴嶺途中

말을 몰아 평학령을 넘는데
길은 어쩌면 이리 굽고 꺾였나
아침 햇살은 밝기로 재롱하고
북녘 바람은 사납게도 불어댄다
뭇 봉우리는 울창히 드높고
한 줄기 물은 가늘게 오열한다
바위는 무심한 구름을 이고 있고
소나무엔 녹지 않은 눈이 남아있다
부처 궁전은 높은 언덕에 있어
황금 벽색이 서로 밝다 흐리다 하네
상상컨대, 기미를 잃은 사람 있어
나의 이 바쁜 걸음을 비웃고 있지.

驅馬逾鶴嶺	道途何屈折
朝日弄暉暉	朔風吹冽冽
衆峰鬱嵯峨	一水細咽咽
石戴無心雲	松餘未消雪
梵宮在高崖	金碧互明滅
想有忘機人	笑予行屑屑

달 밤에 홀로 앉아 느낌이 있어, 양촌에게 올림
月夜獨坐有感 呈陽村5)

홀로 앉았으니 밤은 깊고 아득해

가시 울타리엔 달만이 침침하구나

뭇 동식물 각기 이미 쉬고 있는데

괴상한 새만은 뽕나무 숲에서 운다

온갖 감회가 마음 안으로 치달으니

칼을 치는 탄협가를 읊고 또 노래한다

예성강 상류에 나그네 되어 있어

집은 남산 뒤에 남겨 두고 있으니

어머니 모시기를 어떻게 바라겠나

한 번의 편지도 천금의 값어치인데

분명히 아는 것은, 양촌의 늙은이도

이 때는 이 마음과 같으리라는 것.

獨坐夜轇輵6)	柴荊月沈沈
群動各已息	怪鳥鳴桑林
百感攻王內7)	彈鋏8)歌且吟

---

5) 陽村: 權近(1352-1409)의 호, 자는 可遠, 思叔.

6) 轇輵: 空豁하고 깊은 모습.

7) 王內: 원래는 왕과 왕후가 거처하는 곳을 이르는 말이나, 여기서는 마음 속으로 쓴 것인 듯.

8) 彈鋏: 어렵게 살아 벼슬을 구하는 마음을 이르는 말. 齊나라에 馮諼이라는 이가 있었는데, 孟嘗君이 나그네 대접을 잘한다는 말을 듣고 찾아갔다. 맹상군이 잘하는 것이 무엇이냐 물으매, 아무 능력이 없다 하여, 그저 먹고 지내게 했다. 하루는 칼(鋏)을 치면서(彈) "긴 칼을 가지고 왔는데 반찬은 고기가 없

作客浿水⁹⁾上　　留家南山陰
將母豈敢望　　一書如千金
端知陽村叟　　此時同此心

용두사의 도생승통을 송별하며
送龍頭道生僧統

스님은 매이지 않은 사람이시니
의지와 기개 어찌 그리 너그러운가
일찍이 고당의 어버이께 사직하고
좋게도 공문의 친구와 동반했나요
다리 꺾인 솥에다 밥을 짓고
이르는 곳마다 더위 추위 지내다
용두사는 어디에 있는가
아득히 긴 강의 물가일세
가을 바람 가는 흥을 일으키어
석장의 지팡이 허공 찔러 들다
소매 속에는 새로운 시가 많은데
모두가 이름난 경대부의 말일세

다” 하고, 또 “긴 칼을 가지고 왔는데 수레가 없다” 하여, 수레도 주었으나, 끝
내는 “긴 칼을 가지고 왔는데 집이 없구나” 하여, 그가 노모가 있는 것을 알고
그에게 집을 주었다 한다. 그래서 “彈鋏”이 가난을 위해 벼슬을 구하는 고사가
되었다. 〈戰國策〉

9) 浿水: 禮成江 상류의 豬灘이라고도 하고, 大同江의 옛 이름이기도 하다.

시러금 문창의 무리가 아니겠나만
한창려의 서문 없음 부끄럽구나.

師也不羈人	意氣何容與
早辭高堂親	好伴空門侶
煮飯折脚鐺10)	到處度寒暑
龍頭在何許	縹緲長江渚
秋風動歸興	錫杖凌空擧
袖中多新詩	盡是名卿語
得非文暢徒	愧無昌黎序11)

겨울 밤
冬夜

겨울 밤은 어찌 이리 더디어서
동방이 언제나 밝을 것인가
이불도 얇어 싸늘하기 쇠같아
깜박깜박 잠을 이루지 못한다
옷을 걸치고 일어나 창을 보니

---

10) 折脚鐺: 다리 부러진 솥. 가난한 삶을 표현함. 〈傳燈錄, 無業大師〉條에 "茅茨
 石室 向絶脚鐺裏煮飯 喫過三十二年 名利不干懷 財寶不爲念 大忘人世 隱跡巖叢
 (띳 집의 돌 방에 다리 끊긴 솥에 밥을 짓기 32년이 지나도 명예 이욕 마음에
 없고 재물 보배도 생각이 없이 인간세상을 아주 잊고 바위숲에 자취를 감추
 다)"이라 함이 있다.
11) 昌黎序: 唐의 韓愈가 승려인 文暢을 송별하면서 쓴 〈送浮屠文暢序〉가 있다.

샛별 비끼고 달도 기울었구나
추위 닭은 공연히 홰에 있어
울지도 않고 날개깃만 친다
소 먹이 반우곡이나 높이 부르며
곡이 끝나면 길이 탄식하다.

冬夜何漫漫	東方何時白
衾裯冷如鐵	耿耿寐不得
被衣起窺戶	參橫月亦側
寒鷄空在栖	不鳴但鼓翼
高歌飯牛曲[12]	曲終長太息

개골개골 우물 밑 개구리
閣閣井底蛙

개골개골 우물 밑의 개구리
난간에 뛰어오르고 우물 벽에 쉬어
기쁨이 오면 북처럼 불려 일어나고
노여우면 배를 팽창시키고야 만다
스스로 우물 안의 즐거움 과장하되
올챙이라 하더라도 나만 못하다 하다
석회를 뿌려 곽씨의 일도 없는데
관가나 사가에서 귀를 시끄럽게 하네.

---

12) 飯牛曲: 衛의 甯戚이 齊나라의 동문 밖에서 소를 먹이며 桓公이 지나가기를 기
다려 이 노래를 불러 기용되었다.

閣閣井底蛙　　　　跳梁缺甃崖[13]
喜來鼓吹起　　　　怒腹脹則已
自誇坎井樂　　　　科斗莫吾若[14]
灑灰無蝈氏[15]　　　官私聒人耳

깍깍 성 위의 까마귀
啞啞城上烏

까옥 까옥 성 위의 까마귀
날이 저물자 꼬리 다 펼쳐
상림 숲의 나무 높고 낮아
온 나무 너의 집으로 빌려줘
나무 머리엔 좋은 가지 많아
비바람에도 역시 옮기지 않다
화살을 끼고 쏠 사람은 없으니
모두 울면서 밤을 새게 한다.

---

13)　跳梁缺甃崖: 〈莊子, 秋水〉편에 "너는 우물 안의 개구리를 들어보지 못했느냐.
　　동해의 자라보고 이르기를 '나는 즐겁도다. 우물 난간 위로 뛰어오르고, 우물
　　벽 무너진 곳에서 쉬고, 물에 뛰어들면 겨드랑이에 접하고 턱을 버티고, 진흙
　　에도 발꿈치만 빠지니, 장구벌레나 올챙이도 나만은 못하다'(子獨不聞埳井之鼃
　　乎 謂東海之鼈曰 吾樂與 吾跳梁乎井幹之上 入休乎缺甃之崖 赴水則接腋持頤 蹶
　　泥則沒滅跗 還虷蟹與科斗 莫吾能若也)"라 함이 있다.
14)　科斗莫吾若: 앞의 주 13) 참조.
15)　蝈氏: 고대에 개구리와 같은 동물을 제거하던 벼슬의 이름.

啞啞城上烏　　　　日暮尾畢逋
上林樹高低　　　　全樹借汝棲
樹頭多好枝　　　　風雨亦不移
無人挾彈射　　　　儘教啼入夜

9월 9일
重九

손님과 함께 술과 시를 가지고
높이 두자미의 시를 읊다
집 가난해 좋은 술은 없지만
이런 국화 가지를 어찌해야나.

與客携壺句　　　　高吟杜子詩
家貧無竹葉16)　　　奈此菊花枝

왜적이 양주 광주의 고을에 들었다 소리 듣고
聞倭賊侵楊廣道州郡

섬 오랑캐 이리저리 고슴도치처럼 날뛰고
배질에도 귀신같아 파도들이 놀란단다
지금껏 쥐새끼 같은 도적질 40여년에

---

16) 竹葉: 술의 이름. 또는 일반적인 술의 美稱.

바다 가 군현의 고을엔 사람 연기도 없다
흉악하고 독살스러움 이야기할 필요 없이
사람 죽이기를 삼단처럼 들에는 피가 흐른다
모든 장교 두려이 떨어 감히 앞서지 못해
어쩌다 북쪽으로 내달으면 먼지 하늘을 덮는다
적의 무리 승리 틈타 용기가 왕성하여서는
길이 내달아 마치 사람 없는 경지 들어오듯
노약자 어린이 잡고 끌며 산골에 숨으니
빈 집을 분탕질하여 곡식이나 돈을 빼앗다
나라 근본이 굳지 않아 날로 초췌해 가고
더구나 서쪽 변경에는 일이 있음이랴
오! 국가의 운명이 이 지경에 이르렀으니
백성들이 평안할 날이 언제인지 알겠나.

島夷縱橫如蝟毛　　操舟若神驚波濤
邇來鼠竊四十年　　濱海郡縣無人煙
頑凶慘毒不須說　　殺人如麻野流血
諸將畏懦不敢前　　有時奔北塵漲天
賊徒乘勝勇氣盛　　長驅如入無人境
老幼扶携匿山谷　　焚蕩室廬奪錢穀
邦本不固日憔悴　　況復西垂方有事
嗚呼國步至於斯　　黎民按堵知何時

18일, 대동강에 이르러 두 수
十八日 到大同江 二首

강 언덕에 말을 매어 두고
풀을 자리삼아 여러 시간 지나다
먼 들은 평평하기 손바닥 같고
낮은 봉우리는 눈썹처럼 아득하다
성을 둘러싼 강물은 출렁출렁대고
언덕을 사이한 나무는 아른아른하다
아득하구나, 여덟 갈래의 가르침이여
누가 능히 다시 이를 시행할 수 있나.

江皐秣予馬	藉草坐移時
逈野平如掌	低峰遠似眉
繞城江瀰瀰	隔岸樹離離
邈矣八條17)教	誰能重施設

낙랑이라는 이름 들은 지 오란데
이제 와 나의 수심을 쓰고 있네
산을 의지하여 분칠한 성첩 열리고
강에 임하여 화려한 누대를 세우다
기자의 끼친 풍교 남아 있고
단군의 지나간 일은 아득하구나
쓸쓸한 노래 멀리 울려퍼지니
아득히 이것이 용주임을 알겠다.

---

17) 八條: 箕子가 백성의 교화를 위하여 설정했다고 하는 여덟 가지의 禁法.

樂浪聞名久　　　今來寫我憂
據山開粉堞　　　臨水起朱樓
箕子遺風在　　　檀君往事悠
啁啾歌吹響　　　遙認是龍舟[18]

철곡촌의 이른 봄
鐵谷村中早春

철곡 마을 두 번 노닌 곳에
새 봄이 정월의 초순이구나
술잔엔 오늘의 술을 따르고
벽에는 지난 해 글씨를 본다
흰빛은 매화에 들어 터지고
청색은 버들 잎에서 펴진다
조용히 관찰하면 생물의 뜻이
아득히 하늘 땅에 넘쳐남 알겠다.

鐵谷重遊地　　　王春[19]正月初
杯傾今日酒　　　壁見去年書
白入梅葩綻　　　青歸柳葉舒
靜觀生物意　　　块圠溢堪輿[20]

---

18)　龍舟: 용으로 장식한 크고 아름다운 배.
19)　王春:〈公羊傳 隱公元年〉에 "元年春 王正月 … 春者何 歲之始也 王者孰謂 謂文
　　王也"라 하여 "王春"은 新春을 말한다.
20)　堪輿: 하늘과 땅. 乾坤.

경오(1390), 칠석날 용두회에 판서 유량의 집으로 모였
는데, 정포은이 시를 지어 그 운에 차운함　두 수
庚午七夕龍頭會 會柳判書亮家 鄭圃隱有詩 卽次其韻　二首

오늘 저녁 무슨 저녁인지 아나
사람들에게 온갖 근심 잊게 하네
어깨를 부딛히며 계수나무 방에 모이고
머리 자른 일은 훤당의 어머니 있다
좋은 달은 은하수에 걸쳐 있고
유하주는 백옥의 잔에 넘친다
높이 노래하며 견우 직녀 보니
말긋말긋 둘은 서로 바라보는 듯.

今夕知何夕	令人萬慮忘
磨肩集桂榜	截髮21) 有萱堂
好月斜銀漢	流霞22) 瀲玉觴
高吟見牛女	脉脉兩如望

친구는 국가 대궐로 조회를 가서
아침 저녁으로 잊을 수가 없더니

---

21) 截髮: 晉의 陶侃이 젊어서 가난한데, 하루는 큰 눈이 내리고 같은 고을의 孝廉
　　으로 알려진 范逵가 내방하였다. 어머니 湛氏가 머리를 잘라다 팔아 손님을 대
　　접하고, 뜰안의 풀을 잘라 말을 먹여주었다. 그 후로 "截髮留客"을 賢母로서 손
　　님대접을 잘하는 故事로 인용된다.
22) 流霞: 전설에서 신선이 마시는 음료라 함. 한 번 마시면 여러 달동안 배고프지
　　않다.

산 넘고 물 건너 천리를 돌아오니
단란하게 한 집에 모였구나
섬섬옥수 가는 손은 보배 비파 타며
단정히 앉아 깊은 잔을 기울인다
마음을 놓고 이 밤을 즐기니
여러 분들이 모두가 덕망인 아닌가.

故人朝帝關　　　旦夕未能忘
跋涉[23]歸千里　　團欒共一堂
纖纖彈寶瑟　　　兀兀倒深觴
放意陶玆夕　　　諸公盡令望

경연 뒤에 귀가하여 우연히 읊다
經筵後歸家偶吟

밝는 아침에 봉황 대궐 조회하고
해 저녁에 시비의 사릿문에 오다
북녘 바람 나의 모자에 불리고
서녘 해는 내 옷을 비추고 있다
누가 나의 벼슬길 냉소적이라 하나
자신이 임금님 향기 일으키고 왔는데

---

23) 跋涉: 산을 오르고 물을 건너다. 여정 길의 어려움을 말함. 〈詩經, 鄘風, 載馳〉
　　에 "大夫跋涉 我心則憂(대부가 산 오르고 물 건너는 어려움에 내 마음이 수심
　　스럽다)"함이 있다. "跋山涉水".

막걸리엔 오묘한 이치가 있구나
역시 기미마저도 잊게 할 만해.

平明朝鳳闕　　　向晚返柴扉
北風吹我帽　　　西日照我衣
誰言我官冷　　　身惹御香歸
濁醪有妙理　　　亦足以忘機

우연히 읊다
偶吟

작은 방엔 거문고 책이 고요하고
아홉 거리엔 수레 말이 떠들썩해
사람은 모두 달팽이 뿔에 있지만
나는 홀로 복희 헌훤에게로 간다
거센 대는 바람의 가지가 여위었고
어린 뽕나무 비 잎이 번성하다
고요한 중에 사물 형상 관찰하나
이 의미를 누구와 의론할까.

一室琴書靜　　　九街車馬喧
人皆在蠻觸24)　　　我獨到羲軒25)

---

24) 蠻觸: 작은 일로 다투는 것. 〈莊子, 則陽〉에 "달팽이의 외쪽 뿔에 있는 나라를
　　觸氏라 하고, 달팽의 오른쪽에 있는 나라를 蠻氏라 하는데 때때로 서로 땅 때
　　문에 싸워서 시체가 수만이나 되어 드디어 패하여 15일 뒤에야 돌아왔다(有國

勁竹風枝瘦　　　柔桑雨葉繁
靜中觀物象　　　此意與誰論

봄 비
春雨

보슬 보슬 가랑비에 계절을 아니
가늘고 가늘어 새벽 바람을 쫓다
처마 사이엔 거미집이 젖고
섬돌 아래 제비 진흙 질펀하다
버들은 물방울이 달려 푸르고
꽃은 꽃망울을 재촉해 붉구나
한 보지락에 흙의 지맥을 돋우니
즐거운 낯빛이 농부에게 깃들다.

霡霂知時節　　　簾纖[26] 逐曉風
簷間蛛網濕　　　陛下燕泥融
着柳空濛綠　　　催花蓓蕾紅
一犁敷土脉　　　喜色屬田翁

於蝸之左角者　曰觸氏　有國於蝸之右角者　曰蠻氏　時相與爭地而戰　伏尸數萬　逐北
旬有五日而反)"이라 하였다.
25) 羲軒: 상고시대 이상적 군주라 하는 伏羲氏와 軒轅氏(黃帝)를 함께 이름.
26) 廉纖: 가늘음, 微細. 흔히 가랑비를 형용하는 말로 쓰임.

늦게 개다
晚晴

한 줄기 비 찌는 더위 씻으니
훤하게 하늘 기운이 개도다
동산 숲엔 둥지 새 모이고
뜰 풀에는 계절 벌레 운다
군왕 도울 공 이루기 어렵고
전원으로 갈 계획도 이루지 못해
이럴까 저럴까 그러자 그러자하다
또 한해 가을의 삶을 보게 되었다.

一雨洗炎熱	曠然天氣晴
園林棲鳥集	庭草候蟲鳴
補袞27) 功難就	歸田計未成
唯唯雜唯唯	又見一秋生

구룡산 관음굴에서 자다
宿九龍山觀音窟

좋은 날에 절을 찾아가려고
지팡이 집고 푸른 취미봉에 오르다

---

27) 補袞: 제왕의 과실을 풍간하여 돕는 것. 〈詩經, 大雅, 烝民〉에 "袞職有闕 維仲
    山甫補之(임금의 직책에 잘못됨 있으면 오직 중산보씨가 돕는다)"함에서 유래
    함.

소나무 소리 속세의 귀 일깨우고
꽃 조각은 사람의 옷을 스친다
옛 동굴을 전해 들은 지 오라나
신령한 봇물 살펴보기 드물었다
이래저래 흥이 잔잔하지 않으니
산 새도 돌아가지 말라 하네요.

勝日尋蘭若	扶筇上翠微
松聲醒俗耳	花片撲人衣
高窟傳聞久	靈湫省見稀
於焉興不淺	山鳥莫催歸

천마산 선현암에 놀다
遊天磨山善賢菴

절 집이 빈 골에 있으니
세속 먼지는 원래 멀리 막혔다
가을이 깊으니 단풍잎 발갛고
해 저무니 산 색깔은 파랗구나
잘 새는 다투어 숲으로 들고
가는 중은 홀로 석장을 끌다
이래저래 흥은 더욱 길어서
긴 휘파람으로 적적함 달래다.

禪龕在空谷　　　俗塵遠迥隔
秋深楓葉丹　　　日暮山光碧
宿鳥競投林　　　歸僧獨携錫
於焉興更長　　　長嘯破幽寂

장의사 주지 도대사총공에게 주다
贈藏義寺主都大師聰公

시내 물은 층계 따라 오열하고
가을 광채는 정원 가득히 짙다
중은 한가히 때로 문을 나서고
나그네 와도 종소리 들리지 않다
지둔을 오래 상상했더니
혜원을 오늘 다시 만났구나
차를 맛보고 인해 법을 묻고는
여러 날을 다행히 서로 따랐다.

澗水緣階咽　　　秋光滿院綠
僧閑時出戶　　　客至不聞鍾
支遁[28] 久相憶　　　遠公[29] 今再逢
嘗茶仍問法　　　數日幸相從

---

28) 支遁: 중국 東晉의 승려 (314-166). 당시의 명사들과 두루 많이 사귀었다.
29) 遠公: 惠遠(335-417) 중국 東晉의 승려. 廬山 白蓮寺의 개조.

시로 쌍매당 이첨선생을 초청하다
以詩邀雙梅堂李先生詹

봄 술 석 잔 뒤엔
유연히 시흥이 돋아
친한 벗 모임을 이루고
계절 순서 다시 청명일세
뭉게뭉게 구름은 여러 자태이고
하늘하늘 나무는 꽃다움으로 향해
역마를 타고 서로 지나보지만
이소나 풍아에 이름 없음 부끄럽다.

春酒三盃後　　　油然詩興生
親交成會合　　　節序更淸明
藹藹雲多態　　　欣欣木向榮
相過乘郵驛　　　騷雅愧無名

목주 가는 길에
木州途中

사신 길로 역정 고을 떠나
바람 마시며 목주에서 쉬다
구름 걷히니 산은 다투어 솟고
눈 다하니 물은 다투어 흐르다

쓸쓸 삭막함은 조세로 도망감이고
무너져 가는 것은 술 파는 집
어떻게 하면 하늘 문에 부르짖어
영을 내려 조세 징수 감하게 할까.

星駕離亭邑	風餐憩木州
雲收山競出	雪盡水爭流
蕭索逃租戶	摧頹賣酒樓
安能叫閶闔	下令減徵求

병에서 일어나
病起

봄이 지나도 항상 베개에 엎드리다
오늘에야 처음 갓의 먼지를 털다
약 주머니에 마음 기울임 오라고
의술 방편에 시선을 흘려 보다
머리털 드물어 비녀 쉽게 떨어지고
허리 여위니 띠 왜 이리 헐거워
밭 갈기엔 기술 없음이 부끄러우니
마디만한 밭이 원래 단사약인데도.

經春常伏枕	此日始彈冠
藥裹關心久	醫方着眼看

<table>
<tr><td>髮稀簪易墮</td><td>腰瘦帶何寬</td></tr>
<tr><td>耕道愧無術</td><td>寸田元自丹[30]</td></tr>
</table>

기자의 무덤
箕子墓

견성의 서쪽 언덕 가장 높은 봉우리
옛 무덤이 난잡한 푸른 솔 속에 무너졌네
상아 저깔을 만들 당시 충성 간언 다했고
정치 법도 만세토록 그의 모습을 상상케 한다
세 인인을 예로부터 그의 높은 자취 흠모하고
여덟 가지 정교는 누가 옛 자취 따를 수 있나
쓸쓸히도 제사를 드려야할 사람이 없으니
옆 산의 나무군 길마저도 붉은 이끼가 깔렸네.

<table>
<tr><td>絹城西畔最高峰</td><td>古墓摧頹亂翠松</td></tr>
<tr><td>象箸[31]當時盡忠諫</td><td>龜疇[32]萬世想音容</td></tr>
</table>

---

30) 丹: 丹沙를 精練해서 만드는 약의 일종. 여기서는 밭이 약이라는 의미로 사용한 듯함.

31) 象箸: 상아로 만든 저깔. 殷의 紂가 상아의 저깔(象箸)을 만드니까, 숙부인 箕子가 저런 사치를 부리면 장차 못할 일이 없겠다 하여 忠諫하다가 듣지 않아서 동쪽인 朝鮮으로 왔다.

32) 龜疇: 전설에 大禹가 治水할 때에 거북이가 나타나, 그 등에 그려진 9가지 문양에 의하여 천하를 다스리는 법도 9가지를 창안한 것이 '洪範九疇'이다. 그 뒤로 "九疇" "龜疇"가 천하를 다스리는 大經大法을 이르게 되었다.

三仁[33] 自昔欽高躅   八政[34] 誰今繼舊蹤
惆悵無人薦蘋藻[35]   傍山樵徑紫苔封

구제궁
九梯宮[36]

옛 궁전 남은 터가 층층 뫼에 있어
나막신으로 올라가니 시계가 트인다
넓은 들의 삼면에는 산이 뾰죽뾰죽
긴 하늘 한 끝에는 바다가 출렁댄다
번화했던 지난 일은 뜬 구름으로 사라지고
감개로이 와서 부르는 노래는 맑은 해가 진다
졸렬한 시로 좋은 경치 감상하려 하니
늙은 소나무 그늘 아래 오래 오락가락하다.

古宮遺址在層巒   步屧登臨眼界寬
曠野三邊山簇簇   長天一面海漫漫
繁華往事浮雲滅   感慨來歌淡日殘
欲把拙詩償勝景   古松陰下久盤桓

---

33) 三仁: 殷나라 말년의 微子 箕子 比干을 말함.
34) 八政: 箕子가 백성을 교화하기 위한 8가지 禁法.
35) 蘋藻: 수초인 마름풀인데, 고대에는 채집하여 제사에 쓰이던 음식이었음.
36) 九梯宮: 고구려 시조 東明王의 궁으로 평양 永明寺의 터에 있었다.

기린굴(영명사의 앞에 있다)
麒麟窟(在永明寺之前)

입을 딱 벌린 기린의 궁전 부처 궁에 가깝고
동명왕의 일은 사라져 풀만 허공에 닿다
굽어보니 문득 구지의 못인가 의아하고
우뚝 서면 때로 열어구의 바람이 솟기도 하다
신령했던 사물들 구름을 타고 아득히 돌아갔고
남은 자취는 돌에 새겨 가파른 산에 있다
사람들은 길이 강 밑으로 통해 있다 하니
촛불을 잡고 누가 자세히 살펴볼 수 있나.
(위의 문득却자는 처음初자의 잘못인가 의아하다)

麟窟哈呀近梵宮　　　　東明往事草連空
俯窺却訝仇池37)穴　　　却立時生禦寇風38)
神物乘雲歸汗漫　　　　遺蹤勒石在巃嵸
人言有路通江水　　　　秉燭誰能子細窮(上却恐草字之誤)

---

37) 仇池: 산 이름. 중국 甘肅省에 있는 산인데, 산 위에 못이 있기 때문에 얻은
　　이름이다.
38) 禦寇風: 禦寇는 周의 列子의 이름이니, 열자는 老子의 학통을 이은 道家로서,
　　여기서 禦寇風이라 함도 이러한 도가적 자연의 바람이란 뜻인 듯하다.

조천석
朝天石

타원형의 옛 돌이 파란 물결을 베고 누워
사람들은 성신 임금 여기서 하늘로 조회갔다네
굴 속의 기린은 스스로 구름 타고 갔고
바위 아래 용은 응당 보물 안고 졸고 있다
사나운 파도 방아찌어 흰 눈이 번득이고
묵은 이끼는 묻혀 파란 동전을 흩날린다
몸을 애걸하여 낚시하려 오겠다 하여
바람 모래에 말을 몰아 또 한 해이었다.
(아래 물결浪자는 눈雪자의 잘못인 것 같다)

古石穹窿枕碧漣　　　人言聖帝此朝天
窟中麟自乘雲去　　　崖下龍應抱寶眠
駭浪春撞飜白浪　　　古苔埋沒散靑錢
乞身擬欲來垂釣　　　鞍馬風沙又一年 (下浪恐雪字之誤)

관풍전
觀風殿

큰 집이 깊고 넓어 파란 허공에 이었으니
선왕들께서 순찰하시며 옛날 풍속 관찰함이다
뜰에 가득한 봄 풀은 스스로 비취색으로 사귀고

섬돌에 둘린 늦은 꽃은 부질없이 진혹색만 진다
한 조각 강과 산이 흥하거나 망한 뒤에
일만 집 조석 연기도 하나의 그림일세
요사이 백성들 고통이 얼마나 되는지
누가 왕에게 권하여 사방의 귀를 열릴까.

夏屋渠渠[39]倚碧空　　　先王巡狩昔觀風
滿庭春草自交翠　　　遠砌晚花空落紅
一片江山興廢後　　　萬家煙火畵圖中
邇來民瘼知多少　　　誰勸君王達四聰

성용전
聖容殿

국가 창업의 어려움에 성신한 분 기억하니
정호에서 용으로 가신 지 반천년이 되었구나
종묘 신궁은 청정하여 단청의 색깔은 낡고
끼치신 초상은 계신 듯 곤룡포 면류관이 새롭다
위엄 신령 내리심 분명히 위에 계시고
새로 연 공업은 그 크기 견줄 데 없다
작은 신하 이끼 섬돌에 머리 조아리오니
옛날 감격 오늘의 시름에 눈물 수건 적시다.

---

39) 夏屋渠渠: 〈詩經, 秦風, 權輿〉에 "於我乎 夏屋渠渠(오! 나에게 큰 집이 넓고
　　넉넉해)"함이 있다. 이는 임금이 나에게 후한 대접을 하여 이 넓고 큰 집으로
　　초대한다는 내용이다.

創業艱難憶聖神　　鼎湖[40]龍去半千春
閟宮有侐[41]丹靑古　　遺像如存袞冕新
陟降威靈明在上　　刱新功業大無倫
小臣稽顙苦階下　　感古悲今淚滿巾

화엄종사 우운의 시권에 쓰다
題華嚴宗師友雲詩卷

신라에서 면면히 이어온 자손으로
영수님의 산 문에는 도의 기운도 많소
석장 날려 연산 변방의 눈에 노닌 적 있고
잔을 띄워 또 절강의 파도 거스리기도 했네
나이 8순에 들어 몸매는 마른 나무 같으나
삼승의 법을 설하게 되면 물 흐르는 달변일세
호계 시내를 향하여 행장을 모셨으면 하는데
가을 바람의 이 이별을 어찌해야 하나.

蟬聯[42]胤胄自新羅　　領首山門道氣多
飛錫曾遊燕塞雪　　浮杯又亂浙江波
年垂八秩形如枯　　法說三乘辯若河
擬向虎溪[43]陪杖屨　　秋風此別乃如何

---

40) 鼎湖: 전설에 고대의 黃帝가 鼎湖에서 용을 타고 하늘로 올라갔다 해서, 帝王
　　을 뜻하기도 하고, 제왕의 죽음을 뜻하기도 한다.
41) 閟宮有侐: 〈詩經, 魯頌, 閟宮〉에 "閟宮有侐 實實枚枚(신궁은 맑고 깨끗해 넓고
　　도 조밀하구나)" 함이 있다.
42) 蟬聯: 면면히 이어져 끊이지 않음.

강음 가는 길에
江陰途中

강음 고을의 길은 가로 질러 비꼈는데
말 위에서 시를 읊어 사물 화려 보답하다
봄 빛은 이미 누런 송아지의 풀로 돌아갔고
조수의 흔적은 아직도 백구의 백사장에 남다
바람 앞의 세 가락은 목동의 피리이고
버들 밖의 한 곡조는 노니는 여인의 노래
푸른 흐름을 억누르고 문은 반쯤 닫힌
대 울타리 띳집은 이것 누구의 집인가.

江陰縣裏路橫斜	馬上哦詩答物華
春色已歸黃犢草	潮痕猶在白鷗沙
風前三弄牧童笛	柳外一聲遊女歌
控壓碧流門半掩	竹裏茅屋是誰家

---

43) 虎溪: 중국 강서성의 廬山 東林寺 앞에 있는 시내. 慧遠法師가 여기에 있으면
　　서, 손님이 왔다 갈 때 이 시내를 넘지 않았다. 하루는 陶潛과 陸修靜을 전별
　　하다가 너무나 진지한 이야기에 이 시내를 넘는 것을 몰랐다. 서로가 웃고 말
　　았다. 이를 '虎溪三笑'라 한다.

누추한 시골
陋巷

누추한 시골 살림살이 다만 표주박 하나
대문은 쓸쓸함을 견디다 오히려 조용하다
나무 끝 병든 잎은 가을을 알아 떨어지고
섬돌 낯 새로운 이끼는 비를 머금어 교태롭다
게으르고 오만하기는 嵇叔夜인 듯함이 있고
광기를 일깨워주기는 혹 盖寬饒와 닮기도 하다
요상이 세 갈래 길에 소나무 국화 황폐해졌으니
닷말 쌀이 아직도 사람의 허리를 꺾게 하는가.

陋巷生涯只一瓢	門堪羅雀[44] 轉寥 (缺)
樹頭病葉知秋下	階面新苔挾雨驕
懶慢有如嵇叔夜[45]	醒狂或似盖寬饒[46]
邇來三徑[47] 荒松菊	五斗[48] 令人尙折腰

---

44) 羅雀: 정원이 쓸쓸하고 영락함을 비유하는 말. 唐 白居易의 〈寄皇甫賓客〉시에 "臥掩羅雀門 無人驚我睡(누워 쓸쓸한 문을 닫으니 나의 졸음을 놀랠 사람도 없다)"함이 있다.

45) 嵇叔夜: 晉의 嵇康의 字가 叔夜. 죽림칠현의 한 사람.

46) 盖寬饒: 漢의 宣帝 때에 方正하다하여 천거되었다. 법의 집행이 엄하여 감히 범하는 자가 없었다. 너무 강직 청렴하여 임금의 뜻을 거슬려 원한을 사 사직하고 자살했다.

47) 三逕: 陶潛이 松 竹 菊을 심었다 하는 세 갈래의 길. 〈歸去來兮辭〉에 "三逕雖荒 松菊猶存(세 갈래 길 비록 황폐하나 솔과 국화는 남았다)"함이 있다.

48) 五斗: 五斗米. 陶潛이 군에서 파견된 督郵에게 의관을 갖추고 맞으라 하니, 탄식하되 "나는 닷말 쌀을 위해 허리를 꺾을 수 없다, 즐겨 향리의 소인을 섬기겠나(吾不能爲五斗米折腰 拳拳事鄕里小人耶)"하고는 팽택령을 사직했다. 五斗

윤이상의 누대에 쓰다
題尹二相樓

성 동쪽의 오뚝한 곳에 높은 누대 솟았으니
반쯤 숨은 어느 사람이 윤이상과 닮았는가
말에 맡겨 찾아와 노님에 우연히 만났고
꽃을 보며 거나히 취하니 풍류도 흡족하네
남산에 푸르름이 떨어지니 거문고 술잔 늦었고
북쪽 창에 냉기가 도니 베개 돗자리의 가을일세
이로부터 자주 진솔한 모임이 되겠지만
뜬 구름의 삶이란 흰눈이 쉽게 머리털로 드네.

城東勝地起危樓　　半隱何人似尹侯
信馬來遊成邂逅　　看花酩酊足風流
南山滴翠琴尊晚　　北牖生凉枕簟秋
從此煩爲眞率會　　浮生容易雪侵頭

여관에서 있었던 일
旅舍卽事

나그네 창에 말 없이 높은 산에 앉아 있으니
나팔 소리 서너 곡조에 생각도 일만 겹이다
송악산에 구름 비꼈으니 집은 아득하고

米는 당시의 현령의 봉급이다.

패강에 바람이 이니 물결은 출렁거린다
마음 넓히려니 항시 봄 술이 없음 한스러우니
시선을 들어 어찌 차마 석양의 불꽃을 보랴
조만간에 수레 타고 서울로 돌아가게 되면
장안 사람들 비취색의 화려한 얼굴 보려 하겠지.

旅懷無語坐高舂49)	畵角三聲意萬重
松岳雲橫家渺渺	浿江風起浪溶溶
寬心每恨無春酒	擧目那堪看夕烽
早晚鑾輿反京國	都人苦望翠華容

김순중 장원이 밀성군수로 부임함을 보내며
送金純仲壯元赴任密城 二首

소잡을 칼로 어찌 닭 잡는 것이 온당하랴만
멀리 강 마을을 바라보며 하나의 채찍을 잡다
비단 주머니를 주는 것은 오히려 의미가 있으니
그대에게 영남 땅의 시를 주워담기를 바래서이다.

牛刀豈是割鷄50)宜	遠向江城把一麾
贈以錦囊51)還有意	要君盛取嶺南詩

---

49) 舂: 전설 속의 산 이름. 해가 지는 곳이라 함.
50) 牛刀割鷄: 소 잡는 칼로 닭을 잡듯이, 큰 재목을 작은 일에 쓴다는 말. 〈論語,
  陽貨〉에 "子之武城 聞絃歌之聲 夫子莞爾而笑曰 割鷄焉用牛刀(공자가 무성에 갔
  다가 관현악의 음악 소리를 듣고 빙그레 웃으면서 닭 잡는데 어찌 소 잡을 칼
  을 쓰랴)"하였다. 무성은 작은 읍인데 국가에서나 알릴 관현의 음악이 필요한
  가 함이다.

활과 화살로 평생 의지가 사방에 있었으니
어쩌면 사슴이나 돼지야 심상히 잡을 것 알았지
이별에 다달아 장부의 눈물 뿌리지 말고
잘 가서 거문고 울리며 밀양 땅 다스리소.

弧矢[52]平生志四方　　　安知鹿豕聚尋常
臨分莫灑丈夫淚　　　好去鳴琴理密陽

권양촌의 시운에 차운함
次權陽村詩韻

높은 정자는 멀리 보여 시선이 더욱 밝아
옅은 녹색 진한 붉음이 저녁햇살에 재롱한다
종용한 속에 시 있어 때로 홀로 읊으며
흥이 이나 술이 없어 기울이는 술잔만 생각하다.

高亭遠眺目增明　　　淺綠深紅媚晚晴
靜裏有詩時獨詠　　　興來無酒却思傾

---

51) 錦囊: 비단으로 만든 주머니, 詩稿나 機密文書를 소장하는데 이용되었다. 唐의
　　李賀가 길을 갈 때는 어린 계집종에게 비단 주머니를 가지고 따라오게 하고는
　　시구가 생각나면 써서 그 주머니에 담게 하여 집에 돌아와 정리하였다.
52) 弧矢: 활과 화살. 옛날에 왕자가 태어나면 뽕나무 활과 쑥대 화살로 천지 사방
　　에 쏘아 의지가 원대할 것을 기약하였다. 그 후로 "弧矢"가 男兒의 탄생을 상징
　　하게 되었다.

신미(1391) 8월 15일, 수창궁의 내연에 나아갔다가 동료
인 판서 김곤이 취하여 읊다가 사헌부의 탄핵을 받으
니, 중서 안로생이 시를 지어 위로했다. 나도 그 운에
차운하다
辛未八月十五日 壽昌宮赴內宴 同僚金判書䤋醉中吟詠 被
憲司劾 安中書魯生作詩以慰 予次其韻

깊은 궁전 비단 잔치에 높은 가을이 화창해
하늘 음악 허공을 흔들고 달은 다락에 가득하다
취하여 임금님 앞에서 긴 휘파람 불었으니
몇 사람이나 호걸 방자하기 김공과 같겠는가.

深宮綺宴敞高秋　　　　天樂搖空月滿樓
醉對重瞳53) 發長嘯　　　幾人豪放似金侯

봄날 홀로 앉아 우연히 읊어 쌍매당 이부 이첨에게 주다
春日獨坐偶吟 寄雙梅54)李吏部

밤 들자 나는 비에 광풍도 뒤섞여
동산 숲의 몇 점의 붉은 꽃잎 덜어낸다
더구나 지금 술마저도 금법에 속할 듯한데
바로 놀이 감상을 그대와 함께 하려 생각하다.

---

53) 重瞳: 거듭된 눈동자. 舜임금이 눈동자가 둘이라 하여, 순임금과 같은 聖君을
　　지칭하는 말이 되기도 한다.
54) 雙梅: 李詹(1345-1405)의 호. 자는 中叔.

夜來飛雨雜狂風　　　減却園林幾片紅
況是麴生將屬禁　　　政思遊賞與君同

정월 13일, 비속에 김대제에게 희롱삼아 주다
正月十三日 雨中戲贈金待制

가랑비 보슬보슬 늦게 개이지 않으니
봄 빛은 이미 살구나무 가지 끝에 들다
시인의 맑은 경치를 같이 감상하려 하니
묻건대, 낭중은 술을 준비할까 못할까.

小雨廉纖[55]晩未收　　　春光已入杏梢頭
詩家淸景思同賞　　　爲問郞中辦酒不

병인(1386) 11월 20일, 어느 사실을 쓰다
丙寅十一月二十日書卽事

온 거리가 사흘 동안 안개로 어둑어둑하여
지척 사이 오가는 이도 쉬이 구분 안된다
어찌하여 겨울의 신은 위엄 실세를 잃어서
눈과 얼음이 겨울 온기를 압도하게 못하나.

---

55) 廉纖: 微細함. 흔히 가랑비의 형용에 쓰인다. 唐 韓愈의 〈晩雨〉시에 "廉纖晩雨
不能晴 池岸草間蚯蚓鳴(보슬보슬 늦 비가 개이지 않으니 연못 언덕 풀 사이에
지렁이 울다)"함이 있다.

九街三日霧昏昏　　　咫尺行人未易分
胡奈玄冥[56]失威勢　　　不敎冰雪壓冬溫

무진(1388) 4월 14일, 서도의 이금님 행재소에
가다 금교역 도중에 쓰다
戊辰四月十四日 赴西都行在 金郊驛途中作

송악산이 하나의 터럭인 양 점점 아득하고
지친 말 먼 길에 해는 석양으로 지려 하다
활이나 화살의 무기 숨을 날은 언제인가
풍진이 눈을 어둡게 하니, 나그네 마음 상하다.

松山一髮[57]漸微茫　　　瘦馬長途欲夕陽
弓矢載韜何日是　　　風塵昧目客心傷

구산사에 이르니 사주인 계천이 생도 30여명을 모아 가
르치고 있다. 촛불을 키고 시를 짓게 함이 완연히 구재
의 풍모가 있어 기뻐서 지어 계천사에게 주다
到龜山寺 寺主戒天集生徒三十餘童敎誨 刻燭賦詩 宛有九
齋之風 喜而有作 贈天師

---

56) 玄冥: 귀신의 이름. 겨울의 神이라고도 하고, 물의 神이라고도 한다.
57) 一髮: 하나의 머리털. 먼 산의 아득함을 형용하는 말이기도 함. 宋 蘇軾의〈澄
　　邁驛通潮閣〉시에 “杳杳天低鶻沒處 靑山一髮是中原(아득히 하늘은 낮아 새매 숨
　　는 곳에 푸른 산 한 끝이 바로 중원이다)”함이 있다.

공민왕이 학교를 개설함 그 생각 얼마나 깊었나
배움에 들어 당을 오르기 마치 숲과 같이하고 있다
학교인 학궁엔 요사이 특별히 적막 쓸쓸하더니
문득 사찰에 와서야 푸른 옷의 학생을 보네.

玄陵58) 設學慮何深　　鼓篋59) 升堂會若林
槐市60) 向來殊寂寞　　却從蓮社見靑衿

매미 울음 듣고
聞蟬

매미는 청렴 고결함이 뭇 벌레와는 달라
그의 생애는 이슬을 마시고 바람을 읊는다
우는 소리 두어 곡조에 계절을 재촉하니
새로운 서늘함이 집안까지 들어옴 깨닫겠다.

齊女61) 淸高異衆虫　　生涯飮露與吟風
數聲嘒唳催時節　　斗覺新凉入院中

---

58) 玄陵: 고려 恭愍王의 陵號.
59) 鼓篋: 북을 치고 책상을 열다(擊鼓開篋)는 고대 入學 의식의 하나. 곧 入學의
　　뜻.
60) 槐市: 學宮, 學舍. 漢나라 때 장안에 독서인들이 모이던 곳에 괴목(槐)이 많아
　　서 얻게 된 이름.
61) 齊女: 매미의 딴 이름. 齊王의 王妃가 억울하게 죽어, 그 시체가 매미로 변하
　　여 뜰의 나무에 올라가 울어 왕이 후회했다 하여, 매미를 '齊女'라 한다. 崔豹
　　의 〈古今注, 問答釋疑〉.

깊은 토양에 음기 잠기고 말똥구리도 없어지니
때로는 날아와 모시는 신하의 갓에 모이기도 한다
높은 가지에서 마음대로 큰 소리 내지 말라
버마재비가 뒤에서 노려 보고 있을까 두렵구나.

高壤陰潛罷轉丸⁶²⁾　　　有時飛集侍臣冠
高枝莫縱繁聲噪　　　恐有蟷螂⁶³⁾議後看

백주의 등암사로 가는 도중에
白州登岩寺途中

황금 사찰은 거칠고 썰렁해 나무들도 성근데
선왕의 임금님은 여기에 수레 멈춘 적 있다
당시의 지난 일이야 누구 찾아 물으랴
새 하나 펄럭이며 푸른 허공으로 사라진다.

金刹荒凉樹木疎　　　先王曾此駐鑾輿
當時往事憑誰問　　　一鳥翩翩沒碧虛

---

62) 轉丸: 말똥구리의 딴 이름. 말똥구리가 말똥을 뭉쳐 彈丸처럼 만들기 때문에
　　얻은 별명.
63) 蟷螂: 버마재비. 매미가 그늘이 좋아 넋을 잃고 있을 때, 버머재비는 매미를
　　노려 잡고, 버마재비가 매미를 얻어 좋아할 때, 뒤에 참새가 있는 것을 모르고
　　있다가 참새의 먹이가 된다. 〈莊子, 山木〉.

일월사의 천택 스님을 기억하며
憶日月寺天澤上人

곡령의 봉우리와 가을 빛이 서로 드높고
솔 아래의 선방은 바라보아도 멀지 않다
아침 저녁의 얽매임을 괴로이 받아서
다 상에서 번거로운 들렘 피하지도 못하네.

鵠峰秋色兩相高　　　　松下禪房望不遙
苦被卯申拘縛甚　　　　未從茶榻避煩囂

밀직 민개, 대사성 김자수, 대제 김첨과 일월사에 노닐
었다. 취한 뒤에 대제를 시켜 운을 부르게 하여 붓을
달려 부질없이 이루다
與閔密直開　金大司成子粹　金待制瞻遊日月　醉後令待制呼
韻　走筆謾成

선원의 맑은 밤에 한 등이 밝아
앉아서 솔 바람 시내물 소리를 듣다
차를 마셔 마음 경계 고요함 보았으니
이번 놀이의 기이 절묘는 평생의 으뜸일세.

上方淸夜一燈明　　　　坐聽松風澗水聲
看盡嘗茶心境靜　　　　玆遊奇絶冠平生

신미(1391) 칠월 칠석에
辛未七月七日夜

은하수는 쓸려낸 듯 달은 활등과 같고
한 줄기 가을 소리는 나무 사이에 있다
재주 자랑 바늘 꿰는 것은 우리 일 아니니
홀로 아름다운 글귀 읊어 난간에 기대다.

銀河如掃月如彎　　　一陣秋聲在樹間
乞巧穿針64)非我事　　　獨吟佳句倚闌干

산을 오른 느낌
登山有感

걸음 걸음에 바야흐로 시계가 넓어짐 알겠으니
끝 없는 산과 바다를 일시에 보겠구나
배우는 이의 노력도 이와 같아야 하니
높고 굳다 하여 우러르고 사모하기 폐하지 말라.

步步方知眼界寬　　　無邊山海一時看
學人用力當如此　　　莫爲高堅廢仰鑽65)

---

64) 乞巧穿針: 칠월 칠석날 밤에 부녀자들이 정원에 모여 직녀성에게 재치를 달라
고 비는 놀이를 "乞巧"라 한다. 〈荊楚歲時記〉에 "칠월 칠석 견우 직녀가 만나는
밤에 부녀자들이 채색 실을 맺어 일곱 구멍의 바늘에 꿰는데(穿針), 혹은 금은
유기로 바늘을 만들기도 한다. 과일을 뜰에다 차려 놓고 재치를 애걸하는데 거
미가 그 위에 줄을 치면 상서로운 감응이라 하였다" 칠석을 '乞巧節'이라 한다.

느낌 있어
有感

임금께 바칠 본디 뜻 어느 때나 시행할까
10년의 작은 벼슬에 배고픔 구제도 안돼
꿈이 깬 공부 방에는 겨울 밤이 고요해
누워 지친 말이 마른 콩깍지 씹는 소리 듣다.

致君素志幾時施　　　十載微官不救飢
夢覺書窓冬夜靜　　　臥聞羸馬齕枯其

살구 따서 대언 이첨에게 주다
摘杏贈李代言詹

가지 사이 동글동글 누런 매화 열매와 다퉈
따다가 소반에 쌓으니 방 안이 향기롭다
쌍매당에게 부쳐 보내니
유가 강단에서 참맛을 함께 맛보려함이지.

枝間顆顆鬪梅黃　　　摘取堆盤一室香
寄獻雙梅堂上去　　　魯壇66)眞味欲同嘗

---

65) 仰鑽: 앞선 현인들의 학문을 사모함. 〈論語, 子罕〉에 "顔淵喟然歎曰 仰之彌高
　　鑽之彌堅(안연이 탄식해 말하되 (선생님의 학문은)우러를수록 더욱 높고 파보
　　려 할수록 더욱 단단하다)" 함에서 유래한 말이다.
66) 魯壇: 魯나라 강단이라는 말이니, 공자의 강단이란 뜻이다. 원래 공자의 제자

을축(1385) 12월 보름 밤, 국자감에서 숙직하며
동년방인 최통보와 밤새 이야기하다
乙丑十二月望夜 入直國子監 與崔同年通甫達夜談論

국자감에 밤은 깊어 사람들 들레지도 않으니
향로엔 향불은 다했지만 불은 아직 남아있다
창으로 가린 눈과 달은 밝기가 대낮 같으니
앉아서 서생들이 읽는 논어 소리를 듣다.

槐市⁶⁷⁾夜深人不喧　　　獸爐香盡火猶存
隔窓雪月明如晝　　　坐聽書生讀魯論

선비 풍모 경박하나 시끄럽다함과는 달라
그래도 사문의 도리 아직 남아있음 기쁘다
천 년 세월 아득함이 주공 공자의 학문이니
그대 아니라면 누구와 함께 이야기할 수 있나.

士風澆薄⁶⁸⁾異言喧　　　猶喜斯文尙得存
千載寥寥周孔學　　　微君誰可與論評

들이 강의를 받던 곳이 살구나무가 있던 곳이라하여, '杏壇'이라 한다. 산동성
의 곡부현 공자 사당인 大成殿 앞 뜰에도 살구나무를 심고 '杏壇'이라 하였다.
67) 槐市: 學宮. 앞의 주 60) 참조.
68) 澆薄: 사회 기풍이 浮薄함을 말함.

정주루 위의 시에 차운함
次定州樓上韻

정주의 성 밖은 바다가 하늘에 이었으니
구름 만물 산과 물이 하나의 시선 안으로
나그네 멀리 놀아 인해서 옛일 위로하려
난간 기댄 하루 종일 생각도 끝이 없구나.

定州城外海連空　　　雲物山川一望中
客子遠遊仍弔古　　　憑欄終日思無窮

양자강을 지나며
過楊子江

두 언덕의 봄 깃발이 술 누대에 즐비하니
두어 마디 뱃 노래로 창주의 물가 지나다
백구는 기미마저 잊은 나그네 알지 못하고
짐짓 짐짓 날아와 조각배에 가까이 하다.

兩岸春旗簇酒樓　　　數聲柔櫓過滄洲
白鷗也識忘機客　　　故故飛來近葉舟

금릉의 어느 사실
金陵卽事

복사꽃은 떨어져 다하고 버들 꽃이 날려
제비는 처음 날아와도 나그네 오지 않다
누가 금릉 땅이 아름다운 곳이라 말했는가
어버이 생각에 옷 적시지 않는 날 없는데.

桃花落盡柳花飛　　　燕子初來客未歸
誰道金陵佳麗地　　　思親無日不霑衣

봄날 성남의 어느 사실
春日城南卽事

불태우고 난 들판에는 초록 빛이 새롭고
우는 새는 위아래로 유람하는 이 괴롭힌다
술병 이끄는 곳곳마다 모두 감상할 만하니
바로 이것이 성 남쪽의 이월달 봄이로구나.

燒後郊原綠色新　　　鳴禽上下惱遊人
携壺處處皆堪賞　　　正是城南二月春

박암둔의 시권에 쓰다
題朴岩遁詩卷

몸 건강하니 굳이 흰 머리를 수심할 필요 없고
눈 밝으니 오히려 파리 머리라도 쓸 수가 있다
일찍이 사물 밖을 따라 진여의 멋을 터득했으니
참으로 인간 세상의 세속 무리 대하기 싫구나.

身健不須愁鶴髮   眼明猶自寫蠅頭[69]
早從物外得眞趣   剛壓人間對俗流

휴가의 날 우연히 짓다
暇日偶作

기와 베개 등나무 침상 대자리는 흐르는 듯
옷 풀어헤치고 배회할 일밖에 구할 것 없다
깊은 잠 놀라 깨니 날은 바로 정오인데
깊은 나무 한 곡조가 누런 꾀꼬리일세.

瓦枕藤床簟欲流   解衣盤礴外無求
黑甛[70]驚覺日亭午   深樹一聲黃栗留[71]

---

69) 蠅頭: 파리 머리와 같은 작은 글씨. 蠅頭小楷.
70) 黑甛: 달게 자는 잠을 黑甛이라 한다. 宋 蘇軾의 〈發廣州〉詩에 "三盃軟飽後 一
    枕黑甛餘(석 잔 술로 배불린 뒤에 베개 하나로 달게 자는 여유)"라 함이 있다.
71) 黃栗留: 꾀꼬리.

성환역 도중에
成歡驛途中

푸른 산은 나그네 전송으로 가는 말을 쫓고
가랑비는 바람 따라 새벽 추위를 일으키네
이런 곳 혼자 놀자니 마음 쓸쓸한데
역의 이름은 부질없이 기쁨 이룬다(成歡)하네.

青山送客逐征鞍　　　細雨隨風作曉寒
是處獨遊心悄悄　　　驛名空道是成歡

장원 김자수 시에 차운함
次金壯元子粹韻

향을 사뤄 항상 바다 물결 없기 기원하니
요사이 사람들 말 어쩌면 저러한가
병 중의 회포 가슴 누구와 펴보일 수 있나
이끼 깊은 문 앞에는 지나가는 이도 끊긴 걸.

焚香每願海無波　　　近日人言奈若何
病裏襟懷誰與展　　　苔深門巷斷經過

아우 증의 집 벽에 쓰다
題舍弟拯家壁

진홍 자색 위 아래로 차례차례 피었지만
작은 정원에는 종일토록 오는 이 없네
한갖 시선 가득히 아리따운 자태 보이니
어떻게 나로 하여 술잔을 들지 않게 되나.

紅紫低昻次第開　　小園終日少人來
徒令滿目呈嬌態　　爭奈今吾不擧杯

운봉 스님께 주다
贈雲峰衲

스님의 몸가짐은 한가로이 예사롭지 않아
바로 뫼에 솟아나는 무심한 구름 같구료
서글프다, 나는 벼슬길에 괴로이 내달아
종일토록 취한 꿈이 길이 흥건하구료.

上人行止閑不群　　政似出岫無心雲
嗟予官途苦奔走　　終日醉夢長醺醺

벽란도 나루의 누대 위의 유사암의 시에 차운함　두 수
碧瀾渡樓上　次柳思菴[72]韻　二首

다락에 올라 여가의 날을 즐기니
물에 다다라 지나간 해를 느낀다
자던 기러기 파도 낯에 나즉하고
가는 배의 돛은 난간 앞에 날린다.

登樓偸暇日　　　臨水感徂年
宿雁低波面　　　征帆拂檻前

현판 위의 사암의 시운은
지금에 이미 사십년일세
파도의 꽃은 성근 발 밖이고
구름 잎은 뒤섞인 봉우리 앞.

板上思庵韻　　　于今四十年
浪花疎箔外　　　雲葉亂峰前

---

72) 柳思菴: 고려말 柳淑(?-1368). 思菴은 그의 號.

索 引

■ 역주자

이종찬(李鍾燦)

1933년 충남 서산 출생
동국대학교 국어국문학과 졸업
동대학원 석사과정 수료(문학석사)
한양대학교 박사과정 수료(문학박사)
동국대학교 국어국문학과 교수
현재 동국대학교 국어국문학과 명예교수

韓國漢詩大觀 6

韓脩/鄭夢周/金九容/鄭摠

인 쇄	2001년 2월 20일
발 행	2001년 3월 1일

역주자	이종찬
발행처	박영희
발행인	이회문화사

서울시 동대문구 답십리동 488-338 원영빌딩 302호
전화 : 02-2244-7912~3 팩스 : 02-2244-7914
E-mail : ih7912@chollian.net

등 록	제1-1342(1992.5.2)
ISBN	89-8107-306-6 94800
	89-8107-300-7 94800(세트)

Printed in Korea

* 저자와의 협의하에 인지를 생략합니다.
* 잘못된 책은 바꾸어 드립니다.